U0729689

天歌 /著

CANG
YU YE

文匯出版社

图书在版编目 (CIP) 数据

藏于野 / 天歌著. — 上海 : 文汇出版社, 2016.1
ISBN 978-7-5496-1664-0

Ⅰ. ①藏… Ⅱ. ①天… Ⅲ. ①长篇小说 - 中国 - 当代
Ⅳ. ① I247.5

中国版本图书馆 CIP 数据核字 (2015) 第 306201 号

藏于野

著　　者 / 天　歌
责任编辑 / 戴　铮
装帧设计 / 天之赋设计室

出版发行 / 文匯出版社
上海市威海路 755 号
（邮政编码：200041）
经　　销 / 全国新华书店
印　　制 / 河北浩润印刷有限公司
版　　次 / 2016 年 4 月第 1 版
印　　次 / 2022 年 7 月第 2 次印刷
开　　本 / 710×1000　1/16
字　　数 / 260 千字
印　　张 / 17

书　　号 / ISBN 978-7-5496-1664-0
定　　价 / 49.80 元

目录

目录

楔 子

孙殿英在去年7月大肆盗掘河北马兰峪的清东陵，撬开包括慈禧和乾隆在内的十几口棺椁，盗得无数奇珍异宝，装箱后竟载满了几十辆大车。

即使是多年以后，只要回想起1929年初夏的那个上海之夜，吴世安仍心有余悸。

记得那是一个空气温润而甜腻的黄昏，令一切无所事事的人都坐立不安。六点来钟，夜幕刚刚开始降临，吴世安带着打扮得花枝招展的紫罗兰准备出门。

如果没有记错的话，这是吴世安三个月来第一次踏出“芳苑书寓”的大门。

紫罗兰脸蛋长得漂亮，再加上身穿艳丽的旗袍，从头到脚戴满金银饰品，看上去显得既华贵又俗气，不经意间泄出了风尘女子的底细，这让吴世安觉得不太满意。

“哎，干吗不穿得朴素点？”吴世安微微皱起了眉头，“打扮得这么惹眼，人堆里进进出出没啥好处。”

“难得出去看趟电影，穿成一副寒酸样还不是拆你吴大老板的台？”紫罗兰娇声娇气地埋怨道。

吴世安没法反驳，只能从鼻子里哼了一声算是认可。看看穿衣镜里的自己，年纪虽然只有四十多点，但干瘦蜡黄的脸上满是皱褶，看上去足有五十好几，与嫩生生的紫罗兰站在一起显得极不相衬，或者说，正在不打自招地告诉别人：好一对妓女和嫖客！

吴世安不想引人注目，主要还不是相衬不相衬的问题，而是怕丢了性命。

这话得从三个月前说起。

三个月前，吴世安还称不上是大老板，只是一个厮混在上海古玩圈子里的掮客，充其量就是因为通晓英语而常与各国洋商打交道，生意做得比较活络点罢了。此外，吴老板年轻时走门路向黄金荣投过一纸“门生帖”，说起来算是响当当的青帮“通”字辈门徒，所以行走江湖多年，向来无人敢欺。

做掮客小财不断，大财不发，这一点着实令人烦恼。但是，某天黄金荣突然派人来唤，让吴世安立即去黄府“看门槛”，由此彻底改变了小角色的命运。

吴世安觉得奇怪，师父虽是出了名的贪财，但从不染指古玩生意，今天怎么想起来要涉足这一行？看来，这道“门槛”肯定不低。

赶到黄府一看，只见客堂上坐着一位操北方口音的客人，黄金荣正亲自作陪交谈，态度十分恭敬，说明来客绝非等闲之辈。

“世安啊，这位朋友远道而来，是十二军孙军长手下的军需处长，孙军长手上有眼货要出手，你先去看看再说。”黄金荣用夹杂着苏州腔的上海话对吴世安吩咐道，又压低嗓音补充了一句，“枯票，罩子放亮点。”

在青红帮的黑话里，枯票泛指“属于死人的财富”，比方说盗墓活动，就叫做“架枯票”，以对应绑架、劫掠、勒索活人的“绑肉票”，而此语后来又被盗墓行业借用，在中原地区尤其流行。

吴世安心里一个咯噔：十二军孙军长，那不就是大名鼎鼎的孙殿英——最近臭名远扬的“东陵大盗”孙大麻子！

孙殿英在去年 7 月大肆盗掘河北马兰峪的清东陵，撬开包括慈禧和乾隆在内的十几口棺椁，盗得无数奇珍异宝，装箱后竟载满了几十辆大车。这么大的动静，自然是纸包不住火，中外报刊很快便纷纷报道，几乎无人不晓，前清皇室更是一片哗然。但孙殿英妙手通天，更靠手里的财宝上下打点，事情还是慢慢平息了下来，最终枪毙了两名排长后不了了之。

吴世安马上明白过来，孙殿英想在上海销赃。

来沪的军需处长名叫李德禄，据其透露，为了卖出一个好价钱，孙殿英这次瞄准的是洋人较多的四个地方：北平、天津、上海、青岛，分批派出亲信暗中接洽交易。四地之中，孙殿英最看重上海，将财宝精挑细拣，选出一批宝中之宝装满三只皮箱，委派多名身手好、枪法准的特务团官兵一路护送来沪。

但是，销赃之事张扬不得，北方一隅的军阀在上海又没什么门路，孙殿英灵机一动想到了上海滩只手遮天的黄金荣。当年，孙殿英在天津时曾拜牛七爷为师，“放布[1]”加入青帮，算起来跟黄金荣一样，也属“大”字辈人物——同门中人，虽然未曾谋面，总归不难说话，不如走一走这条门路。

生意上门，黄金荣自然不会放过，马上就想到了在这一行中游刃有余的吴世安。

吴世安跟着李德禄来到公共租界的“共和旅社”，走入一间贵宾套房，只见沙发上挤坐着十来个彪形大汉，腰里鼓鼓囊囊像是牵着“牲口[2]”，显然是守着墙角里的那三只硕大的皮箱。

大皮箱一一打开，珍珠、翡翠、玉石、象牙雕件之类琳琅满目，仔细一看，几乎每件都称得上珍品。吴世安终究不愧为内行，一眼就在耀眼的宝物堆中看到了两件宝贝中的宝贝。

第一件是随葬在乾隆身边的一柄九龙宝剑，此剑长约5尺，剑柄上雕有九条金龙，嵌满红蓝宝石及金刚钻，寓意“九九归一”，乃中原皇权的象征，堪称无价之宝。

第二件是随葬在慈禧身边的一枚翡翠西瓜，乃昆仑山自然生成的奇物，绿皮、红瓤、黑籽，瓜皮上还带着墨绿色的条纹。据说慈禧生前就对其爱若至宝，死后更是当做头枕。

翻来覆去把玩着这两件稀世奇珍，吴世安的手都开始发抖了，半晌，这才想起最重要的事：询价。

“孙军长有令，一口价，300万美元！”李德禄回答得十分干脆，“吴先生的佣金尽管放心，逢百抽一，事成之时当场交付3万美元。”

吴世安不由得倒吸了一口冷气，乖乖，300万美元相当于近千万大洋，

1　清帮黑话：加入帮会的仪轨，向门徒发放凭证。
2　清帮黑话：武器。

好些银行都没这么大的资本。当然，面前这些宝贝，又何止这个价格?

这笔生意难做，去哪儿找有如此财力的买家？这么大的生意，凭自己的人脉和能力，注定了无法成功。

不知道是不是被宝物的光芒照昏了头，吴世安心一横，突然产生了一个连自己都不敢相信的念头：货难出手，自己一分钱的好处也捞不到，不如动脑筋来一个连锅端，拼性命将其一口吞掉!

吴世安陷入了沉思。第二天，吴世安带来了买家：一位金发碧眼、财大气粗的英国商人，名叫查尔斯。

查尔斯看过宝物后，一口答应以 300 万美元成交，当场开出一张 10 万美金的支票作为定金，约定三天后正式交易。送走查尔斯之后，李德禄马上派人去银行取款，十分顺利地拿到了 10 万美金的现金。

三天以后恰逢星期六，李德禄及一干卫士押着三只皮箱如约来到霞飞路上查尔斯的公馆，只见主人和吴世安已早早地等候在那里。整座公馆陈设豪华，气派非凡，楼上楼下仆佣成群，花园内更是繁花似锦，看得李德禄等人眼都发直了。

验过宝物，三只皮箱全部锁进一间空房，查尔斯像上次一样，仍然递上一张支票。

支票换枯票，人面对肉面，交易顺利完成。

李德禄马上派人去银行取款，但这次有点小小的意外——那家银行有个规矩，每周休息一天半，即星期六的下午和星期日全天——此时已是下午两点，银行早就大门紧闭。

“李处长，看来只能星期一取款了，呵呵，别忘了我的佣金啊！”吴世安笑呵呵地说道。

“哪里，吴先生尽管放心。”李德禄并未起疑。行伍中人毕竟憨直，再加上未曾见识过上海滩的各种尔虞我诈，至此已注定了上当受骗的结局。

“这样吧，朋友间相识一场，今天晚上该由我尽一尽地主之谊。”吴世安热情地邀请道，“晚上我请各位吃饭、跳舞，大伙一起热闹热闹。”

傍晚时分，一干人进了东方饭店。查尔斯与吴世安连连敬酒，把所有的客人灌了个半醉，酒后又进舞厅跳舞，叫来好几位舞小姐作陪——这套应酬和排场，迷得这些丘八爷们神魂颠倒，一个个再也分不清东南西北。

黑灯瞎火之间，李德禄竟然没有发现查尔斯与吴世安是什么时候悄悄溜走的，等觉察到舞池里少了人，才感觉事情不妙。

李德禄带着手下晕晕乎乎地赶回到霞飞路上的那座公馆，只见大门紧闭、人去楼空，猜都不用猜，三箱宝贝肯定也消失得无影无踪。问邻居，全都一问三不知，只说那套房子经常对外出租，至于人家租后用来干什么，就不得而知。事已至此，李德禄只能心存侥幸，寄希望于支票没有毛病。

很不幸，熬到星期一，支票被银行扔了出来。

李德禄硬着头皮去找黄金荣，反倒遭了一顿埋怨。“你们做事怎么这么没头脑？上海滩是个人精扎堆的地方，租一套房子、雇几个瘪三、开一张空头支票，就这最简单的三板斧就把你们砍倒了？不过有一点你大可放心，吴世安要是被我找到，我一定请他尝尝三刀六洞的滋味——这个赤佬连我都敢骗，那10万美金的支票还是老子借的，真是在老虎头上拍苍蝇！”

李德禄始终搞不懂这个圈套到底是吴世安做下的，还是黄金荣操纵的，抑或是那位洋人设计的，没办法，只能打电报向孙殿英如实报告。

孙殿英气得暴跳如雷，下令说：“都别回来，给老子留在上海找，黄金荣咱暂时奈何不得，那洋人和姓吴的千万不能放过。找，掘地三尺给我找，活要见人，死要见尸！”

李德禄把这番话传达给手下，又偷偷加了点“利息”：军长有令，找不到吴世安，回去统统枪毙！

十几个丘八爷急成了热锅上的蚂蚁，而吴世安此时早就消消停停地在紫罗兰的闺房中安下了身。

吴世安很清楚，这出黑吃黑的把戏，同时坑了孙殿英和黄金荣这两个当下中国最有势力的大麻子，落在哪边都不是闹着玩的，所以这节骨眼上千万不能往外跑，举凡车站、码头都是最危险的地方。再说离了上海，宝物也难出手，唯一的办法是找僻静的地方落脚，避开青帮子弟和北方丘八的耳目，耐心等上一两年，等风声渐息后再做盘算。

吴世安出生在香港，少年时去广东谋生，二十多岁时在广州娶妻生子，但婚后不安于穷困的家居生活，数年后便抛下妻儿远赴上海淘金。这些年来，独自一人漂泊在外，免不得经常寻花问柳，由于出手大方，还结交了几位红粉知己——近年里，年轻漂亮的紫罗兰力拔头筹，令吴老板花去了不少真金白银。

紫罗兰所在的“芳苑书寓”地处华界的边缘，所以平时生意不算太好，这一点现在看来难能可贵，正好可以“大隐于市”。事发的当晚，吴世安就带着三只大皮箱住进了书寓。

书寓虽属烟花之地，但规矩颇大，“住家先生[3]”标榜卖艺不卖身，要是有了如意郎君，也可搭成露水夫妻，此间不再接客，须待分手后方可琵琶别抱。现在的吴世安富可敌国，如此郎君还不如意?

好日子过得就是快，一晃三个月过去了。三只上着锁的皮箱始终静静地躺在紫罗兰的床底下。日子虽然过得轻松，可大门不出、二门不迈的日子真是无比难熬，尤其是这几天，吴世安实在有点待不住了。

吴世安素无特别的爱好，就是喜欢看电影。以前的电影都是哑巴戏，即使是那种靠腊盘发声的所谓“有声片”，也属牵强附会，胶片一旦发生局部断毁，其后的剧情就与声音分道扬镳。但最近报纸上天天在讲夏令配克大戏院开始上映“片上发声”的真正有声电影，是一部美国进口的《飞行将军》，据说是“传形传声，巧夺天工，诚为空前绝后之技，不啻身临其境”，这就让吴世安再也坐不住了。

吴世安暗想，事情已经过去了三个月，乘夜色偷偷溜出去看一场电影总不至于翻船吧?

夏令配克大戏院，七点半的夜场票早已售罄，黄牛手上的当场票竟要翻个跟斗，原价两块的头等票开口就要四块。吴世安不打二话，马上掏出八块钱递了过去。

事后想起来，这种风头真不该出。

货真价实的有声电影确实令人大开眼界，全片放完，灯光亮起，吴世安仍然觉得有些意犹未尽。

回去的路上，电车已经停驶，黄包车一时又叫不到，吴世安对紫罗兰说:“散场时人多，只能往前走一段路再说了。”

俩人慢慢走去，穿过马路，抄近道走入一条黝黑的巷子里。

“姓吴的，站住，动一动老子立马崩烂你的脑壳！”身后一个男人的声音突然响起，硬邦邦的枪口顶住了吴世安的后脑勺。

3　具有才艺的高级妓女，又有词史、倌人的雅称。

第一章　祸不单行

几口啤酒就把人喝进了班房，这算怎么一回事呢？警察说，没办法，每个人对酒精的耐受度不一样，据说是血清中的一种什么蛋白酶在作怪，所以有的人达到200毫克还没啥感觉，而有的人20毫克就神志不清了。可法律不是松紧带，没法讨价还价。

1　挨踢业

2011年的上海，4月的天气忽冷忽热，下午温度高的时候竟已有了“炎热”的感觉，好些体面的写字楼中已经急不可耐地启动了中央空调。

空调是个好东西，可以让你最大限度地装腔作势。比方说，人家穿短袖的时候，你可以穿全套西装；人家穿羽绒服的时候，你可以穿长袖衬衫。咋样，瞬间就与芸芸众生拉开档次了吧？

人力资源部经理的办公室面积极大，隔着落地玻璃，一眼便可看到外面似停车场一般宽广的工作区，一百多名员工端坐在电脑前安静地忙碌着，除了键盘声和鼠标声，没有其他声音，不知情的人也许会以为这是一家生意火爆的网吧。

实际上，这里是大名鼎鼎的“巨巢”公司总部——华东地区数一数二的游戏开发公司，已出品过多款在市场上深具影响的网游产品。

办公室里空空荡荡，宽大的办公桌前，独坐着一位身穿浅灰色西装的年轻人，正专心致志地读着今天的报纸。你一眼望去，马上就会得出这样的结论：真是一个年轻有为、前程无量的好小伙，年纪二十六七岁就坐到了大公司部门经理的位置，实乃白领中的精英、上海滩的主人！

但是，你很快又会发现，这一观察结果完全失实。因为门被推开，进来了一个身穿职业套装、走起路来风风火火的短发中年女人。

“谷宇清，请你记住，坐在别人的座位上是一种不礼貌的行为。”中年女人皱着眉头毫不客气地指责道。

转椅上的小伙子谷宇清连忙像一只受惊的猴子一样跳起身来让座，一边挤出满脸谦卑的表情，一边连连致歉。

中年女人自顾自地在自己的宝座上坐下。

“丁经理，总经理那边怎么说？”谷宇清期期艾艾、小心翼翼地探问道。

“很抱歉，总经理已经在刚才的会议上做出决定，我也无能为力了。”中年女人冷冷地答道。

“这就是说……”谷宇清满脸都是掩饰不住的失望。

“这就是说，合约到期不再续签，从明天起，不，严格点讲，从现在开始，你可以给自己放假了。”中年女人语速极快，像法官一样宣判道，想了想又补上一句，“当然，这是一个无限期的长假，祝你好运。”

好，非常好，卷铺盖走人！

尽管这是意料之中的结果，但现在得到确切无误的证实，谷宇清还是觉得无比沮丧和愤懑。要不是看在跑路前能多领两个月薪水的分上，他真想把手里的报纸摔到丁经理那张一年四季不见笑容的寡妇脸上去。

灰溜溜地走在大街上，路边的玻璃幕墙上清晰地映出自己的身影来。浦东新区，摩天大楼鳞次栉比，这陆家嘴一带更是霸气外露。谷宇清仰头观望直插云端的楼顶，越发觉出小人物毫不含糊的渺小和悲哀来。站住脚，盯着反光面中的自己看，越看越懊恼，越看越生气，心里不由得暗暗地骂开了自己：小样，居然还打着领带，真是臭不要脸！

谷宇清中等个头，长相不难看，但也肯定不算好看，戴一副黑框眼镜，穿一身淘宝衣裤，一年四季背一只笔记本电脑包，走在路上就是一位称职的“路人甲”，迎面而过的姑娘们从来不会目光停留。

今天若不是想给公司留下一个诚恳、规矩、踏实的印象，谷宇清根本不会郑重其事地穿起一股樟脑味的西装，甚至还像推销员一样打上领带。凭此一点足以说明，他还是极其看重这份工作的。

谷宇清是在上海读的大学，毕业后就进了“巨巢”公司，虽然收入不菲，但一个人在大都市生活，日子过得并不轻松。首先是高昂的房租，其次是年轻人好面子、爱攀比，看着公司里的同事不少人开上了车，脑子一热也省吃俭用供了辆十几万的车，使自己成为一个体面的穷光蛋，钱包里永远捉襟见肘。你说没了这份工作，以后的日子怎么过？

工作方面，起先是做程序员，随着公司规模的扩大，高水平的人才汹涌而至，谷宇清日渐一日地显得缺乏竞争力。后来又做调试，依然没啥出息，再加上书呆子为人木讷，不善与人沟通，更不会对上司溜须拍马，不到一年就被那些八面玲珑的机灵鬼们挤出了板凳。最后被安排到近乎于边角料的音频部，负责一些音效方面的编辑工作，算是勉强抱牢了饭碗。

电脑音频行业的发展特别迅猛，原本属于贵族级的MIDI[4]技术，没有一二十万的硬件设备玩不转，现在单靠一台电脑加一堆软件就能包打天下，所以各类新人噼里啪啦地冒出来。特别是科班出身的音乐学院毕业生，个个都是来势汹汹，谷宇清这种半路出家的和尚，也就注定撞不了几天钟了。

都说IT业是“挨踢业”，这话一点不假，可谷宇清的烦恼在于，很可能还得连挨两脚。

另一脚来自林雨露，交往了两年但永远不跟他谈婚论嫁的女朋友。

林雨露是做销售的，与谷宇清在一次朋友聚会上认识，随后俩人便开始了不咸不淡的交往。

按理来说，颇有几分姿色的林雨露不会看上谷宇清这样的路人甲，但

4　电脑音乐制作技术。

想想经济适用理工男自有其踏实可靠的优势，性格又温和、内向，那么闲着也是闲着，不如随波逐流骑着驴找马。所以俩人该逛街时逛街、该上床时上床、该下馆子时下馆子……啥也不耽误，啥也没结果，可眼看着谷宇清的饭碗一天比一天不牢靠，难免让人有了别的想法。

近几个月来，林雨露的态度一天冷似一天，也许是对谷宇清失望至极，也许是在外另有新欢，也许啥都不是，就是热情消退而已，更何况热情本就不足。

见面的次数越来越少，难得在一起的时候也往往话不投机，这样的僵局令谷宇清颇觉无奈，很想做点努力挽救那无疾而终的结局，却又觉得无从下手。跟电脑搏斗是理工男的强项，对付本来就捉摸不定的女人则未免力不从心，就像一段程序，代码里没有循环，断点测试却陷入了死循环，而且你还找不出毛病在哪里。

走向地铁站的途中，路过一家中国移动的营业厅，一眼瞥见门口的广告招牌上写着办理“情侣套餐”的优惠措施，说是每个月只要 5 块钱，就可将两个号码设置为“情侣号”，享受每分钟一分钱的通话价格。

谷宇清站住脚细看，暗想这倒是个打破僵局的好办法，至少也是表示诚意的一种姿态，倒不是说能省多少钱，而是类似于主权的宣称和角色的强调。

当然，以后多打打电话，应该也不无好处。林雨露总说自己这种理工男逻辑思维发达、感性思维残废，病症为不解风情、不懂浪漫，看完《泰坦尼克号》竟不流一滴眼泪，瞧一眼月亮都没兴趣，更别指望一起去看流星雨了。今天来个突然袭击，应该符合浪漫的有关条款，说不定能给她带来一个惊喜。

没办法，男人嘛，总得主动点。

但是，接下来悲剧发生了。

谷宇清报出自己和林雨露的电话号码，移动的营业员输入电脑一查，马上说：“对不起，该号码已经在上个月申办过情侣套餐业务。”

噗！吐血，人家已经“情侣”了，可另一个号码不是你。

营业员想笑，但没敢笑出来，憋得脸都发了红。谷宇清就像挨了一记耳光，赶紧似逃命一般溜出营业厅。

你这自作多情的傻瓜！谷宇清暗暗骂着自己，扯下脖子上的领带狠狠地塞进包里，似乎所有的坏运气都是这根领带带来的。

不行，这事实在太窝囊了，无论如何得问个清楚。

谷宇清摸出手机开始拨号，但振铃响了三声被掐断了，林雨露显然是故意不接。

再拨，依然如此。

一刻钟后，手机“嘀”一响来了一条短信。林雨露发来了短短的三句话：“对不起，我们不合适，还是分手吧。”

好一个言简意赅、意蕴无穷的“不合适”，老子要是有幢别墅、有辆豪车，账面上再有个千八百万元现金，大概缺胳膊少腿都合适吧？

好，非常好，一天之内挨踢两脚！“问君能有几多愁，恰似未穿秋裤遇寒流”，这就是人生。

挤着地铁回到租住的房子里，谷宇清看着乱七八糟的屋子越发气闷。

这套独立两居室的租金可不便宜，日后没了收入，恐怕只能退租了事，另去找人合租安身，甚至去群租房弄张床位渡过难关，直到找到新的工作再说。再不行，那就打道回府，把车卖了，干脆回浙江老家去弄个小生意做，活人还能让尿憋死？

一个人待着垂头丧气的不是个事，想来想去，不如去找以前的房东蔡牛，晚上一块儿喝着啤酒聊聊，顺便问问他那间小房间还空没空着。

蔡牛是上海本地人，大名蔡国贤，年纪已经三十出头，无业，未婚，连女朋友也没有，就靠着父母留给他的两套房子过日子。谷宇清认识林雨露之前，一直租住在蔡牛自己那套房子的次卧里，俩人的关系虽说是房东和房客，但相处日久竟成了好朋友，也算是“日久生情”，就连“蔡牛”这个称呼也是谷宇清给起的。

谷宇清一个电话打过去，蔡牛很乐意出来喝酒，当场就约好了地点和时间。

傍晚五点来钟，谷宇清开着汽车出了门。

这里先说说汽车的事。

谷宇清的车平时不大开，上下班基本上以挤地铁为主，为什么？油价太贵呗。所以说啊，细想想汽车这玩意儿吧，开是亏，不开则更亏，反正以后林雨露也不坐了，干脆把它卖掉吧。

来到蔡牛家附近，就近找了家小饭馆，点上几个菜，哥俩面对面坐下，先“砰砰”打开好几瓶啤酒。蔡牛这家伙有一点相当不错，不讲排场，就爱吃小饭馆——当然，也只吃得起小饭馆。

吃着，喝着，聊着，心情轻松了不少。说句心里话，谷宇清一向觉得跟蔡牛在一起的时候，比跟林雨露在一起的时候还要轻松、愉快。

喝到九点，俩人都有点晕晕乎乎。这就是南方人的酒量，没办法，哪怕一瓶啤酒的量都能嚷嚷着要一醉方休。

“你说，我哪点对不住她了？”谷宇清红着一对眼珠子，大着舌头来来回回地问蔡牛。

“唉，女人都这样，你又不是刚出道，有什么想不通的？”蔡牛的劝解同样不着边际，一边仔细地用牙签挑吃螺蛳，“要不你去买个彩票，赶明儿中了大奖，林雨露准保回来向你递交检讨书。”

“还是你小子好啊，这么多年一个人优哉游哉，多自在。”谷宇清感叹道。

“你这叫饱汉不知饿汉子饥，站在岸上说风凉话。”蔡牛忧伤而深刻地指出，“我嘛，最多属于按兵不动，为什么？连个敌人都见不到哇！”

“你成天在古玩市场里转悠，当然只泡得到中年大叔和糟老头子。”谷宇清哼哼道。

“唉，就是泡到小姑娘，系统也运转不起来啊！”蔡牛苦着脸说道，“你看我有点钱吧，就想着往家里拖点好玩意儿，口袋长年干瘪瘪的，请人家小姑娘吃一碟炒螺蛳都费劲。算了，行情不好，暂时观望吧。”

“说来说去，还是一个钱字啊！”谷宇清一口干尽杯子里的酒。

“你打算接下来怎么办？”蔡牛关切地问道，“真要回老家去？”

“是啊，不回去咋整？”谷宇清没精打采地说道，“回去随便弄点生意做做呗，哪怕是倒腾个海带、批发个榨菜。”

“唉，我自己也是泥菩萨过河，自身难保，实在帮不了你。”蔡牛黯然神伤。

“我知道！”谷宇清点点头，“行啦，喝得差不多了，你我各自鸡飞狗跳吧。”

“最近酒驾查得挺严，你小子还是小心为妙啊！”蔡牛提醒道，“要不先别忙着回去，去我那儿喝会儿茶再走？”

好主意，反正明天也不用上班，就是喝上一夜的茶也无所谓。

谷宇清最后离开蔡牛家时已经是十一点半，这么晚了，警察也该下班了。

汽车驶过一条条通畅的马路，朝着浦东方向急驶，通过一个十字路口的时候，谷宇清突然发现前方停着一长溜的车和多辆警用摩托，脑子里刚闪过“麻烦来了”的念头，侧窗边已经闪出一个身穿反光马甲的警察身影。

“请出示两证！”警察敲敲侧窗，随手敬了个礼。

2 看守所

谷宇清好事不赶趟，“醉驾入刑”这事倒是踩准了点子：抽血检测的结果是“血液酒精浓度超过每百毫升 80 毫克”，属于醉驾无疑。

好吧，刑事立案，拘役三个月，并处罚款2000元，暂扣半年机动车驾驶证。

几口啤酒就把人喝进了班房，这算怎么一回事呢？警察说，没办法，每个人对酒精的耐受度不一样，据说是血清中的一种什么蛋白酶在作怪，所以有的人达到 200 毫克还没啥感觉，而有的人 20 毫克就神志不清了。可法律不是松紧带，没法讨价还价。

这就叫祸不单行。

饭碗敲掉了，女朋友飞掉了，自己又进了班房，生活啊，咋就这么精彩刺激呢?

看守所的条件不错，至少比想象中的“牢房”要好得多，但是不允许鞋子、眼镜、皮带等等一切随身物品带入号房，连裤子上的拉链把手也得揪掉。

号房是一个长达 10 米的狭长形空间，但屋顶奇高，目光所及处全是笔直的线条和雪白的墙面，正中间架着一块巨大的厚木铺板，由一排水泥墩支撑着，形成一格一格像桥洞那样的储物空间，所有的杂物全部塞在其中，令整个空间看上去显得特别整洁。十几个表情或阴沉或麻木的囚徒呈一字形靠墙而坐，一连串的光头大有触目惊心之感。

“新鬼，坐那边去！”一个体格健硕、生就一对招风耳的年轻人跳起身来，指着墙角命令道。

谷宇清扭头一看，只见墙角处靠近铁门，旁边就是一个蹲便器，不消说，这是号房里最差的位置，肯定也是新人的待遇之一。没办法，到哪儿都得论资排辈，就是不知道号房里是不是像外面盛传的那样有下马威的规矩：每个新来的都要挨一顿揍。

“问问他是哪儿人、叫啥名、犯了啥事、几个疗程。”号房最深处的角落里传来一个声音，一口上海口音。

谷宇清顺着声音看去，只见大炕般的号板尽头半躺着一个三十来岁的男子，看上去十分强壮，但面相并不凶恶，只是沉着脸说话的口吻中带着不容置疑的权威性，甚至像达官贵人那样并不直接与小人物对话，而是通过麾下那位招风耳大将来贯彻执行——难道这就是传说中号房里的龙头大爷？

谷宇清连忙用上海话如实相告——他虽然来自浙江，但母亲是上海人，所以打小就会讲标准的沪语。

幸运的是，用上海话一搭腔，龙头大爷的脸色明显缓和了不少。

谷宇清老老实实地在蹲便器边落座，心里一个劲地直敲鼓，吃不准今天这顿揍到底逃得过逃不过。

“好了，你们俩继续。”龙头大爷朝宝座下那一连串的光头命令道，“今天要是不搞个水落石出，谁都不许吃饭睡觉！”

谷宇清突然明白过来，这句话与己无关，是号房里正在进行着一桩纷争，只是刚才管教送自己进门，被暂时打断了。

一个瘦叽叽的中年汉子和一个浓眉大眼的年轻人站了起来，像一对斗鸡那样横眉冷对着开始互相指责，各自叽里呱啦地进行着刚才被迫中断的陈述。

两位情绪激动的朋友都不是上海本地人，争吵中带着浓重的口音。谷宇清仔细分辨，很快便弄清了争执的由来：中年汉子指责年轻人偷了自己两根红肠，而对方却矢口否认。

这也难怪，这里除了时间之外什么都紧缺，尤其是富于营养的食品，宝贵程度不言而喻。而且这里的流动小卖部只提供方便面和红肠等屈指可数的几种食品，实际上也没多少营养，再加上每个人的购买量受到限制，而许多外地人没有亲友前来送钱送物，境况更是雪上加霜。

于是，这些可怜的家伙往往不得不在饥饿难耐的时候眼巴巴地看着别人享用食品，实在熬不住的时候，就只能打歪主意了。再说，很多人本来就是犯盗窃案进来的，本身就是专业人士，这小偷小摸还不是举手之劳?

谷宇清注意到，所有人的衣物、食物都塞在床板下的储物洞里，既没门又没锁，要想偷的话很容易得手，而且任何人都有可能下手，难怪那两位朋友现在纠缠不清，龙头大爷也难以判别了。可是，两根红肠才多大的事，龙头大爷犯得着这么认真，竟要开庭审判?

吵吵嚷嚷闹了半天，事情还是扯不清楚，谷宇清实在看不过去了。

“这事其实很好分辨。”谷宇清壮着胆子插了一句，但话一出口便有点后悔。

“新来的小子口气不小，你是不是皮痒痒了？”招风耳斜着两眼讥讽道，“滚一边去！”

“新来的，你倒是说说看，应该怎么个弄法？”龙头大爷却很感兴趣，摆出不耻下问的姿态，和气地问道。

“按我的想法，似乎可以用数学上的博弈法来判别。”谷宇清骑虎难下，只能硬着头皮回答。

“哦？”龙头大爷顿时眼珠乱转。

“不好意思，我只是随便说说。”谷宇清连忙把话收回来。

“这里哪轮得到你说话！”招风耳跳下号板，气势汹汹似乎准备动手，“行，你既然随便说，我就随便捧个场吧！”

“坐下！”龙头大爷朝招风耳厉声命令道，随即朝谷宇清招招手，“来，来，坐过来，交给你来处理。”

谷宇清只能遵命。

“大哥，啥叫博弈法？”招风耳问龙头大爷。

龙头大爷朝谷宇清一抬下巴，意思是：“解释一下吧。”

开弓没有回头箭，看来只能试试看了。

谷宇清干咳一声后开始解释，说博弈论属于应用数学的一个分支，是研究具有斗争或竞争性质现象的理论和方法，而眼下这个红肠案例，在无证据可查的背景下，可以归属为典型的“囚徒困境”模型，所以在数学原理上是能够得到答案的。

所有的人都听得莫名其妙，但龙头大爷似乎听懂了，脸上的神情显得既惊讶又兴奋。

“你是指支付矩阵？”龙头大爷试着问道。

“没错，支付矩阵！”谷宇清略感惊喜，没想到龙头大爷不是草包，显然也受过高等教育，“在四种行动选择的组合中，‘抵赖、抵赖’是帕累托最优，所以不难看出，‘坦白、坦白’是一个占优战略，此时达到了一个纳什均衡……”

所有人全都听得目瞪口呆。

“好，按方抓药，我们来试试看！”龙头大爷大喜过望，摩拳擦掌地叫道。

十几个光头一致认为，新来的家伙要么是天上降临的神仙，要么就是医院里逃出来的精神病。而那个一直顽强抵赖的年轻人更是被这些闻所未闻的吓人话击溃了心理防线，害怕招致更严重的惩罚，不等下一步行动的实施，便哭丧着脸承认了下来。

“自己去天井里腾云驾雾一个钟头！”龙头大爷朝倒霉的小偷厉声命令道，继而脸上迅即换上一副笑容，抬手拍拍自己身边的木板，“新来的，叫谷宇清对吧？来，坐这儿来。”

谷宇清赶紧在招风耳挪屁股让出来的新位置上落座，暗忖刚才那一手露得实在及时，非但不用睡在蹲便器旁边，甚至一跃成龙头大爷的左右臂膀，运气实在不错。

偷红肠的朋友乖乖地走到了号房外面的天井，在巡逻武警看不见的角落里开始“腾云驾雾”——单腿站立，另一腿蜷缩，身体弯曲前倾，双臂像鸟翅一样后伸、高扬。

招风耳则抱着胳膊在一旁监视，时时提醒动作必须达标。谷宇清暗想，一小时熬下来，那小子不虚脱才怪，真不如痛痛快快挨一顿揍。

有了地位，日子便会好过。

接下来的日子里，谷宇清连粘纸盒的劳动也不用天天参加，没事的时候就跟龙头大爷坐在天井里闲聊，甚至还能在水泥地上用纸板做成的棋子下象棋。

龙头大爷自我介绍说，自己的名字叫钟文沛，以前也受过高等教育，这次是因为一件贩毒案进来的，“一公斤海洛因，够枪毙几十回的了”，不出意外的话，没几个月就能上西天。

这让谷宇清吓了一跳。

日子一天天地流逝，两个月的时间还不算太难熬，咬咬牙也就扛过去了。

这段时间里，谷宇清与钟文沛混得越来越熟，好处也得了不少，别说是受别人欺负，连肚子都没挨过饿。谷宇清账上没钱，买不起任何食品，但钟文沛的东西可以随意拿来吃，令旁人看在眼里全都羡慕得眼睛发红。

钟文沛解释说，家里父母早没了，但还有个妹子，每隔一阵就会来这里探望一次。虽然没法见面，但能在看守所指定的小卖部里买些食品送进来，还能往现金账号上存钱，所以方便面、红肠之类的食品只管放开肚皮吃。

“小谷，你这事再熬一个月就出头了，等出去以后，我想托付你一件事，不知道行不行？”有一天，俩人连杀了几盘象棋，意兴阑珊之余，钟文沛猛然说出这番话。

“钟哥，你说，只要我办得到。”谷宇清现在也学会了唱不着调的江湖曲。

其他人全在号房里忙着劳动，天井里是最方便说话的地方。

“这事我已经考虑了很久，你是唯一合适的人选。”钟文沛的口吻突然严肃起来，“我早就跟你提起过，我有个妹妹，年纪跟你差不多……我嘛，想把她托付给你。”

“钟哥你放心，我肯定会代你照顾她。”谷宇清连忙提交保证书。

“我希望你做的，不是一般的照顾。”钟文沛叹了口气，“如果有可能的话，我希望你们以后能够成为夫妻。”

“啊？”谷宇清实打实地一愣。

“放心吧，我妹妹人长得很漂亮，脾气性格也十分好，绝对配得上你。”钟文沛笑了起来，“当然，我也不是拉郎配……呵呵，我的意思是，你们可以慢慢接触，看看是否合适，以后再做决定。”

这话通情达理，谷宇清完全没有不答应的理由。林雨露跑了，自己正好是孤家寡人，这现成的女朋友干吗要拒绝？

“可是，你妹妹会同意？”谷宇清想到了问题的另一面。

“放心吧，我的话她一定听。等判决下来，家属就能前来探视，到时候我会亲口关照她。”钟文沛信心十足地说道，“再说，我还需要你们俩合力去做一件事。”

谷宇清心里一跳，脸色都发了白——毒贩子交托身后之事，能有什么好事?

“哈哈，吓着你了吧? ”钟文沛看出了谷宇清的心思，“放心吧，绝对不是什么犯法的事情，我以人格发誓，这只是一件家事，完全合理合法，而且，对你来说好处也不小。”

“哦，是什么事呢? ”谷宇清放下心来。

“是一笔家传的财宝，虽然线索确凿，但仍属下落不明，我希望借用你的聪明和智慧去把它找出来。”钟文沛正色说道，“因为我觉得你具备这样的能力。”

“你自己怎么不去? ”谷宇清问。

“本来嘛，当然是打算自己去的，但一来还有许多线索没搞清楚，二来又出了事嘛，所以我现在跟你说这事，其实也是没有办法的办法。我再强调一遍，这是没有办法的办法! ”钟文沛目光发怔，语气里带着无尽的伤感，“我算是出不去啦，靠我妹妹这样的弱女子，又根本不可能找到，所以，从你进来的第一天开始，我就有了这样的想法。你有一个逻辑思维超强的头脑，而这正是我所需要的，所以我相信你一定能做到。找到以后，哪怕你和我妹妹没能成为夫妻也不要紧，财富可以一人一半。”

这可太有意思了，坐班房坐出了一个现成的女朋友，又凭空坐出了一笔财富，福利好得实在有些过分，难道这就是传说中的因祸得福?

谷宇清简直要晕过去了。

“那么，财宝在什么地方呢? ”谷宇清艰难地咽了口唾沫。

“新疆。”钟文沛一字一顿地答道。

第二章 乌合之众

这似乎都成规矩了，藏宝图都是祖上留下来的。但是反过来说，一个人有了财富，不留给子孙又留给谁，难道留给隔壁张木匠？

1 钟小彤

谷宇清走出看守所大门的时候，外面正热浪翻滚。

钟文沛那位据说长得很漂亮的妹妹名叫钟小彤——谷宇清出来后先休整了两天，大鱼大肉吃了个饱，随后意识到要做的第一件事就是去找她——此事关乎姻缘和财富，哪能等闲视之？再说自己现在失了业，有的是可供挥霍、折腾的时间，哪怕是死马当做活马医也好。

钟文沛提供的地址是：崇明岛城桥镇，一处城乡结合部的居民租住屋。

谷宇清曾经问过钟文沛："你们兄妹俩都是好端端的上海人，你妹妹为什么要租住到崇明岛上去呢？”钟文沛的回答是：因为自己从事的是非法活动，不想让妹子受到牵连。

崇明岛地处长江口，与上海市区隔海相望，是中国的第三大岛。现在，崇明长江隧桥已经开通，两地通过隧道和桥梁相连，交通十分方便，谷宇清要不是因为扣证半年，自己开车就能直达。

一大清早，谷宇清打的来到宝杨码头，坐上高速轮渡渡海前往岛上的第一大镇，也是县政府所在地城桥镇。海面上的景色乏善可陈，目及之处的海水混浊泛黄，唯觉天空比市区蓝了许多。

上岛以后，招揽生意的黑车很多，谷宇清把写有地址的纸条给司机看，上车行驶十来分钟便找到了目的地。

这是一处本地居民的自建房，位于一条弯弯曲曲的小巷尽头。

敲门的时候，谷宇清心里还是闪过一丝担心：钟文沛毕竟是胆大妄为的贩毒犯，跟他扯在一起，别惹上什么意想不到的祸事！

“找谁？”门开了一条缝，传出一个年轻女子的声音，似乎十分警惕。

“找钟小彤，我姓谷……”谷宇清回答道。

“是谷宇清吧？”门完全打开，是一个身材苗条的年轻女子。

“对。”谷宇清一愣，对方怎么会知道自己的名字？

“判决下来了，我昨天刚去探视过我哥，所有的事情他都关照过我了……”钟小彤说到这里，眼圈已经红了。

真是巧事，自己前脚刚走，判决后脚就下来了。这么说，钟文沛很快就要吃“花生米”了。

“唉……”谷宇清只能叹口气，不知道该怎么安慰对方。

钟文沛没说错，钟小彤确实长得不错，虽然不是那种令人惊艳的美女，但肤色白皙、眉目清秀，留一头不长不短的秀发，哪怕有一排评委坐在这儿亮分，归为小家碧玉也应该毫无争议。要是做一个量化的话，至少能比林雨露多加 10 分。

屋子里空空荡荡，除了基本的几件家具，看不到什么陈设和杂乱的生活用品，可以想见主人应该是不打算长居在此。

“不好意思，我这里连茶叶也没有，没法给你泡茶。”钟小彤请客人在唯一的一张靠椅上落座，自己只能坐在床上。

“没事，没事。”谷宇清心里早就乐开了花，“我的情况，你哥都告诉你了吧？”

“嗯。”钟小彤声音极轻地答应了一声，随即略显羞意地低下头去。

太棒了，这个“嗯”字，已经把俩人的关系初步确立了下来，至少表明，钟小彤对其兄的安排不持异议。

屋子里静悄悄的，两人面面相觑地对坐着多少有些不自在。

“那么，你哥说的线索是怎么一回事呢？”谷宇清把话题拉上正道，又补充了一句，“在里边说话不太方便，好些细节没法说。”

“嗯，我先给你看样东西。”钟小彤点点头，从枕头边的挎包里拿出一只金属的巧克力盒来。

谷宇清暗想，这肯定是一件重要的东西，否则钟小彤不会随身携带。

铁盒打开，里面是一张纸和一张皮，合在一起轻轻卷成一卷，展开来后尺寸大约各有一张 A4 纸那么大。

纸张很厚，质地坚挺，但淡淡泛黄，看上去已经有些年头；皮革则很薄，颜色呈灰黄色，质地柔软、细腻，看不出到底是羊皮还是牛皮。

纸和皮上全都画满了各种线条、符号、图案及英文字母，密密麻麻，不知所云。但依然可以看出，这应该是一张地图，而且是把一张完整的地图一分为二，分别记录在一纸和一张皮上——也就是说，两者缺一不可。

难道，这就是传说中的寻宝图？只有在电影和小说里才能见到的打开宝藏的钥匙？

“新……疆？”谷宇清觉得有些呼吸困难。

“没错，吐鲁番的火焰山。”钟小彤答道。

太荒唐了，一个即将被处决的毒贩，手上却有一笔埋藏在火焰山中的财宝，怎么才能相信这不是一个奇异、虚幻的《西游记》故事呢？

“看来我得先解释一下它们的来龙去脉。”钟小彤看出了谷宇清的疑惑，轻轻地笑了一下。

“是你们钟家祖上留下来的？”谷宇清问。

这似乎都成规矩了，藏宝图都是祖上留下来的。但是反过来说，一个人有了财富，不留给子孙又留给谁，难道留给隔壁张木匠？

“对，严格点讲是我曾祖父留下来的。”钟小彤认真地点点头。

“哦。”谷宇清嘴里附和着，心里却并不十分当真。

“看来我得先告诉你我曾祖父是谁。”钟小彤显然又觉察到了谷宇清的心理活动，“我们家，原本并不姓钟，而是姓吴。”

“哦，还有这事？”这一点，谷宇清没有想到。

“我曾祖父的名字叫吴世安。”钟小彤继续说道，“他并不是一个名人，但是，你可以在网上查到他的名字。”

谷宇清立刻大感兴趣，马上兴致勃勃地打开电脑。

“你可以查孙殿英的词条。”钟小彤提醒道，“这批宝物，实际上就是清东陵中的宝中之宝。”

怎么又扯上了东陵大盗孙殿英？谷宇清虽觉奇怪，但还是照做了。

“嚯，关于孙殿英的资料还不少。”谷宇清不停地操作着电脑，“大部分都是关于东陵盗宝的记载。”

“你看当中那一段，关于孙殿英派人到上海的部分。”钟小彤指着屏幕说道，看来对这些资料十分熟悉。

越过前面那些关于孙殿英生平的介绍性文字，直接找到在上海暗卖宝物的那一部分，果然，吴世安的名字跳入了眼帘。

资料上是这么记载的：黄金荣设局、吴世安操纵、假洋商出面，从军需处长李德禄的手中骗到宝物。孙殿英闻讯后大发雷霆，指派杀手枪杀吴世安泄愤，事情到此划一段落，而宝物依然不知所终。

又看了几条相关资料，所说的情况基本大同小异。

“现在明白了吧？上面所说的，恰好就是咱们这批宝物的来龙去脉。”钟小彤指着面前的地图说道。

“我的头有点大……”谷宇清一下子还没缓过神来。

“是啊，听上去是有点天方夜谭。”钟小彤点点头说道。

“那么，问题来了，吴世安不是被杀了吗？”谷宇清不解地问。

“没有，这就是一个小小的秘密了。”钟小彤嫣然一笑，“杀手被我曾祖父收买了，商定宝物一人一半平分，事情就是这么简单。后来，我曾祖父偕同那位杀手去了一趟新疆，但交易显然没有完成，具体原因目前不得而知，但肯定是发生了一件什么特别的事情。”

“那当然，交易要是完成了，就没有今天那么多事了。”谷宇清笑道。

“我曾祖父从新疆回来后就改姓换名，然后回到广东老家去隐居了好多年，显然是仍在躲避危险，但后来不知什么原因，居然又冒险带着妻儿举家再赴上海。据我哥推测，此举很可能是想完成一桩未完的心愿。再后来，抗战爆发，一家人一直未能离开上海，就此定居下来。我曾祖父直到解放后才去世，而宝藏的秘密也就口口相传流传下来了，只是由于种种原因，我的祖父和父亲都没去寻找这批宝藏。”

“太可惜了。”谷宇清叹道。

“是啊，也许是冥冥中自有天定吧！”钟小彤又有点伤感起来，“我父母都是老老实实的本分人，母亲很早就因车祸去世，父亲是去年因病去世的，这事直到临终才告诉我哥，可我哥刚想着手去做，却又犯了大事……”

“那么，这批宝藏怎么会和火焰山联系在一起呢？”谷宇清说出了最大的疑问。

“当年，我曾祖父和那个杀手在上海隐居了一段时间，待风波平息以后才暗中寻找买家，最后，与一位俄国富商谈成了交易。”钟小彤继续娓娓道来，“这件事的影响太大，黄金荣和孙殿英的人未必已经放弃追踪，所以那位俄国富商生怕在上海交易后再生事端，更怕无法顺利把宝物带出上海，所以提出了一个条件，要求我曾祖父和那个杀手将宝物送至新疆去交易，好像是一个叫布尔津的地方。说那儿紧靠俄国，还有俄国的领事馆，安全方面有绝对的保障。”

“我知道布尔津这个地方，在北疆阿勒泰地区，公司里有个同事去年去那儿旅游过。”谷宇清插嘴说道，“可既然是送到北疆去，又怎么和吐鲁番的火焰山扯上了干系呢？”

“问题就在这里！”钟小彤点点头，“我哥也一直想不明白这事。”

“不光是这一点，其他方面也让人想不明白。”作为理工男，谷宇清的逻辑思维发挥了作用，“比方说，好端端的地图，为什么一半是皮、一半是纸呢？既然是口口相传的故事，它的真实性又有多少呢？”

“好了，告诉你一个事实吧……”钟小彤想了想说道，似乎下定了某种决心，“你知道这张皮是什么皮吗？”

“呵呵，不会是人皮吧？”谷宇清心里一动，忙拿起那块皮子细看。

“你说得一点没错。”钟小彤笑了起来，但笑得极其严肃。

谷宇清一惊，赶紧像被烫着了一样扔下皮子。“真……真的？”他结结巴巴地问道。

“我又何必骗你呢？”钟小彤反问道。

谷宇清将双图拼在一起仔细端详，脑子里的疑问越来越多。

两张地图上的点、线、面、符号、字母俱能呼应，按常理来说，一份完整、原始的地图，即使由于种种原因需要一分为二，那也应该要么全是纸，要么全是皮，为什么会出现这样的“鸳鸯谱”呢？更主要的是，这人皮又是谁的呢？

足足考虑了十分钟后，谷宇清最终做出了决定：走，去新疆！

先不说口口相传的故事是否靠谱，单看复杂的地图，那也不像是有人吃饱了没事干故意伪造的，自己反正闲着没事，去一趟新疆又不会死人，即使当成旅游满足一下好奇心也好。再退一万步来说，哪怕不为这笔云里雾里的宝藏，就为了钟小彤也值得去跑一趟——你小子还要不要把人家骗来当老婆？

“实际上，光有地图还没有用，有些关键点，图上无法表达，完全是靠口头传承下来的。”钟小彤补充道。

谷宇清暗想，小姑娘这句话，不知道是不是在暗示自己，去新疆根本少不了她，趁早别打甩开她独吞宝物的念头。

可是，去新疆还是得花很多钱，自己从公司下岗时领了两个月的薪水，可进看守所的日子里，住房的租期正好到期而自动续约，出来后不得不把租金付给人家。再加上醉驾的罚金和看守所的伙食费，还有以后必须自己缴纳的社保等，乱七八糟一加，那笔薪水就所剩无几了。现在算上几张银行卡上的存款和家里的现金，手头加起来也不到一万块了。

唯一的办法只有卖车，哪怕价格再低也卖！

谷宇清突然想起了蔡牛。

蔡牛一直声称自己要买车，而且是非买不可，只是说的时候永远是心急如焚，仿佛随时便会去4S店提货，但始终不见行动。那么，现在何不找这小子试试呢？肯借钱最好，不肯借的话就把车便宜点卖给他。

临走之前，谷宇清用纸将原图临摹了一份，塞进包中说准备带回去好好研究研究。钟小彤没反对。

2 蔡牛

赶回市里时已近黄昏，谷宇清没有回家，而是直接去找蔡牛。

蔡牛明明在家，但敲了半天门才开，而且看神色有点异常，不知道这小子在屋里搞什么鬼。谷宇清心里有事，自然顾不得去管，开门见山就提借钱的事。

“阿哥啊，我正想找你借钱呢。”蔡牛马上反将一军。

蔡牛这家伙很有意思，明明是吃房租的社会闲散人员，却硬说自己是一位“资深古玩收藏家”兼“新古典主义诗人”，并坚持声称“蔡国贤”这三个字在收藏界颇有一些“分量”。

为了增加这个分量，蔡牛平时很爱穿一身绸子的中式衣裤，手里捏一把沉甸甸的折扇，以便落实羽扇纶巾、仙风道骨的风韵。高兴起来便吟风弄月写几句顺口溜一般的“五言”“七律”发在博客上，只是向来不管什么平仄、对偶、入韵的麻烦。

不过有一点确实不错，这家伙好学不倦，非常喜欢读书，家里的书架上堆满了乱七八糟的杂书，平时有点时间就去书店淘书、去图书馆借书，连手机里也都是电子版书籍，所以不说是满腹经纶，也得公道地承认喝过不少墨水，所以年纪轻轻便有了一个圆鼓鼓的肚子。

蔡牛时常摸着自己的肚皮得意扬扬地宣称: 哥啊，这不是普通的肚皮啊，相当于一座移动的图书馆和一部大百科全书，论里边的货色，你找一打大学教授来决斗都不是对手啊!

实际上，谷宇清跟蔡牛能成为好朋友，正是因为在对方的身上看到了自己的影子——谷宇清同属爱书、饱学之人，肚皮里的墨水并不比蔡牛喝得少，茴香豆有几种写法全明白。两个书呆子，一对不合时宜的大活宝，自然而然气味相投，不同之处在于蔡牛曾下油锅去溜过一遭，稍微有点滑头滑脑。

说到收藏，蔡牛这几年确实收进了不少东西，举凡瓷器、玉器、铜器、字画等等啥都往家里拖，估计没少花冤枉钱。人家玩收藏的都是“一朝被蛇咬，处处闻啼鸟”，而蔡牛却是一万年无怨无悔，而且你永远只见其买进，从不见其卖出——显然是因为收藏界聪明人太多而傻瓜蛋不够用的缘故。

不过蔡牛永远信心十足，坚定地认为藏在自己床下的那些破铜烂铁，无论哪件都是价值连城的宝贝，要是忍心割爱的话，自己的身价“分分钟与李氏富豪平起平坐”。

有时高兴起来，蔡牛也会让谷宇清开开眼界，小心翼翼地捧出一把脏兮兮的茶壶或一只破破烂烂的香炉，慈爱的目光似乎照拂在初生婴儿的身上，嘴里念念有词：“这哪是茶壶啊，明明就是一辆奥迪 A6 啊。”或者说：“唉，要是机会凑手的话，这就不是什么香炉啦，而是一栋独立别墅喽。”

“你瞧，床底下堆着金山银山，一说借钱就哭穷。”谷宇清早料到借钱成功的希望十分渺茫。

“阿哥啊，真没钱啊，你又不是不知道，我的钱都压在藏品上了。”“新古典派诗人”苦着脸惨叫道。

文艺青年蔡牛有一个优点，就是脾气十分好，而且能说会道，嘴巴特别甜，逮谁都叫阿哥，哪怕你年纪比他小得多。

凭良心说，蔡牛长相不错，四方脸上扑闪着一对迷离的近视眼——虽然近视，却一直坚持不戴眼镜。鼻子高挺，唇红齿白，常年自带三分笑，除了身材有点发福、说话稍显啰唆之外，其他方面中规中矩，所以这样的人三十好几还找不到女朋友，实在令人匪夷所思。

“行啦，不跟你借，放心吧，回头别把你小子吓坏了。”谷宇清笑了起来，“我最近想去办一件事，手上正好缺钱，所以想把车卖了。怎么样，7 万块给你，够便宜了吧？你也该知道，这块车牌当年拍到手就花了两万多，明年至少得涨到 5 万，自己算吧，车价才算两万，就是个废铁价。”

“阿哥啊，你也知道，我想要一辆车已经很久了，真心说你这车不止 7 万，我手上但凡拿得出 10 万，说什么也不会给你 9 万……”蔡牛极其诚恳地扑闪着迷离的近视眼说道。

“接下来要说‘但是’了。”谷宇清咧嘴一笑抢着说道。

“没错，但是……”蔡牛的脸色突然变得沉重起来，“我也不怕你笑话，实话实说吧。上个月，我遇上了一件雍正青花，这玩意儿在市场上至少值二三十万，我讨价还价磨到 13 万搭进，开始以为是捡了大漏，没想到是打了眼。经高手鉴定，是仿品下边接上了一个老品的底，所以胎质和底款都对……”

“慢，你怎么一下子拿得出 13 万来？”谷宇清奇怪地问。

“我哪里拿得出来，也是靠借呗！”蔡牛沮丧地说道，“不瞒你说，事情太急，只好去找放水的朋友借。”

“什么放水？”谷宇清没听明白。

“就是高利贷。”蔡牛回答道，“原本以为转下手马上就能还钱，结果彻底搞砸了。现在人家天天上门要债，我都不知道该怎么逃过这一关了，难不成把房子卖掉？”

“难怪刚才敲了半天门不开，八成是你小子以为高利贷来讨债了。”谷宇清恍然大悟。

“谁说不是！”蔡牛哼哼道，“放水的家伙可不是善男信女。对了，你这么急着要卖车，而且价格卖得这么低，不会也是被高利贷追着要债吧？”

“我啊，说出来你都不信……”谷宇清稍微斟酌了一下，“我打算去一趟新疆。”

“新疆？”蔡牛没明白。

谷宇清想，去新疆这事从头到尾一直是自己一个人瞎琢磨，确实也该说出来让蔡牛帮着参谋参谋，也许当事者迷、旁观者清呢。不管怎么说，这小子一直在社会上滚，虽然看古董容易走眼，看人看事说不定还独具慧眼，而且那一肚子的学问也确实不是盖的。

于是，谷宇清一五一十，从那天他醉驾被拘开始，一直说到吴世安和钟家兄妹，原原本本地讲开了故事，唯一隐去的，是钟文沛“托孤”的情节。

为了加强说服力，谷宇清甚至还亮出了那张临摹的地图。

“难怪你小子整整三个月一点音讯也没有，打你手机总关机，原来是吃官司去了。”蔡牛看着地图兴奋地嚷嚷起来，“阿哥，因祸得福啊，这还有什么犹豫的，去了再说啊。不光是你去，我也去，兄弟一场，你可得拉我一把。”

“你小子真是说风就是雨。”谷宇清没想到这旁观者比当事者还迷。

“你总不能眼巴巴看着我被放高利贷的砍掉一只手吧？”蔡牛脸上红

扑扑的，一张嘴像机关枪一样扫射起来，“人多力量大，这话总听说过吧？我不要求分多少宝贝，能还掉高利贷就行，怎么样，算是毛毛雨了吧？再说，宝贝拿到手总得出手吧，你们又不玩收藏，连行情都不懂，到哪里去出手？我就不同了，专业人士啊，你出去打听打听，掂掂蔡国贤这三个字的分量。到时候由我负责牵线买家，确保你万无一失！”

“唉，你啊！”谷宇清一声叹息。

但是，细想想蔡牛说得一点没错，宝贝拿回来后难道不出手？自己哪儿有这门道，钟小彤那样的小姑娘就更别提了。

“千言万语归为一句话，高利贷的刀都架脖子上了，你不能见死不救吧？”蔡牛装腔作势地一把搂住谷宇清的腰，“我这回算是赖上你了，海誓山盟跟你走！”

这个故事告诉我们，和诗人，尤其是新古典派诗人交朋友是存在着一定的风险。话刚说到这里，防盗门突然被敲响了。

但是，那样的敲法有点不对头，说是敲，实际上是擂，其声势震天动地、杀气腾腾。

“不好，说曹操，曹操到！”文艺青年松开手，一张脸立即发了白，压低声音示意谷宇清别出声。

外面的人并未放弃，甚至越敲越响。

“蔡国贤，我知道你在屋里，再不开门老子用切割机破门啦！”一个粗声粗气的声音高叫道。

这下蔡牛着了慌，赶紧答应着跳上前去开门。

“阿哥啊，原来是你啊，我还以为是推销蟑螂药的呢。”蔡牛嬉皮笑脸地说道。

“蟑螂药没有……”门外的汉子随手在蔡牛的后脑勺上不轻不重地拍了一掌，“不过我倒会拍蟑螂。”

谷宇清定睛一看，只见那汉子约莫四十岁模样，一口外地口音，高个子，平顶头，红黑脸膛，膀粗腰圆，手臂上胡乱刺着一些莫名其妙的图案算是文身，一看就是不好惹的凶悍角色。但是这家伙的黑脸上居然生有一对酒窝，不知道造物主是什么意思，究竟是想吓死人还是想迷死人。

“别急，别急，我正跟哥们商量着凑钱呢。”蔡牛急中生智，指着谷宇清说道。

“那好啊，我等着。”那汉子横了谷宇清一眼。

“阿哥啊，哪儿有这么快啊！”蔡牛满脸苦色，心里一慌把大实话都说了出来，“我们正商量着去一趟新疆弄钱呢，可这一来一回，至少也得十天半月吧？这样，再缓半个月，到时候利息加倍。”

“你当我是傻瓜？”那汉子脸一沉，似乎又想拍蔡牛的后脑勺。

“别，别！”蔡牛连连后退，把谷宇清直往前推，“不信你问我兄弟。”

“没错，是准备去新疆。”一下子被推到了风口浪尖，谷宇清只好点头附和。

“你们去新疆，是开油田还是挖金矿呢？”那汉子冷笑着讥讽道，随即两眼鼓了起来，“少废话，要么拿钱，要么让我带一只手回去。”

“哎哟，千真万确的事情，你怎么就不相信呢！”蔡牛急得团团转，心里一慌，把不该说的全说出来了，“实话对你说吧，我们这次是去新疆寻宝，等宝贝拿回来，你这十几万还好意思叫钱？”

“瞎扯什么？”汉子气冲冲地说道。

“不信是吧？”蔡牛彻底急糊涂了，从桌上抄起地图递到汉子的眼前。

谷宇清想拦已经拦不住了。

汉子一愣，接过地图仔细端详，满脸都是将信将疑的神色——谁会没事去捏造这么一份复杂、诡异的地图出来？

“这样吧……”谷宇清灵机一动，咬咬牙做出了一个决定，“我手上有一辆车，按二手价来说，市场上至少能值10万，我把车押给你，回来后拿钱来赎。”

这么一说，汉子倒是相信了，至少相信眼前这张地图非同小可。

“怎么样，没骗你吧？”蔡牛趁热打铁。

“就算值10万，算上利息还差着一大截呢！”汉子口气缓和了一些，“不行，万一你们跑到新疆不回来了怎么办？”

“阿哥啊，你说到哪里去了。”蔡牛只能苦笑。

“除非是这样……”汉子的眼珠骨碌碌乱转。

“咋样？”蔡牛忙问。

“除非是我跟着你们去！”汉子斩钉截铁地回答。

谷宇清差点昏倒。

“刚才正为去新疆的旅费发愁呢，你一块去也成啊！”蔡牛自作主张地认为自己解决了难题，“这样行不行？你再带上几万块现金路上花，回来一块儿还你。”

“行，没问题。”汉子答应得十分爽快。

“你真会自说自话。”谷宇清恼火地在蔡牛的脑袋上拍了一掌。

“干脆这样，这几万块全部算我的，要是找不到宝贝，算我请客旅游。”汉子直勾勾地瞪着谷宇清说道，“可要是找到了，那我也不客气，多少得分一点好处。放心，我这人通情达理，要求不会过分，你们吃肉，我啃骨头就成。我把丑话撂这儿吧，我要不去，你们俩也去不了，回头我就上衙门里去报告长官。”

“哥啊，这主意其实不错。”蔡牛赶紧用手肘捅捅谷宇清的腰眼，“再说，多个帮手也不错啊。”

要是从表面上来看，这倒是个十分好的方案：看这家伙的面相，有点凶而不恶的意思，要是旅费由其负担，探宝的成本便等于零了，而且队伍里多一个打手一样的家伙也没什么坏处。要是真找到宝藏，给他分掉一点有何要紧？大不了从自己的一份里再分出去呗，这样钟小彤也不吃亏，而算起总账来，还不是牛身上的一根毛？

就是不知道钟小彤会不会同意。

事情有点变得滑稽起来，人家寻宝，照规矩全是“悄悄地进村，开枪地不要”，现在倒好，大张旗鼓，一天之内差不多全世界的人都知道了。

再看人马，人家电影、小说里描写的探宝英雄，哪个不是文武双全的角色？瞧瞧自己纠合起来的这支杂牌军，不，说杂牌军还是好听的，实际上就是一个普通青年、一个文艺青年，外加一个二愣青年——这拨临时拼凑、走投无路的乌合之众，日后堪负重任？

但愿钟小彤别当场晕倒。

第三章　疑神疑鬼

火焰山自东向西横亘在盆地的中部，突兀、呆板、寸草不生，唯有山体上那浅浅发红的无数褶皱，勉强给人带来一丝美感。烈日炙烤下的山体，说是烈焰燃烧未免夸张，而裸露的岩壁反射出滚滚热浪来却丝毫不假，夏季地表温度达七八十度属于家常便饭，“飞鸟千里不敢来”的名句确实传神。

1　王老急

“放水”汉子名叫王元吉，由于脾气急躁，蔡牛干脆将其唤作“王老急”。

王老急的年纪其实不算大，只是脸相比较老成，看上去让人以为已有四十多岁，实际上不过三十六七。

王老急在上海滩混迹近十年，一向以“放水”为生，据说已赚下了几百万的家财。这家伙没有老婆，却有两个女儿、一个儿子——与前后两任老婆全都以离婚收场，所以目前也属单身汉。

三位“青年”一起去崇明岛找钟小彤。谷宇清一路上始终在担心钟小彤会不同意杂牌军出征，没想到事情竟解决得十分顺利。

谷宇清摆出一条条说服的理由，并且再三声明一点：“木已成舟，错也好、对也好，现在只能这么做了，说句小家子话，他们俩的利益从我的一半里支付。”

“其实吧，人多也有人多的好处，比方说，除了合作之外，还可以相互监督和钳制。”钟小彤的脸上并无太多的不悦之色。

这话倒是提醒了谷宇清。是啊，作为钟小彤这样的弱女子来说，第一个想到的应该是保护自己，防备别人独吞财宝而甩掉自己，甚至是更极端的谋财害命。队伍扩大以后，确实可以起到相互监督和钳制的作用，反而增加了安全系数。

从这一角度而言，蔡牛和王老急还真不是累赘。

“说得太棒了，就是这理儿。”王老急跷起大拇指夸赞道，一下子对钟小彤产生了好感。

“这样吧，咱们签署一份协议怎么样？”蔡牛小心翼翼地提议道。

谷宇清看得出来，蔡牛一是考虑将自己的利益以白纸黑字的形式确立下来，二是担心王老急到时候不按常理出牌，所以急于寻找一种制约的武器。

于是，蔡牛花了半个钟头，起草了一份也许是世界上最荒唐、最没有保障的协议。协议中明文规定：宝藏由钟小彤和谷宇清各占一半；谷宇清的那一份中再切蛋糕，蔡牛和王老急各享其中的百分之十；途中的一切花销由王老急负担……

当然，谁都明白，这一脆弱的制约形式仅仅属于君子协议，聊胜于无。

好了，可以出发了。

王老急自告奋勇说：“我马上去订前往乌鲁木齐的飞机票，要是有票的话后天就走。”

第二天，买好隔天上午的机票。眼下正是旅游旺季，机票的折扣很小，四张票就花去了八千多。谷宇清打电话给钟小彤，让她带好随身物品在浦东机场附近找家宾馆住一夜，免得一大早从崇明出发来不及。

“好，明天早晨咱们直接在候机楼碰头。”钟小彤在电话里答应道。

谷宇清赶紧安排自己的事情：与房东商量退房，结清水、电、煤气等一干杂费，然后将自己的衣物、书籍等物品打包运到蔡牛家里，又抽空出去买了一个双肩包和一件带抓绒内胆的冲锋衣，收拾好所有出行物品只待明天上飞机。

晚上，王老急打来电话，说要请喝酒，算是自己为自己饯行，并一再希望谷宇清能把钟小彤一块叫来。

“算了吧，人家女孩子不会喝酒，又不爱抛头露面，就咱们三个喝点啤酒算了。”谷宇清并不想把钟小彤叫来。

“好吧，那一会儿见。”王老急似乎有点失望。

谷宇清不会看不出来，王老急对钟小彤颇有好感。这一点，蔡牛也看得出来。

“王老急这厮也不撒泡尿照照自己！”蔡牛愤愤不平地声讨道，“瞧他那鬼样，好人不像好人，流氓不像流氓，就是手上有几个子儿罢了。老子要是舍得把手上的几件精品出手，分分钟秒杀他。”

“那是，你床下那些宝贝，分分钟秒杀李富豪，王老急哪有资格做对手。”谷宇清笑呵呵地附和道。

“明白人。”蔡牛跷起大拇指夸赞道。

谷宇清又看出了一点：莫非，蔡牛对钟小彤也有想法？

晚上，三个人就近找了个地方喝酒，数杯啤酒下肚，话便多了起来，彼此间的距离也近了许多。

谷宇清发现，王老急这人表面上看来似乎十分粗野，甚至不乏职业需要的流氓腔，但实际接触下来，似乎并不完全如此，从某种程度而言，甚至还是个爽朗、宽厚的家伙。比如说，蔡牛在酒桌上总爱耍小聪明，冷言冷语地讥讽他，字里行间阴阳怪气地夹枪夹棒，可王老急只要认定对方属于朋友及合作伙伴的范畴，对这些小小的侵犯总是毫不介意。当然，也不排除根本就没听出来的可能。

第二天上午，谷宇清和蔡牛坐地铁二号线来到浦东机场，只见王老急早就等在候机楼的地铁出口处，但钟小彤还没到。

“等会儿吧，她应该就住在附近的宾馆里，不会误事。”谷宇清说道。

可是，一直等了半个多小时仍然不见钟小彤的身影。

谷宇清摸出手机刚想打电话，振铃响了起来，看显示，正是钟小彤打来的。

“到了吗？”谷宇清忙问。

“没，我遇到了点麻烦，可能来不了了。”钟小彤的声音有些奇怪。

“什么？”谷宇清几乎跳了起来。

“具体原因我现在没法解释。”钟小彤的语气里，急促之中又带着些惊慌，“现在只能这样，你们三个人先走，我把事情处理好了再去乌鲁木齐找你们。”

“到底出什么事了？”谷宇清提高声音问道。

“相信我，我这是为了大家好。”钟小彤说得很诚恳，想了想又补上一句，“如果我现在出现在机场的话，那我们的行踪就完全暴露了……好了，你们上飞机吧，一路顺风。”

“那我帮你改签一下机票吧。”谷宇清抢着说。

“不用，把机票退掉吧，我没法坐飞机。”钟小彤明明白白地说道。

“没法坐飞机？”谷宇清没明白，“为什么？”

“这事以后跟你们解释，现在电话里说不清楚。”钟小彤语速极快地答道，“这一次我坐火车去，放心吧，绝对不会误事。”

谷宇清还想再问，电话已经挂掉了。反拨过去，居然关了机。

这算怎么一出？蔡牛和王老急全都傻眼了。

谷宇清再三回味“如果我现在出现在机场的话，那么我们的行踪就完全暴露了”这句话，只觉得没头没脑，完全没法理解，而且，好好的飞机不坐，非要改坐火车，又是什么缘故呢？

“不会有什么猫腻吧？”蔡牛满腹狐疑，“回头别被人作弄了。”

“猫腻倒不至于，无冤无仇的干吗要耍别人玩？”还是王老急比较厚道，“管他的，去了再说，大不了算老子请你们俩旅游。”

再怎么商量也没有结果，看看时间差不多了，王老急赶紧去办手续退掉钟小彤的机票。

飞机顺利起飞，四个多小时后降落在乌鲁木齐的地窝堡机场。

三人坐上出租车来到乌鲁木齐市区，在市中心找了家宾馆住下，就此开始了令人焦虑的等待。

乌鲁木齐在古准噶尔蒙古语中的意思是“优美的牧场”，不过，现在这片“牧场”同样是高楼林立、车水马龙，看上去与上海没什么两样。三人到处乱逛、到处乱吃，日子过得倒也潇洒，只是市区范围内除了一个红山公园可以转转，就没地方可去了。后来去了城南的二道桥、国际大巴扎一带，这才发现风情迥然，西域味道扑面而来，走在大街上到处都是高鼻深目的维吾尔人，令人恍然觉得来到了西亚的异国他乡。

新疆的羊肉真是名不虚传，相比之下，内地的羊肉简直是太逊色了。三人放开肚皮大快朵颐，三天吃下来，各人都说体重增加了不少。

开心归开心，可心里还是没底，成天吃吃喝喝、游游荡荡，真把自己当游客了？谷宇清每天都试着拨打钟小彤的手机，但每次都是关机。

一直等到第四天，晚上九点多的时候，钟小彤来电话了，说自己已经从苏州站上了开往乌鲁木齐的T52次列车，顺利的话，第三天就能碰面。

谢天谢地，终于来了，三位朋友全都松了口气。

谷宇清细想想又觉得十分奇怪，干吗不直接从上海上车，而是跑到苏州去上车呢？难道是为躲避什么人，玩了个金蝉脱壳之计？

还没想明白这事，电话又来了。

“我不到乌鲁木齐了，免得再走回头路，咱们在吐鲁番碰头吧。”钟小彤又改了主意，“火车不晚点的话，应该在第三天下午的两点多到，咱们就在吐鲁番火车站会合吧。”

好吧，钟小彤现在是主角，她怎么说就怎么做，那就打点行装动身去吐鲁番吧。

吐鲁番的名气实在太大了，不顺便去看看实在可惜，因为在很大程度上而言，吐鲁番几乎就是内地人心目中新疆的代名词。

吐鲁番盆地内干燥少雨，据说这是因为雨刚下到半空就全部蒸发掉了，所以一到夏季炎热非凡，素有“火洲”之称。但是，这又是一个干而不旱的地方，天山的雪水滋润着这片绿洲，结构巧妙的“坎儿井”又把几十米深处的地下水引至地面，培育出天下闻名的吐鲁番葡萄来。吐鲁番在突厥语中的意思就是“富庶丰饶的地方”。

来到吐鲁番，不能不去葡萄沟。

葡萄沟位于火焰山的西端，长达8公里的沟中到处郁郁葱葱，遍布高产的葡萄园，随处可见泥黄色的民居和晾制葡萄干的镂空“荫房”。但是，正由于这里名气太大、交通便利，而且离乌鲁木齐较近，所以旅游开发大有过度之态，随处可见熙熙攘攘的游客、横冲直撞的大巴、不三不四的人造景观、铺天盖地的摊贩……把自然景观搞得极不自然，而且门票价格还相当之高。

三人在沟内转了半天便觉无聊，蔡牛提议去看看人文景观，于是转车前往著名的交河故城。

故城乃古西域三十六国之一的“车师前国”都城，位于离市区十余公里的一座岛形台地上，从空中俯瞰的话酷似一艘航空母舰横卧于绿洲之中。故城历经数千年的沧桑却保存得非常完整，而建筑竟是用“减地留墙”的方法，从台地表面向下抠挖出来的，市井、官署、佛寺、民居等全都清晰可辨，站在这里发一发思古之幽情确实很受用。可惜，这里也是老毛病，人太多，到处都是红男绿女和导游的小红旗、小喇叭，令人很难“发情”。

火焰山的名气就更响了，连王老急都知道这是“孙悟空三借芭蕉扇”的地方，而且钟小彤明确指出宝藏就在火焰山中，得赶紧去踩踩点。

火焰山自东向西横亘在盆地的中部，突兀、呆板、寸草不生，唯有山体上那浅浅发红的无数褶皱，勉强给人带来一丝美感。烈日炙烤下的山体，说是烈焰燃烧未免夸张，而裸露的岩壁反射出滚滚热浪来却丝毫不假，夏季地表温度达七八十度属于家常便饭，“飞鸟千里不敢来”的名句确实传神。

巨大的山体老远便能看见，但旅游开发的意义就在于建围墙、卖门票，所以景区又搞了个地下景观区，拼凑一些牵强附会的浮雕、照片、沙盘、雕塑等等。更在山脚下竖起孙悟空、铁扇公主、牛魔王的大型铜雕，信誓旦旦地为《西游记》故事做担保，如同一份炒面奉送一碗汤，以便让你觉得值回票价。

“火焰山光秃秃的像块炉膛里烘烤着的煤块，宝藏能藏哪里去？”王老急有点急了。

“是啊，难道钟小彤的话是在摆噱头？”蔡牛的近视眼也开始扑闪。

“确实有点奇怪，这地方怎么看都不像是个能藏宝的地方。”谷宇清也开始纳闷，“难道咱们仨真被人耍了？”

“反正已经到这儿了，走一步是一步吧。”王老急这次倒不急了，“已经上了贼船，只有跟贼走了。”

2 火焰山

到了约定的那天，三人吃过午饭便出发去接钟小彤。

吐鲁番火车站位于大河沿镇，距市区还有足足 50 公里，不过交通十分方便，乘中巴车的话每人十来块钱便可直达。

下午两点多钟，T52 次列车缓缓进站。谷宇清一眼便看到，钟小彤身上背着一只轻巧的双肩背包，正东张西望着往出站口走来，但是神态和目光全都疑神疑鬼，似乎正在观察身后一同下车的旅客。

旅客很多，钟小彤有意磨磨蹭蹭地走着，意在落到出站队伍的最后面去。更奇怪的是，明明看见了谷宇清，却装出一副不认识的样子。

谷宇清有点明白过来：她还是在担心被人跟踪！

“别吭声，装作不认识。”谷宇清低声告诫蔡牛和王老急。

钟小彤走在旅客队伍的最后出了站，随即自顾自地走向站前广场，三转两转，很快便在商摊、机动车和人流中消失了。

“不见了，这又是哪一出？”王老急低声哼哼道。

“笨啊，明显是想甩掉尾巴呗，平时不看电影吧？”蔡牛白了王老急一眼。

一直等了一刻钟，钟小彤才来电话：“我在一家名叫火洲的小餐馆里，就在站前广场右手转弯的巷子里，往前走五六十米就到，你们过来吧。”

找到小餐馆一看，钟小彤正要了一份新疆面，就着似酒非酒、酸甜爽口的格瓦斯汽水在悠然自得地吃喝。

新疆的餐馆爱用 12 寸的大盘子来装面食，桌子上通常还提供免费的蒜头。当地产的小麦生长周期较长，所以面粉十分筋道，佐以炒过的羊肉、皮牙子（洋葱）、西红柿、青椒，味道浓香、微辣，吃起来十分过瘾。

“有人跟踪？”谷宇清一进门便问。

“应该没有。”钟小彤笑着摇摇头，“不过小心点总是好事。”

吃饱喝足以后，钟小彤提议说，反正坐卧铺一点不累，不如马不停蹄现在就上路。

新疆的时间比内地晚两个小时，夏天要到九点以后天才全黑，所以现在的两点多只相当于上海的正午时分。

“去哪里？”三个男人几乎是异口同声地问道。

“吐峪沟大峡谷。”钟小彤答道。

谷宇清心里暗说：哦，原来这就是地图上没有说明和标注，全靠口口相传的“要点”之一了。

“吐峪沟似乎也挺有名，正好位于吐鲁番和鄯善之间，各距四五十公里的样子。”蔡牛打开地图查看，“不过好像没有班车。”

“我去问问饭馆老板，能找一辆车最好。”谷宇清站起身来。

问题马上得到了解决。

“我兄弟有一辆车，平时就做这个生意。”餐馆老板是个汉人，马上摸出了手机，“我来打电话，问问他现在有没有空。”

电话的那一头马上报出了价格，包车来回加等候，一口价400块。

“行，让他马上过来吧。”王老急答应道。

“让他把车直接开到店门口来吧。”钟小彤补上一句，似乎还在担心被人发现行踪。

十几分钟后，一辆黑色桑塔纳来到餐馆的门口。

上车，出发。

司机名叫王胜利，是个健谈的年轻人，大概是经常为游客和摄影爱好者服务的缘故，对本地的历史、文化、风情、掌故非常熟悉，说起来口若悬河、滔滔不绝，比一般的导游还能侃。

王胜利介绍说，吐峪沟位于鄯善县境内，意思是“走不通的小山沟”，而大峡谷北起苏巴什村，南至麻扎村，两村之间的长度足有十余公里，正好自北向南将火焰山纵向切开。这里自古以来与世隔绝，但一百年前有大量赫赫有名的探险家来过此地，什么斯坦因、斯文·赫定、勒柯克、橘瑞超等等，全都来过这里探险考古。

“咱们现在走的这条简易盘山公路，还是早年由部队修建的，叫连心路。”王胜利说道。

这么一说，大伙不由得朝车窗外多看了几眼，而钟小彤更是朝着后窗连连张望，似乎仍在提防着可能的跟踪。

当然，车屁股后面除了扬尘什么也没有。

路途上绝对看不见靠腿行走的人，偶尔才能遇见几辆本地维吾尔老乡驾驶的小型拖拉机，或是几辆去往麻扎村的小汽车，看样子不外是游客雇用的车辆。

谷宇清暗想，钟小彤所说的“在火焰山深处”，确实没有撒谎。但是，当年吴世安和那位杀手，为什么要把宝物藏在这条“死胡同”里呢？而且，大峡谷长达十余公里，到底是藏在哪个位置呢？

“师傅，到火焰山最高峰下的地点下车，那一带是叫胜金口吧？”钟小彤对王胜利吩咐道。

“没错，是叫胜金口。火焰山的最高峰就叫胜金峰，海拔八百多米，搞摄影的人最爱去那一带取景。”王胜利像背书一样答道，“我说，你们也是搞摄影的吧？”

“差不多，为电视剧摄制组取景。”蔡牛马上信口开河，“以后剧组来这里拍摄时免不了要用车，到时候我们长包你的车。”

“好嘞，多谢大哥照应。”王胜利信以为真，自然十分高兴。

峡谷内的景色越来越迷人，山体的颜色以灰黄为主，虽然寸草不生，但岩貌清晰奇特，尤其是那些赭红色的纹理，看上去俨然是由火焰山喷射出来的岩浆凝固而成的，大自然的鬼斧神工真是令人惊叹不已。再看谷底，同样也是怪石嶙峋，山涧里蜿蜒着一条深绿色的小溪，而涧水流经之处，往往绿意盎然，滋生一簇簇翠绿的植物。

“到了，这上面就是胜金峰。”王胜利终于停下车来。

这里真不愧为中国最热的地方，夏季最高气温可达48℃，地表最高温度可达70℃以上，在石头上摊张薄饼、烤个鸡蛋完全没问题。红色山坡上的砂石被晒得滚烫，隔着迷离、蒸腾、干燥的空气，隐约可见一条被人踩出来的羊肠小道弯曲着通向山体的深处，极似一条细长的红蛇游荡在山间。

“实在太热了，你们自己上去吧，我找凉快的地方歇歇去。”王胜利很怕让他带路，先把这话说在前面，“我可提醒你们啊，一是当心中暑，二是当心迷路，里面地形复杂，进得太深很容易迷失方向。”

“行，最起码得几个小时，你自己去找个合适的地方眯一觉吧，我们这边完事以后打你电话。”王老急本来就想把王胜利支开。

王胜利发动车子离去，找附近离得最近的村子歇息去了。

“把地图拿出来吧。”钟小彤对谷宇清说。

“原件没带？”谷宇清边问，边从包里拿出那份临摹的地图。

“当然没带，万一在火车上被人偷走、抢走怎么办？”钟小彤答道。

摊开地图，钟小彤盯着那些复杂的线条和标注的字母仔细研究起来，同时又不停地抬头观察四周地形，手指移来移去，指向一处标注着“A（R）→ P.O20°”的位置。

“看到沟底那座废墟了吗？”钟小彤指着峡谷底部被涧水围绕着的一处台地惊喜地叫道，“那就是图上的A，前方偏东20度为入山口，没错，应该就是那条羊肠小道。”

谷底的台地上矗立着一片泥黄色的废墟，四四方方的建筑，没了顶棚，仅剩数面开始坍塌的外墙，不知道已有多少年的历史。估计应该是佛教兴盛的年代里兴建的，可能是修行者居住的地方或干脆就是小型庙宇，否则谁也不会将住所建在谷底。

谷宇清马上反应过来：字母A后面括号里的那个R，应该就是英语里废墟之意的“Ruins”，而P.O20°，应该就是“Partial Oriental”，偏东方20度——吴世安精通英语，这么标注完全顺理成章。

“这么说，只要找到B点就确凿无误了。”谷宇清四周一望，马上又明白过来，“这个50M是代表50米吧？”

接下来是标注着50M的一道直线，连接着一个圆点，标注为B（S）。

“这B点是什么呢？”蔡牛问道。

“登高50米后，靠西的方向应该有块巨石，上面刻有B的标记。”钟小彤答道。

“哦，S就是Stone（石头）。”谷宇清懂了。

“走，上去再说。”王老急一马当先迈开大步。

王胜利没说错，山上的地形确实复杂，由于没有植被做标志，岩体看上去全都大同小异。

真是不到火焰山，不知道什么叫热。烈日当头，紫外线肆虐，山体酷似滚烫的炉膛，阵阵热浪袭来，令人只觉得身体里的水分蒸发殆尽，连皮肤上也并无汗湿。当年，吴承恩在《西游记》中说："西方路上有个斯哈哩国，乃日落之处……无春无秋，四季皆热"，又说火焰山是"八百里火焰，四周围寸草不生。若过得山，就是铜脑壳、铁身躯，也要化成汁哩"——此说虽系夸张，但描述的特征却基本属实。

山路很陡，空身走路已经十分吃力，可见当年将宝箱运上山去该有多么不易。

"看，大石头，上面真有一个 B 字。"蔡牛第一个发现巨石。

"都看到啦，就你长着眼睛？"王老急见被蔡牛抢了头功，心里颇不乐意。

"不好意思，忘记你也长着眼睛了。"蔡牛哼哼道，又低声补上一句，"还有一对酒窝呢。"

王老急抬起腿来，一脚踢在蔡牛的屁股上。

"别闹！"谷宇清赶紧喊停。

这是一块不知多少年前因地震或风化而坠落下来，其后又被卡在石缝间的巨石，整体呈淡淡的赭红色，被刀子之类的利器镌刻着一个浅浅的B字。

到此为止，可以百分之百确定，宝藏不是天方夜谭，而且寻宝之路也没走错。

按图指示，继续上行 80 米。王老急边走边用水果刀在经过之处的岩石上划记号，生怕返回的时候找不到方向。

C 点有点匪夷所思，原地图由于折痕的原因，将 C 后面括号内的一个字母弄得十分模糊，看不出到底是什么。钟小彤也给不出任何提示，不知道是不是口口相传的过程中遗忘了这一节点。

"瞧，石缝里嵌着什么？"王老急总算扳回一局，"像是一段木头。"

果然是一段十几公分长的木头，像是什么工具上的把柄，一看就是人为嵌在石缝里的。这里人迹罕至，谁会这么做？1929 年的时候，这里路都不通，本地维吾尔老乡又不可能爬上山来看风景。

"Stakes，木桩。"谷宇清脱口而出，"火焰山常年无雨，木柄不会轻易腐烂。"

继续攀登，接连着顺利找到D点和E点、G点，随后一个急转弯，掉头向下进入一道由奇异岩体形成的巨大褶皱。

“这个地方确实够隐蔽的，要是不做那么多的标记，肯定连自己都找不着。”蔡牛哼哼道，“所以说啊，地图是唯一的钥匙。”

“是啊，如果现在让我回到刚下车的地方，再走一遍的话可能也不一定找得到这里。”王老急由衷地叹息。

“那是，就你那智商能派什么用场。”蔡牛乘机踩上一脚。

“你小子肯定是喝农药长大的，一张嘴怎么这么毒？”王老急恼火地骂道。

“哎，怎么一说实话你就着急呢！”蔡牛嬉笑着说道。

“你要是觉得自己聪明，下一个点由你来找。”王老急觉得在钟小彤面前丢不起这个面子，“要是找不到的话，我负责把你扔下山去。”

“你看你看，就会动粗不是？”蔡牛嚷嚷道。

“我就动一动怎么样……”王老急抬起脚来又要踢蔡牛的屁股。

“安静，安静，少吵吵。”谷宇清连忙喝住。

H点是无数道斜向的褶皱，下方十几米的地方，是一面足有篮球场那么大的斜坡，像一个巨大的平台那样悬挂在山壁上。而上方斜挂下来的那一条条褶皱，恰如雨篷那样将其遮挡，所以即使有人来到附近，也很难发现脚下别有洞天。

“应该就是这个地方了。”钟小彤已经累得气喘吁吁。

“神奇、壮观、妙不可言，真是千山鸟飞绝，万径人踪灭……”蔡牛放眼四周，兀自赞叹不已。

“瞧瞧，既不靠谱，又不着调。”王老急悲愤地向谷宇清告状。

“肯定是这儿了，看看图。”谷宇清没工夫搭理他俩。

第四章　虚　数

寻找宝藏的关键点，在于两个标注点的正中间，因此，应该求出上述两个复数之和的一半，也就是：$1/2\,[\,i\,(c+1)+1+i\,(1-c)-1\,]=1/2\,[\,ic+i+1+i-ic-1\,]=1/2\,(2i)=i$。现在可以看出，c所表示的垒石位置，已在运算过程中消失了。

1　消失的垒石

仔细看图，上面有三处标注：小写的a、b、c。

“这块石头上刻着a。”蔡牛惊喜地叫道。

蔡牛找到的那块巨石位于西首，颜色较深，通体呈铁锈红，其中夹杂着一些黑色的条纹。由于巨石的质地并不坚硬，上面被铁质工具镌刻出一个巴掌大小的字母，虽然刻得较浅，但看上去仍然十分醒目。

"这边刻着b。"王老急兴奋地乱转，也有了发现。

这块巨石颜色较浅，位于东首，颜色呈土黄色，夹杂着一些棕色的条纹，上面同样镌刻着一个巴掌大小的字母。

钟小彤一直在找c，但找了半天没有结果。

"我来，我眼神好。"王老急嚷嚷道，又朝蔡牛一瞪眼，"愣着干什么，用你的近视眼赶紧找啊！"

蔡牛将近视眼的眼白和眼黑调了个位置——朝王老急翻了个足斤足两的白眼。

"这个c，应该是几块垒在一起的石块，"钟小彤的脸色开始有点不对劲，"由人力堆叠起来的，想必不可能太大、太沉，可是……"

放眼四望，山坡上哪有什么"垒在一起的石块"，四散滚落的石块倒是很多，可以说到处都有。

"垒石消失了？"谷宇清有点傻眼。

"石头又不会烂掉。"蔡牛自言自语般咕哝道，"更不会有人跑到这里来故意破坏掉，怎么说消失就消失了呢？"

"咱们必须找到这堆石头？"王老急问钟小彤，"没有别的办法好想？"

"没错！"钟小彤点点头，满脸都是掩饰不住的失望表情，"我曾祖父传下来的话中说得十分清楚，这a、b、c三个点都是关键，缺一不可。"

"先冷静一下，仔细说说怎么个关键法。"谷宇清说道。

"因为藏宝时没有丈量工具，为了尽量精确，当时的定位方法是这样的，听好……"钟小彤开始一本正经地详细述说，"第一步，从垒石处走到红石头，记住走了多少步，然后向右转90度直角，再走同样的步数，然后在地上做个标记。"

"然后呢？"谷宇清皱着眉头细听。

"第二步，回到垒石处朝黄石头走去，同样记住走了多少步，然后向左转90度直角，再走同样的步数，也在地上做个标记。"

"再然后呢？"蔡牛和王老急同时叫道。

"第三步，在刚才得到的两个标记之间画条直线。这条直线的正当中，就是关键的关键，只要站在这个位置上朝正北方向看，就能找到藏宝的地方。"钟小彤不知是热还是急，一张脸涨得通红，"可是，这该死的垒石哪里去了呢？”

大家不约而同地朝正北方向看。

那是一面足有数百米长的断壁，岩体的颜色发红、发深，仿佛由喷涌出来的岩浆经冷却后凝固而成，但又不甚坚硬，甚至喷涌的过程中还带着大量的“气泡”——实际上仍是褶皱造成的缝隙和空洞，经交错、叠加之后形成无数的天然洞窟，小的有西瓜那么大，大的恐怕能钻进去几个人。

但是由于千万年来，不，甚至是数亿年来的地质演变，这些缝隙和空洞几乎全被碎石掩埋，而好些碎石历经风化，早已酥松、沙化，一眼望去圆滚滚的没有什么棱角。

“宝箱可能就藏在某一道缝隙里，或者是某一个洞窟中。”谷宇清很有把握地说，“可是，地方那么大，实在没法定位。”

“是啊，这道断壁几百米长，缝隙和空洞那么多，要是毫无目的地找，简直无异于大海捞针啊！”蔡牛哭丧着脸，摇头晃脑地说道。

“这该死的垒石，到底哪儿去了呢？”钟小彤也快哭出来了。

“唉，新疆经常有地震，我估计有可能是某次较大的地震造成的后果。”谷宇清四处走动着说道，“你们看，这满地的碎石，本身就是亿万年来历次地震的杰作。回去以后可以上网查，1929 年以后这一地区肯定有过一次不小的地震。”

“此地地震多发，那是肯定的，没有地震，咱们脚下的大峡谷怎么形成的？”蔡牛若有所思地说道。

“现在怎么办？”王老急病急乱投医，“要不咱们边挖边找试试看？”

“笨蛋，地方这么大，乱挖怎么可能找到？恐怕拉一个工兵连来也得干上一个月。”蔡牛没好气地抢白道，“再说咱们什么工具都没有，这里除了石头还是石头，赤手空拳要挖也挖不动啊！”

“你才笨蛋呢！”王老急立即火冒三丈，“找不到宝藏的话，别人都没啥事，你小子就惨了，回去立马给老子还钱！”

一说到还钱，蔡牛马上蔫了。

“行啦，行啦，让我安静安静。”谷宇清蹲在地上冥思苦想，“现在唯一的办法是复原那堆垒石。”

“复原？”钟小彤有点不相信。

谷宇清在地上一蹲就蹲了十几分钟。

“咋样，有希望吗？”王老急满怀希望地问道。

“没，想不出什么办法来。”谷宇清摇摇头站了起来。

“时间不早了，要不，回去再商量吧。”蔡牛提议道，“这白花花的大太阳实在吃不消，我快要中暑了。”

“中你的头！”王老急嘴里不干不净地骂了起来，“人家钟小彤一个小姑娘都没中暑，你一个大男人好意思中暑？”

“革命不分先后，中暑不分男女，懂不懂？”蔡牛自然不服气。

“好吧，放心中你的暑吧，老子嘴对嘴给你做人工呼吸。”王老急恶狠狠地威胁道。

“行啦，别闹啦，先下山再说，在这儿熬着也没用，让我再好好想想。”谷宇清一锤定音，“现在需要的是冷静。”

“俗话说，没有过不去的火焰山嘛，当年孙悟空同志那么困难都想办法过去了，所以说啊……”蔡牛还在唠叨。

“住嘴！”王老急大吼道。

大伙儿灰溜溜地下山，转来转去又差点找不到那条羊肠小道，幸亏王老急刚才沿路做过一些记号，这才没有太费周折。

“看，路上有辆车！”钟小彤突然喊了起来。

大伙一齐朝山脚方向看，远远望去，只见连心路上停着一辆银白色的越野车，几个穿得花花绿绿的男子正举着大个头、长镜头的单反相机，不停地朝着火焰山的顶峰拍照。

“这个很正常吧，就是路过的游客呗。”谷宇清没在意。

“我来看看。”蔡牛从腰包里拿出一只小巧的长焦相机，将镜头对准山下的车，“丰田越野车，本地牌照，应该是乌鲁木齐本地人玩自驾游。”

“嗯，开黑车的不会用这么好的车。”王老急第一次同意蔡牛的判断，同时赶紧安慰钟小彤，“没什么可担心的，有我在呢。”

说完这句话，顺便看一眼蔡牛，意思是：“要是真有事，这种家伙是靠不住的”。

一路下山，但还没走到连心路上，那几个人似乎已经拍够了照片，上车后飞快地朝鄯善方向驶去。

钟小彤久久注视着越野车后的扬尘，若有所思。

谷宇清打电话叫王胜利来接，20 分钟后，灰扑扑的黑色桑塔纳出现在连心路飞扬的尘土之中。

“你们怎么去了那么久？”王胜利有点奇怪，“都快七点钟了。”

“唉，选景是个麻烦事，我们明天可能还得来。”蔡牛随口应道。

“这附近有没有旅馆可以住宿？”谷宇清问了一个天真的问题，“我们今天打算住在这里。”

“哈哈，这儿哪来什么旅馆？”王胜利的肚子都快笑疼了，“实在要住的话也行，我把你们拉到前面的麻扎村，可以住到阿吉家去，晚上睡在屋顶上，每人 30 块钱就可以了。”

“睡屋顶上？”钟小彤一惊。

“呵呵，这里的房子都是平顶的，而且终年无雨，所以老乡们夏季都习惯睡在屋顶，图个通风、凉快嘛。”王胜利笑嘻嘻地答道，“游客当然也得入乡随俗，再说体验一下也挺有意思。”

“阿吉是你朋友？”王老急问。

“阿吉不是名字，在维语里的意思是去麦加朝圣过的人，是村子里德高望重的长者，名字好像叫奴儿买买提吧，据说还会治病。”王胜利解释道。

“这样吧，你也在这里住一夜行不行？明天我们再包你的车，还按 400 块一天算怎么样？”王老急建议道。

“行啊，我也住一晚。”王胜利有钱赚当然乐意。

车子顺着连心路朝麻扎村方向驶去。

一路上，王胜利开始像导游一样介绍麻扎村，说你们别看这村子规模不大，只有两百户都不到的人家、千余名村民，但却是新疆现存最古老的维吾尔族古村落。“麻扎”是阿拉伯语，意为“圣地”、“圣徒墓”，属于伊斯兰显贵的陵墓，麻扎村能以“麻扎”命名，可见不是一般的地方。

“说说看，怎么个不一般法。”蔡牛好学不倦。

王胜利说：“远在车师前国时代，此地已成佛教圣地，后来高昌王又大规模开凿石窟，明天你们有空的话，可以去看看千佛洞。到了元末，伊斯兰教开始向吐鲁番盆地传播，佛教渐渐衰落，这里的阿萨吾勒开裴麻扎是新疆最著名的两大麻扎之一，这里也就成了伊斯兰教的七大圣地之一，也是中国境内的第一大伊斯兰教圣地，是西北地区穆斯林心目中的‘东方小麦加’，每年都有不少人前来朝拜。”

“你知道得真不少。”蔡牛由衷地敬佩。

“呵呵，也是特意背下来的，给客人提供优质的增值服务嘛。”王胜利有些小小的得意。

“你刚才说的‘东方小麦加’是什么意思？”谷宇清也来了兴致。

王胜利继续解释说：“公元7世纪时，穆罕默德的弟子叶木乃哈等五人来吐鲁番盆地传教，到达吐峪沟后，有一位带着一条牧羊犬的牧羊人成为第一名教徒，后来这六人相继去世后被埋入麻扎，吐峪沟也就成了圣地。麻扎就在村后，抬腿就到，明天你们也可以去看看。按穆斯林的说法，到中东麦加朝圣前一定要先到吐峪沟麻扎朝拜。看看，这小村庄的地位不一般吧？”

说话间，汽车已近村口，只见灰黄色的沟口突然出现一片狭长的绿洲，似刀尖般插入沟内，令人精神为之一振。

远眺沟内，大致可分为两种色彩：黄色和绿色——黄的是火焰山山体和黄黏土垒起的房屋；绿的是沟里的葡萄园和树木，最为显眼的，是一座清真寺高耸的尖顶。

时值黄昏，天边的余晖浸润着那黄与绿的色块，在清真寺的尖顶上染上了一道耀眼的金边。整座村子掩映在挺拔的白杨和茂盛的桑树之中，一道细长、蜿蜒的水流穿村而过，四散分布的民居像是油画布上浓重的色块，涂抹出一笔笔厚重而协调的肌理感来。

“太美了，实在是太美了！”一路上始终心情沉重的钟小彤，终于发出了一声感叹。

“是啊，小彤，你现在看到的景色，很可能跟一千年前看到的景色是一模一样的。”蔡牛借机唱和，“这真是，无边落木萧萧下，不尽长江滚滚来啊……”

“哼！这都哪儿跟哪啊。”王老急见不得蔡牛的酸样，也用鼻子参加唱和。

“瞧瞧，说你不懂爱情吧，你还不信，可见脑瓜还是缺钙啊！”蔡牛面孔朝着王老急，将眼白和眼黑再次调换位置。

“滚远点！”王老急抬起右腿，往蔡牛的屁股上就是一脚。

2 麻扎村

虽然位置相当偏僻及交通不便，但并不影响麻扎村试着开发旅游，所以进村要买门票，每位30元，由两位略懂汉语的巴郎子[5]负责收钱。

王胜利将车停在村口的停车场上过夜，带着大家步行进入村子。

村中的小路极窄，只能通过一辆毛驴车，且没有一条是直的。路边的房屋全由黄黏土筑成，大都为两层楼房结构，底层为窑洞，上层为平房，家家户户紧密相连，即使在屋顶上行走也四通八达。

黄昏时分，不多的游客已经离去，村子里显得异常安静，似乎时光在这里已经放慢了脚步。那条从坎儿井中引出的河沟穿行在村子的中央，孩童们在空地上追逐嬉戏，大人们聚集在绿荫下交谈，女人们则在水边洗涤衣物。

昏暗的门洞内，头戴花帽的白胡子老人好奇地注视着经过的客人，蒙着头巾的老妇人友善地微笑着，露出一口闪亮的金牙。有的人家升起了炊烟，女主人即使在忙家务也仍然身穿艳丽的服装，馕坑内，一摞摞喷香的烤馕刚刚出炉……

王胜利先去联系住宿，但不巧的是阿吉家已经接待了几名来写生的美院学生，大家只能住到旁边的一户村民家中去。

晚饭是地道的抓饭，维吾尔语叫做“波劳”，由炒过的羊肉、胡萝卜、洋葱、葡萄干与米饭共煮，吃起来油滋滋的十分美味。而这里的油馕跟上海街头能买到的更不一样了，由于面粉不同，味道更香郁、口感更松软。

饭后，免不得又吃了些本地特产的无核白葡萄，大家纷纷大夸其令人惊讶的甜度，感叹内地总带酸味的葡萄简直没法比。

主人是位四十来岁的汉子，可惜不会说汉语，没法进行交流。该休息了，大家来到屋顶，只觉凉风习习，空气里似乎都有葡萄的清香。

5 维吾尔语，小伙子。

屋顶上铺着地毯，还架着几张小铁床，可躺、可坐，但由于温差较大，夜间仍然必须盖被子。

夜色降临，黑得深沉而熨帖。一座座民居里透出星星点点的灯火，令四周显得更加静谧。月亮高挂，看上去比内地所看到的更亮、更大，发出黄澄澄的光亮来。

王胜利陪着大家闲聊了一阵，抵不住睡意先自睡下。大家虽然各怀心事，但当着王胜利的面又没法商量，只得一个个和衣而卧，数着天上的星星继续想心事。

谷宇清躺在地毯上，无意中仰面看向天空，顿时睡意全无。

夜空惊人的纯净，将星光衬托得特别透彻，一颗颗杂乱无章地布满苍穹，似无数晶莹的钻石随意撒落。如果仰面观望的话，会令你觉得天空很低、很低，而密密麻麻的星星仿佛就贴在你的眼前，离得很近，看得稍久，甚至会使人心生恐怖。

谷宇清恐怕得承认，这辈子都没见过这样的星空，在上海，永远都没有真正的星空和星光，几乎常年都与晦暗和惨淡相伴，即使是天气晴朗的日子里，能勉强看到三五颗有气无力的星星已属不易。

谷宇清第一次认出了北斗星。

小时候，谷宇清非常喜欢天文学，曾缠着父亲给自己买过一本画册，并学会了如何辨认星座，只可惜在城市里永远只能纸上谈兵，凭肉眼根本无法实战。

今天，很容易就辨出了那七颗形似斗勺的亮星。谷宇清脑子里似乎闪过一道闪电，瞬间照亮并激活了心智。

这就叫豁然开朗。

天枢、天璇、天玑、天权四颗星组成“斗身”，玉衡、开阳、摇光三颗星组成“斗柄”……现在，谷宇清并不需要靠辨星来寻找方向，但脑中想到了一个名词：数学中的“虚数”。

假如把火焰山中那片篮球场般大小的山坡看做一个“复数平面”，在红石和黄石之间画上一根“实轴”，再在这根实轴的当中画上一根“虚轴”，使两轴垂直相交——看上去就像一个巨大的“十”字——这样，红石位于实轴的－1点上，黄石位于实轴的＋1点上。

现在，谁也不知道垒石位于何处，那么仍然还用字母 c 来代替，以表示它的假设位置——这个位置不一定在两根轴上，因为它应该是个复数。

谷宇清从地上一骨碌爬起来，从口袋里掏出纸和笔，借着星月的微光迅速写下一行公式：

$c = a + bi$

既然垒石在 c，红石在 − 1，那么它们之间的距离和方位便是：$-1-c=-(1+c)$；同理，垒石与黄石相距 $1-c$。好了，将这两段距离分别顺时针和逆时针旋转 90 度，也就是把两个距离分别乘以 − i 和 i，这样便得出两个标注点的位置为：

第一个标注点：$(-i)[-(1+c)]+1=i(c+1)+1$

第二个标注点：$(+i)(1-c)-1=i(1-c)-1$

……

谷宇清彻夜未眠。

早晨，天还没亮，清真寺里已经响起阿訇召唤穆斯林前来“晨礼”的悠长呼唤。毫无疑问，这里的每一个拂晓应该都是如此醒来的。

“安塞拉甫……哈依鲁木比乃……那吾来……”（沉溺于睡眠的人们啊，快点起来吧，快点起来做礼拜吧……）

浓浓的晨霭中，民居里纷纷亮起灯光，许多男子走出小巷，朝着发出召唤的清真寺走去。

“找到办法了，我们也赶紧起来吧。”谷宇清轻声对大伙说道。

大家虽然十分高兴，但仍然不太相信。简单吃了些烤馕和葡萄以后，王老急让王胜利去向主人垫付食宿费用，随后热情告别，走出村子前往停车场。

“看，那辆丰田越野车，是不是我们昨天看到的那辆？”钟小彤眼尖，突然叫了起来。

由于一般游客都是当日赶回吐鲁番或鄯善，所以停车场上车辆不多，最多也就四五辆，那辆本地牌照的丰田越野车确实很像昨天在连心路上看到的那辆。

“很正常啊，摄影爱好者最喜欢拍摄日出、日落的景色，昨天晚上也住到麻扎村来了呗。”蔡牛不假思索地说道，“自驾游嘛，就是图个自由自在。”

“这辆车不是私家车。”王胜利虽然不明白钟小彤为什么大惊小怪，但还是说出了观察结果，“像是在乌鲁木齐的租车公司租来的，看保险杠上的编号，谁的私车上会用红漆去写一个编号？”

钟小彤顿时面色一变。

大家面面相觑，这才意识到钟小彤的疑神疑鬼并非多此一举。

“不管它，赶紧走。”谷宇清说道。

上车，绕出村口的弯道，依然驶上连心路，朝着胜金口方向一路飞奔。

到了老地方，仍像昨天那样把王胜利支走，顺着原道往山上爬去。

这条路虽然昨天已经走过一次，但今天如果不对照着地图寻找标记，仍然很难走对，可见当时留下地图的重要性。

来到那面令人焦头烂额的山坡上，谷宇清摸出纸和笔，再一次开始演算——生怕昨晚在星光下黑咕隆咚的搞错了。

“怎么跟数学扯上了干系呢？”蔡牛探头探脑地问道。

“闭嘴，别打岔。”王老急一个巴掌拍向蔡牛的后脑勺。

谷宇清没工夫搭理他们，重点核对纸上最后的几步。

寻找宝藏的关键点，在于两个标注点的正中间，因此，应该求出上述两个复数之和的一半，也就是：$1/2\,[\,i\,(c+1)\ +1+i\,(1-c)\ -1\,]=1/2\,[\,ic+i+1+i-ic-1\,]=1/2\,(2i)\ =i$。

现在可以看出，c 所表示的垒石位置，已在运算过程中消失了。

也就是说，不管垒石位置在哪里，关键点都落在 $+i$ 这个点上。

谷宇清站起身来，在看不见的实轴和虚轴中走来走去，最后在两个标记点之间的直线与虚轴相交的位置上确定了“关键点”。

“就是这里。”谷宇清重重地吐出一口气，“这就是神奇的虚数。”

站在这个位置上朝正北方向看——谷宇清买冲锋衣的时候，店家送了一只简单的指南针，现在正好派上了用场——立即有了新的发现。

北面的断壁上，褶皱造成无数的缝隙和空洞，而且全被碎石所掩埋。谷宇清依指南针所指的正反方向笔直走去，来到了一处外表看上去毫无特别之处的洞窟前。

洞窟被碎石、沙砾盖得严严实实，谷宇清开始动手搬开石块。

“还愣着干什么？”王老急瞪了蔡牛一眼，赶紧上前帮忙。

三个男人七手八脚地搬石头，好在那些酥松的砂岩并不太重，十几分钟后已被清理得差不多。

“快看，快看……”一边的钟小彤突然激动地尖叫起来。

沙砾的下面，露出了一块破毛毡，卷在一起似乎包裹着什么东西。

地方是找对了，但掏尽所有的沙砾后发现，洞窟内空空如也，并无想象中的宝箱。

打开毛毡，里面包着的是一张纸，正面写满了字，反面画着一份地图。

“什么意思？”王老急急得额头上冒出汗来。

“这应该是一封信。”谷宇清马上冷静下来，“似乎是留给吴世安的。”

大家互相传看，只见纸上没多少字，通篇是用毛笔写成的工整楷书，可见写信人文化程度不低。

世安兄台鉴：

兄不辞而别，弟甚念，其后只得赖一人之力荷宝箱北去，于胜金口雇驼队，自东道海子北上，沿古驼道横穿古尔班通古特沙漠腹地，以期直抵阿勒泰。奈何行至布尔津后遭遇不测，未及交易，只得再度就地藏宝。

弟已病笃，恐不久于人世，深惧宝物永不见天日，感念你我兄弟一场，思之再三，唯有捐弃前嫌，使宝物留存于兄手方为上策，故挣扎于归途之上，回鄯善后特意至胜金峰留存此信，希冀于兄日后返转，可复得宝物。

唯望兄日后顾念弟之家中父母妻小，得宝后可斟酌分拨万之一二，以供二老颐养天年。

人之将死，其言也善，旧恶勾销，就此永别。

弟松龄顿首

背后，就是简单的地图，应该就是自东道海子北上，横穿古尔班通古特沙漠腹地的那条古驼道，末端还标注着一行小字：

弟恐万一泄密，已将布尔津藏宝地之路线图另藏，兄可对照随身携带之典籍（和合版）探究，以便按图索骥。

再下面是一串奇怪的文字和数字，比方说：（创）一 27.6、（民）十三 9.10、（创）三 22.39……不知道究竟是什么意思。

那么，这是不是意味着：宝藏还在，但不知由于什么原因，吴世安不辞而别，留下那位名叫松龄的人——毫无疑问，应该就是那位孙殿英手下的杀手，独自一人继续北行，但到达目的地布尔津后遭遇变故，宝物在遥远的北疆被再度隐藏起来。

从信上的字面意思来看，这位杀手病得很重或伤得不轻，深恐自己不久于人世而令宝藏湮没，所以给吴世安留下线索，以便日后再来探寻，唯一的条件就是要对方帮自己照顾家中的父母和妻小。

但是，吴世安为什么要不辞而别呢？别后又去了哪里？“旧恶勾销”这四个字，又是什么意思？还有，那位杀手朋友千辛万苦到达布尔津后，又遇到了什么“不测”之事而无法交易呢？

更关键的是，该如何破解那些显然是指引路线和地点的奇怪文字和数字？

“这到底是怎么回事？”王老急沉着脸问钟小彤。

“我也不明白啊！”钟小彤的表情不像撒谎。

“小彤，为什么是这样的结果，你可能也不明白，但你肯定隐瞒了一些实情。”谷宇清的脸色十分严肃，第一次用这样的语气对钟小彤说话，“至少，没把你所知道的事情全部说出来。”

“是啊，大家都在一条船上，现在还不相信我们？”蔡牛也忍不住埋怨起来。

“再怎么说，也不能耍我们玩啊！”王老急的口气近乎严厉。

“原因我真不知道。”处于围攻之中的钟小彤果真哭了出来，“充其量就是一些具体的细节没来得及告诉你们罢了，因为我一直以为这并不重要，说不说没有太大的关系。”

“那现在就说说吧。”王老急口气温柔了一些，一屁股坐在地上，满脸都是洗耳恭听的神情。

第五章　人为财死，鸟为食亡

毒药在上海的时候已找人配制好，原本是为自己预备的，打算万一被黄金荣或孙殿英的人抓住，干脆一死了之免受折磨，没想到今天却在这里派上了用场。唉，人为财死，鸟为食亡，谁也怪不得谁心狠手辣，今日不下手，说不定明天躺下的就是自己！

1　祸起萧墙

事情有点复杂，要想整理出头绪来，恐怕只有追溯历史渊源，首先搞清楚吴世安和那位杀手之间究竟是怎样的一种关系。

“那位杀手名叫齐松龄，当时的年纪大概在35岁左右，西安人，保定陆军讲武堂出身，后任孙殿英手下的特务团副团长，应该算是一位文武双全的人物。”钟小彤开始说出详情，“当年，齐松龄随军需处长李德禄一起来到上海，之后便一直留在上海追踪宝物，但最后还是被我曾祖父收买了。”

“吴世安与齐松龄合谋将宝物送至布尔津俄领馆去交易，虽说必然途经吐鲁番，可为什么在火焰山停留下来了呢？”谷宇清问道。

“而且，1929年正是军阀混战的年代，他们是靠什么办法来到新疆的呢？”蔡牛又做了补充。

“没错，那时还不通火车吧？”王老急嚷道，似乎有了重大发现。

“还火车呢，我估计汽车都不通。”蔡牛哼了一声。

“没错，汽车都没全线贯通。”钟小彤答道，“当时，他们将部分不重要的宝物在上海出手，将宝箱由三只压缩为两只，又订购了大批的茶叶、茶砖，一共装成40只大木箱，那两只宝箱就混在其中运出了上海。”

钟小彤没说谎，当时，吴世安和齐松龄就是使用这么一招逃出危机四伏的上海滩。俩人的身份是茶叶商人。

第一站，先坐火车去北平，然后再从北平转火车去包头。

包头，已是铁路的尽头，再要往西，自古以来的运输工具只有木船、牛车、骡马车和驼队。但幸运的是，冯玉祥为了军事需要刚刚建成一条简易公路，在通往新疆的车驼大道基础上拓宽，铲高垫低，加固桥涵，由包头直达宁夏，故名为“包宁公路”，运载旅客和货物的汽车可以通行，每隔数日发车一次。

这段路走得很轻松，但车到宁夏以后就断了路，进入甘肃就得雇驼马前行了。还好，穿越河西走廊以后，新疆方面的公路又接上了，但是还无法直达迪化[6]，只能先到哈密。因为以前的“新疆王”杨增新一直不太愿意“口里”（指内地、关内）的势力直插新疆，所以只同意人员和货物到达哈密，随后由新疆方面转运至迪化。

一路艰辛自不必说，特别是骆驼背上的那二十多天，除了风餐露宿，还得时时提防土匪的劫掠，齐松龄和蒙古族驼工们几乎天天都是抱着枪支睡觉。眼看着离迪化越来越近，谁知当时杨增新遇刺，他们到达鄯善的时候，前方突然传来一道禁令：所有来自内地的车辆不得进入迪化，同时将派兵在吐鲁番和鄯善等沿线要地严查进疆人员。

吴世安跟齐松龄商量，眼下战事纷乱，一时半会儿没法前行，宝物留

6 今乌鲁木齐市。

在身边实在太危险了，唯一的办法是就近藏宝，待日后局势太平后再说——事后想起来，这一建议的背后似乎另有玄机。

“没错，只能就地藏起来再说，要是被抓住了可不是闹着玩的，一是宝物难保，二是有可能被当成军事间谍，到时候就百口莫辩了。”齐松龄深表赞同，但马上犯起了愁，“可藏到哪里去好呢？”

“茶叶可以暂时寄存在鄯善的客栈里。”吴世安似乎已经想好了主意，“咱们买下三匹好马，你我各骑一匹，余下一匹用来驮那两只箱子，这样轻装上路，沿途只要找到合适的地方，马上就可以藏宝。”

“好，就按你说的办。”齐松龄想不出更好的办法。

“那就先找客栈住下，顺便打听下附近一带的情况。”吴世安说道。

鄯善城规模很小，四座城门之间只有三百来户居民，大部分维吾尔族农户则散居在城门之外。城池紧傍着浩瀚的库木塔格沙漠，金黄色的沙海如凝固的波浪，绿洲里的居民简直是走出家门就进入了沙漠。

此地被认为是西域三十六国之一的古鄯善国，但瑞典探险家斯文·赫定认为这是一个错误，因为有大量证据证实，其本人发现的楼兰遗址才是真正的古鄯善国，所以强烈建议当局放弃鄯善这一名称。

傍晚时分，俩人雇车将 40 箱货物全部拉入一家名为“丰裕”的客栈，将一间空房堆了个严严实实。

饭后，吴世安跟客栈主人闲聊，打听这一带哪里最为荒僻，声称自己是茶商，想先带两箱茶砖去荒僻的村落试卖，因为越是人迹罕至的地方越能卖上好价钱。其余的 38 箱货物全部寄存在客房里，寄一天算一天的房钱，回来时一并结清。

“要说荒僻，哪儿都比不上吐峪沟。”客栈主人马上就给出了答案。

“为什么？”吴世安问。

“吐峪的意思就是绝路、走不通，沟内有条大峡谷，散落着好几处村子。”客栈主人解释道，“大峡谷的对面就是火焰山最高峰，平时一年到头也难得有几个人进去。你这两箱茶砖肯定能卖上好价钱。”

“托老兄吉言。”吴世安笑呵呵地说，“还想麻烦老兄一件事，明天能不能帮我租三匹好马？”

"行，明天我让伙计去巴扎[7]上把马牵来。"客栈主人一口答应。

第二天吃过早饭，吴世安跟客栈主人结清房租、马租。此地流通的货币为迪化印制的"新疆两"，每一块银元可兑四新疆两，又兑换了一些方便携带的新疆两，收拾停当准备出发。

齐松龄将那两箱宝物装上马背，平生从未跟马匹打过交道的吴世安则在院落里来来回回地学习骑马，等掌握了基本要领，再向小伙计问清楚吐峪沟的走法，两人纵马走出县城，朝吐鲁番方向一路西去。

吐峪沟大峡谷果然是人迹罕至，经再三勘察，他们最后选定了火焰山胜金峰下的隐藏点。

"兄弟，我是个生意人，喜欢直话直说，不过，有句话不知道当讲不当讲？"吴世安吞吞吐吐地问齐松龄。

"呵呵，我明白，老兄是怕宝物离了手，日后万一有所闪失吧？"齐松龄也是明白人。

"没错，你我虽是生死弟兄，可古话说人心难测，这也不得不虑啊！"吴世安干脆把话挑明，"所谓亲兄弟明算账呗。"

在上海的时候，俩人已经正儿八经地在关老爷面前磕过响头，交换过"金兰谱"，起誓"安危共仗，甘苦共尝。海枯石烂，死生不渝……"现在说出这样的话来，确实有点不好意思。

"没错，这一耽搁，不知到底要等多久，宝物离了手，自然让人心里不踏实。"没想到齐松龄并未不快，马上笑着把最后的一层纸捅破，"老兄有此想法十分正常，老实说，这一路上，小弟也曾想过此事，只是不敢挑明而已。"

"哈哈，英雄所见略同啊……"吴世安仰面大笑。

最后的商量结果是：选择复杂的地形和路线，故意增加人为标志，尽最大可能将简单的事情搞得复杂。齐松龄在讲武堂里学过地图绘制，就用钢笔在茶砖的包装纸反面画下了一份详尽的寻宝图。

画完以后，齐松龄将寻宝图一撕为二。

"兄弟，你这是干什么？"吴世安大惊。

"这图，咱们一人保管一份，这样彼此都落个放心。"齐松龄解释道。

7 集市。

“嗯，有道理。”吴世安点头赞许，“这样你也离不开我，我也离不开你，真成一根藤上的蚂蚱了。”

为保险起见，两人来到山脚下的起点，试着单凭记忆再走一遍旧路。结果三转两转就没了方向，根本找不到仅仅半小时前确定的藏宝点。

这样的结果相当令人满意。两人在附近的村子里借宿了一夜，次日取道返回鄯善。

但是，回到丰裕客栈以后，吴世安又有点不放心了。

锁在客房内的 38 箱茶砖，昨夜被人偷走了两箱，客栈主人竟然一点都没发觉。

“这可怎么是好？”客栈主人急得团团转，“这两箱货我就是愿赔也赔不起啊。”这一急可不得了，当即抓起马鞭把负责照看那几间客房的小伙计一顿猛抽。

齐松龄实在看不过去，连忙上前一把拦住，连说算了算了，这次就不计较了，以后给看得严实点就行。

小伙计名叫劳达才，今年才满 16 岁，也是一个苦命的孩子——后来跟齐松龄特别亲近，一聊才知道，原来俩人还算是同乡。劳达才去年跟着父亲自西安出发来新疆做生意，结果途中货物被抢了个精光，父亲也被土匪打伤。后来，身无分文的父子俩流落到鄯善，劳父本想养好身体后在当地做点小生意，赚到钱后再回西安，谁知伤势实在严重，在丰裕客栈躺了半个多月竟然一命呜呼，反倒欠下了一大笔房钱、饭钱、药钱。

无奈之下，劳达才只能在客栈中做小厮顶债，天天起早贪黑地忙活，但暂时也算找到了衣食之靠。劳达才在西安已无亲人，即使想逃也没地方可去，确实十分可怜。

齐松龄的原意，只是认为两箱茶砖不算一回事，本来就是个掩护而已，现在也没必要去为难一名可怜的孤儿。但这件事情反而提醒了吴世安，他马上意识到另外一个问题：口袋里的那半张地图并不牢靠！

“怎么，是想到了一个偷字吧？”齐松龄的火眼金睛立即看透了吴世安心里的小九九。

“是啊，愚兄说句该打嘴巴的丑话，在这偷字面前，咱们也得做点防备才好啊。”吴世安咬咬牙干脆交了底，“打个比方来说，要是我偷了你身上的那半张地图怎么办？反过来说……”

“我有办法。”齐松龄拦住吴世安继续往下说，“我有办法把咱俩绑在一起！”

“什么办法？”吴世安忙问。

“文身！”齐松龄压低了一些声音。

“什么意思？”吴世安没明白。

“咱俩去城里找个文身师，各将半份地图文在后背上！”齐松龄瞪着眼说道，“这样你不用害怕我私吞，我也不用担心你卷逃，要去就得合二为一，两个人一起到场。”

“好主意！”吴世安拍案叫绝。

两人依计而行，好不容易在军营边找到了一名文身师。

众所周知，穆斯林禁止文身，所以想在维吾尔族和回族聚居的鄯善找到一位合格的文身师，那是不可能的事情。军营边的那位文身师，实际上是名剃头匠，只因为军营里的汉人士兵们喜欢文身，这才附带着学了几手三脚猫功夫。好在文地图不需要太好的本事，剃头匠完全能够胜任。

地图文完，原图当场用火烧掉。

当天晚上，吴世安叫客栈主人安排了一点酒菜送入房间，与齐松龄盘坐在土炕上对酌。喝着喝着，俩人聊起了孙殿英和宝藏的“幕后花絮”。

吴世安说：“当时曾有小报提及，说孙殿英掘墓是因为之前遇到过一名高僧，被告知满洲已呈轮回之势，所以必须将九龙宝剑弄出陵墓才能避免中华再遭践踏，不知可有此事？”

齐松龄哈哈大笑，说：“这故事编得实在花哨，其实哪有这么复杂，无非是为了解决军队的粮饷和枪炮弹药才动了念头。不过孙大麻子一直认为自己是继辛亥革命、冯玉祥驱赶溥仪之后，对清朝实施的‘最后一击’，这倒是一点不假。”

“这孙大麻子到底是个什么样的人呢？”吴世安起了好奇心。

齐松龄解释说，这家伙是河南永城人，打小就顽劣好斗，染上天花后留下满脸的麻坑。他爹死得早，家里穷困潦倒，全靠他娘乞讨度日。孙大麻子成人以后结识了好些流氓和赌棍，自己以赌为业，发了一些小财。后来投身军队，靠着脑瓜子机灵开始慢慢往上爬，后来大量收容豫西的土匪、流氓、赌棍，手上有了一支亦兵亦匪的武装，队伍一下子扩大至数千人，最后投靠也是土匪出身的张宗昌，双方气味相投，一拍即合。国民革命军第二次北伐成功之后，孙殿英正驻防在蓟县的马伸桥，此地离清东陵仅一山之隔。当时有个惯匪马福田，蹿到东陵准备盗宝，孙殿英调动兵力打跑马匪，但念头一转又来了个替而代之，于是借口防匪护陵和“军事演习”，把东陵30里以内戒严起来，公然挖开了陵寝。

“开挖的时候，老弟也在场？”吴世安问。

“岂止是在场啊……”齐松龄得意地笑了起来，“实不相瞒，小弟原先并非行伍出身，原先在老家时，吃的是臭饭，专干架枯票的营生。”

青红帮中，把绑架活人称作“绑票”，人质为“肉票”，相对而言，死人便是“枯票”，那么绑架死人自然便成了“架枯票”——吴世安本属清门中人，又浸淫于古玩行业多年，这几句黑话自然是耳熟能详。

“此话当真？”吴世安还是有点不敢相信。

“乡下人实在是苦啊，为了糊口，也是没办法的事情。”齐松龄叹息道。

“你别看孙殿英没念过什么书，其实是个聪明绝顶之人。老哥你说，就现在这乱世，想要立足靠的是什么？”齐松龄问道，紧接着又自己回答，“靠的是枪杆子啊！他也想称王称霸。”

“我明白了，孙殿英盗墓原来不光是为了财宝，没想到还有这么大的野心！”吴世安总算听明白了。

“所以说孙大麻子聪明绝顶嘛！”齐松龄已经口无遮拦，“这家伙暗地里成立了一支别动队，这架枯票的营生干得不亦乐乎。呵呵，兄弟不才，捞了顶别动队队长的官帽戴。”

“想必是看中了你那一身祖传的本事。”吴世安翘起了大拇指，“军队盗墓，你这是典型的当代摸金校尉跟发丘中郎将啊，孙殿英也算是人尽其才了。”

“那还用说。”齐松龄洋洋得意地自夸起来，“但凡是寻墓、识墓、挖墓、规避机关暗器等等，小弟全都了然于胸啊！”

“这么说来，挖开慈禧的棺材，这事是你老弟领头干的吧？”吴世安忙问。

“那是，小弟当时是孙大麻子特命的总指挥。”齐松龄答道，“记得那是6月的下旬，由工兵执行挖墓任务，先挖开慈禧的坟墓，再挖开乾隆的坟墓，整整用了三天三夜的时间。小弟连轴转盯着现场，可把人累得够呛。”

“这些我也听说了。”吴世安说道，“前一阵小报上天天讲这事。”

“有一件事你肯定没听说过。”齐松龄说道，“这事属于怪事，谁也说不清是怎么回事。”

“说来听听看。”吴世安又来了兴致。

“决定开挖的前一天，天气突然反常，6月里竟然下起了暴雨和冰雹，冰坨子足有拳头那么大。”齐松龄用手比画着说道，“这还不算，我们所有的人，包括当地的老乡和守陵户，全都听到陵内传来女人的痛哭声和尖叫声，还有阵阵怪声往西南方向传去，似有千军万马正在逃散。当时大家都说，那是慈禧知道有人要来挖墓，所以才如此哀哭。”

“唉，想想慈禧生前如此显赫，身后竟落得这样的下场，真是令人感慨啊！”吴世安感慨道，同时不停地观察齐松龄的面色。

“可不是……”齐松龄嘴里说着话，眼神突然开始变得迷离，“奇怪……今天没喝多，怎么有点……有点头晕目眩……这酒……这酒有问题……”

话还没说完，齐松龄突然鼻孔中流出血来，眼白一翻，咕咚一声栽倒在炕上。

问题当然出在酒里边。

地图虽已一分为二了，但为什么不能再来一个合二为一呢？事实证明，再牢靠的手段，在多变的人心面前，永远显得不那么牢靠。一个想法，一旦开始萌芽，那就谁都无法阻止它的成长。

吴世安跳起身来便去撕扯齐松龄的衣服，意欲露出后背上的地图，以便自己用纸笔抄录下来。可不知道是毒药不够毒，还是齐松龄天生强健，经搬动以后竟然睁开了眼。

毒药在上海的时候已找人配制好，原本是为自己预备的，打算万一被黄金荣或孙殿英的人抓住，干脆一死了之免受折磨，没想到今天却在这里派上了用场。唉，人为财死，鸟为食亡，谁也怪不得谁心狠手辣，今日不下手，说不定明天躺下的就是自己！

“你……你……敢害我？”齐松龄艰难地叫道，挣扎着去摸腰里的手枪。

吴世安吓了一跳，赶紧夺路逃出客房，慌乱中顾不得其他，在院子里随手牵了匹马就走，出院门后跳上马背狂奔而去。

客栈主人听到动静连忙追出来看，但一人一骑早已消失在浓密的黑暗之中。

2　跟踪器

继续留在火焰山于事无补，还是先回大河沿镇再说吧。

谷宇清已经想好，大河沿镇并非旅游景点，如果那辆可疑的丰田越野车再跟来，那就什么都不用怀疑了。

桑塔纳驶上了归途，谷宇清首先需要弄清楚的，是齐松龄所说的“典籍”到底指什么。

“小彤，据你估计，你曾祖父千里迢迢赶赴新疆，途中一直随身携带的，会是怎样一部典籍？”谷宇清问。

“肯定不是一般的书籍。”蔡牛很有把握地说。

“不知道。”钟小彤摇摇头，“我曾祖父并不是知识分子，应该没那么爱读书。”

“这就奇怪了。”王老急也跟着长吁短叹干着急。

“什么样的书才称得上是典籍？”蔡牛挠着头皮咕哝道，“四书五经？宗教经典？”

“据我父亲说，我曾祖父平时没什么爱好，除了喜欢看电影，闲暇时最多捧一本《圣经》看看，这一习惯一直保持到新中国成立以后。”钟小彤回忆道，“不过，好像又没听说他曾经入过教。”

“《圣经》？”谷宇清眼睛一亮。

“吴世安经常与洋人打交道，受此影响应该很正常。”蔡牛来了精神，赶紧深入分析，“不一定非得信教，有时候为了和洋人融成一片，刻意去熟悉一些西方文化，会对生意有意想不到的帮助。”

“嗯，可能这样的习惯陪伴了吴世安一生。”谷宇清点点头，“哪怕是远走新疆，也会随身携带，倒不是说他有多么虔诚，可能只是为了途中解闷而已。”

“呵呵，《圣经》那么厚一本，比较耐读嘛，每字每句都值得研究。”蔡牛笑道，“你要是带本小说，看上个十天半月就得扔了。”

下午，车子回到镇上，一行人找旅店住下后要做的第一件事，就是打开电脑上网。

粗略一查，中文版的《圣经》有许多版本，而上世纪二三十年代最多见的就是1919年正式出版的“和合版”，为中国教会所采用的唯一译本。

思路果然是正确的，接下来的破译就好办了，对于谷宇清这样的理工男来说，凭直觉已经理解了“编码”的方式。

经过一个多小时的苦苦查找、比对，一个一个文字被揪了出来。

比方说，（创）一27.6，代表的就是“创世纪、第一章、第27句、第6字”，这个字就是“自”；（民）十三9.10，代表的是“民数记、第十三章、第9句、第10字”，这个字就是“孚”……

解译出来的原文如下：

自孚远县北进，过滴水泉，往喀斯克尔苏，途经野鬼沟，寻宝图隐于最高峰下，可于沟内一岩洞中寻得，沿途以五星为记。

“孚远县在哪儿？怎么地图上找不见呢？”蔡牛在地图上查找了许久，纳闷地咕哝道。

“一会儿找本地人问问。”钟小彤提议道。

“不用问了，网上有资料。”谷宇清说道。

孚远县来头还不小，汉时曾是车师后国的王都，唐代在此设北庭大都护府，元代设尚书省，改称别失八里，1953年时才被更名为吉木萨尔，现属昌吉回族自治州管辖。

“行，那明天就去吉木萨尔吧！”蔡牛高叫道，“管它是真是假，既然已经到了新疆，不搞个水落石出就回去，说什么也不死心。”

“快来看，那辆车又来了。”靠在窗边无聊地看着街景的王老急突然低声说道。

其他几个人拥到窗边来看，只见马路斜对面的树荫下果然出现了那辆如影相随、阴魂不散的丰田越野，此刻正慢慢驶过，似乎并不急于赶路，还在寻找着什么，观察着什么。

“好了，没什么可说的了。”谷宇清有些郁闷，“这还是巧合吗？”

“到底是什么人？”王老急恶狠狠道。

“先不管他们是什么人，关键是他们怎么发现我们行踪的。”蔡牛又挠起了头皮，“难道他们是间谍出身，有跟踪器？”

“跟踪器！”谷宇清如梦初醒。

“阿哥啊，我就随便这么一说，你以为是好莱坞拍电影啊！”蔡牛苦笑道，“就算他们真是007，也没机会安放跟踪器啊！咱们的车是临时雇来的，难道说他们有本事把跟踪器放到咱们身上来？”

谷宇清的目光迅速扫向钟小彤。

“看着我干吗？”钟小彤被看得心惊肉跳。

“小彤，你还是没把该说的完全说出来，不过咱们现在先不研究这个。”谷宇清严肃地说道，“你仔细检查一下身上的衣服，把每个角落都摸一遍。”

钟小彤将衣服的口袋全部检查了一遍，结果是一无所获。

“包。”谷宇清又提醒道。

钟小彤把双肩包内的所有物品全部倒在床上，还是没有任何发现。

“给我。”谷宇清接过了空包。

这是一只中等容量的红色牛津布双肩包，面料厚实，硬底上加有一层厚厚的海绵垫。谷宇清仔细观察，用手指到处摸捏，摸到底部的时候感觉到似乎有些异常，连忙将包彻底翻了个身，猛然在内胆底部的线缝上发现了蛛丝马迹。

有一道长十几厘米的线缝，线的颜色和粗细稍许有所不同，似乎是后来补缝上去的。

“刀。”谷宇清冲王老急说道。

王老急递过来一把在乌鲁木齐大巴扎上买来的英吉沙小刀，谷宇清握刀在手，将那一段线缝全部挑开，一下子从海绵垫的夹层中掏出一件奇怪的物件来。

那玩意儿约有火柴盒那么大，厚度不到一厘米，打开来一看，里面的结构与手机相仿，有电路板、有 SIM 插卡槽。

“啥玩意儿？”王老急自言自语道，“还真有跟踪器？”

谷宇清赶紧上网查。

真是不查不知道，一查吓一跳，网上这类宝贝居然铺天盖地，而且不到100块钱就能买到。

这玩意儿正式的名称是“微型GPS定位器”，合法的用途是“防止老人、小孩走失及汽车防盗”。它的原理其实很简单，就是在定位器里面插上一张已开通来电显示和上网功能的手机卡，然后用别的手机向其发送短信，这样便可从返回的短信文字中查询定位器当前所在的位置。除了地理坐标，还有地图位置显示，据说误差仅50～400米，电池的待机时间最长竟可达半个月。

更可怕的是，这玩意儿还内置微型麦克风，具有侦听的功能，可以直接用手机、座机拨打那张手机卡，接通后便可听到拾音器附近的声音。

“难怪咱们的一举一动都在人家的眼皮底下。”蔡牛一声惨叫。

“是啊，咱们都成鸟窝里的鸟蛋了，被人家一摸一个准。”王老急也嚷嚷起来，抓起定位器就想往地上摔，“老子砸了它！”

“别砸！”谷宇清连忙制止，将那玩意儿抢回来顺手放进一只金属的茶叶罐中，“留着，有用。”

“瞧你，就像个冒失鬼一样。”蔡牛顺水推舟地埋怨王老急。

“那你说，能派什么用场？”王老急瞪着眼问蔡牛，“给你10秒钟，要是说不上来就让我踢一脚屁股！1、2、3……”

“笨蛋，当然是用来指东打西。”蔡牛知道回答不出来的话，王老急肯定会动脚，赶紧开动脑筋想辙，总算在数到“8”的时候有了答案，“咱们可以利用这玩意儿来甩开那帮坏蛋，懂不懂？”

“小谷，是这意思吗？”王老急问谷宇清。

“嗯，是这意思。”谷宇清点点头，又看着钟小彤说道，“现在该说说那帮人了，小彤，现在该来个竹筒倒豆子了吧？”

“对喽，这才是关键。”蔡牛附和道。

“都在一条船上待着，不能老瞒着大家吧？”王老急只要心里一急，说话的语气自然就有点重，嗓门也有点大，“怎么样？摆台面上说说吧。”

钟小彤低着头不吭声。

“别急，让她想想。”看王老急还想嚷嚷，谷宇清赶紧摇头制止。

三个男人再也不催促，只是静静地等候。

“好吧，那我就当故事一样说说吧。当时，我曾祖父下毒未果，在鄯善不敢多留，很快就从新疆逃回了内地。”钟小彤隔了许久才抬起头来，开始讲述那段尘封的往事，“后来发生的事情证明，齐松龄中毒不深，所以并未丧命，甚至还坚持前往布尔津。从那封信上的意思来看，他最后已经谅解了我曾祖父，并表示自己很可能会死在新疆，但是……”

“但是什么？”三个男人全都眼睛瞪得滚圆。

“齐松龄非但没有丧命，还顺利到达了布尔津，最后又有迹象表明，他似乎还活着回到了老家西安。”钟小彤答道。

“你怎么这样肯定？”蔡牛问道。

“很简单，他有后人。”钟小彤叹了一口气，“一路上跟着我们的，就是齐松龄的后人。”

“你们打过交道？”谷宇清问。

“是的，打过交道。”钟小彤只得承认，“还记得那半张人皮地图吗？实际上就是齐松龄的后人抛出来的诱饵。”

“什么意思？”王老急没明白。

“我曾祖父回到内地以后，一直对那笔财宝无法忘怀，所以冒着风险举家迁到上海，目的就是想有机会再遇到齐松龄，以便尽释前嫌，再度合作。”钟小彤说道，“毕竟，他们俩谁也离不开谁，而在那巨大的财富面前，一切仇恨都可以暂时放在一边。所以，我曾祖父始终跟那位芳苑书寓的紫罗兰保持着联络，因为在他那一头肯定是这么认为的：只要齐松龄回到上海，肯定也会去找紫罗兰打探消息……”

“但是你曾祖父根本没有想到，齐松龄已经通过某种手段，独自去火焰山找到了宝物。”谷宇清插嘴说道，“当然更不可能想到，宝箱最后运到北疆后，又被再次隐藏了起来。这是一个很大的悬念啊，齐松龄在布尔津到底遇到了什么变故，竟逼得他不得不放弃交易，挣扎着回到了鄯善。”

“干吗还要多此一举在野鬼沟留下寻宝图呢？”王老急十分纳闷。

“当然是害怕泄密呗，这叫风险分摊，双保险！”蔡牛不耐烦地教育道，“就算火焰山的信不慎被旁人发现，要是没有野鬼沟的寻宝图，同样无法找到布尔津的宝物。”

“小谷，是这样吗？”王老急只认同谷宇清。

“倒也说得通。”谷宇清点点头，“齐松龄元气大伤，单靠自己一人之力不可能将两大箱宝物弄下山来，肯定要找帮手，所以很可能另有知情人，需要再加一道保险。”

“唉，所以我曾祖父最后只能是空等一场，唯有留下半张从后背上临摹下来的地图，以及一大堆口口相传的故事和线索。”钟小彤又是一声长叹，“齐松龄的情况也是大同小异，只不过留下来的不是纸质摹本，而是死后直接把地图从后背上揭了下来！至于他为什么要这样做，一直是一个巨大的疑问，我哥也一直想不明白。”

“就是，为什么非这么干不可？”王老急听得汗毛直竖，“为什么不像你曾祖父一样用纸描下来呢？”

“具体原因现在还不太清楚，但有一点可以肯定，这应该是齐松龄临终前要求别人这么做的。目的很简单，就是要以这种引人注目的方式引起我曾祖父的注意，以此为线索使双方取得联系，以便让双方的后人共享这笔财富。”钟小彤说道，“因为不久以后抗日战争爆发，上海沦为孤岛，南北交通断绝，齐松龄再也没法亲临上海寻找我曾祖父。”

“这么说，齐松龄的原意，就是要自己的后人找到吴世安的后人？”谷宇清总算明白了过来。

“应该就是这样的思路。”钟小彤说道。

吃晚饭的时候，王老急特意点了一只烤羊腿犒劳大家。不知道是不是因为搞清楚了事情的缘由他心里高兴，但按蔡牛的看法，这是因为白天他对钟小彤说话时态度不好，现在纯属赔罪。

这么一说，谷宇清也开始意识到确有几分道理。王老急最近特别注重外表，早晨起来漱洗时常会对着镜子梳弄老半天的头发，蔡牛愤愤不平地背后骂曰：“还挺臭美，下一秒就算拉出去枪毙，这一刻也得先把头发给梳整齐了。”

谷宇清觉得十分好笑，因为蔡牛光知道说别人，没意识到自己也是镜子爱好者，这几天对脸上的每一粒小痘痘都绝不手软，随时实行坚决镇压。

不过这样也挺好，说句时髦话，这叫团队有了凝聚力。

第六章　古尔班通古特沙漠

古尔班通古特，意思为“野猪出没的地方”，而位于沙漠南缘的吉木萨尔则是“沙砾滩河”之意。单看这字面意思，给人留下的印象全是蛮荒、凄凉、贫瘠之感，但车到吉木萨尔一看，根本就不是这么一回事。

1　吉木萨尔

谷宇清再三分析地图并上网查找资料，只查到从孚远县，也就是吉木萨尔出发往北进入古尔班通古特沙漠腹地，确实有个叫“滴水泉”的地方。再往前，便是喀斯克尔苏，而两地之间的“野鬼沟”就根本查不到资料了，看来这很可能只是一个民间的非正式称呼，十有八九是一处荒僻所在。

谷宇清指派蔡牛上街去找当地人，特别是向老人们打听野鬼沟，自己也来到宾馆的停车场上，找那些见多识广的长途车司机套近乎聊天。但打听来打听去，根本就没人听说过野鬼沟这个地方。

看来只有先去吉木萨尔了。

王老急给这两天里相处得相当不错的王胜利打电话，让其明天一早八点来宾馆门口接人，价格仍按每天400元计。

王胜利一口答应。

动身之前，谷宇清搞了一个小小的花招：在停车场上物色了一辆准备去喀什的卡车，用双面胶牢牢地将跟踪器粘在车厢底部的一个角落里——让齐家后人去南疆好好转一圈吧。

第二天一大早，四人悄悄走出宾馆，坐上桑塔纳往正北方向的吉木萨尔而去。

准噶尔盆地中央的古尔班通古特沙漠，被称为中国第二大沙漠，又是最大的固定、半固定沙漠。古尔班通古特，意思为“野猪出没的地方”，而位于沙漠南缘的吉木萨尔则是“沙砾滩河”之意。单看这字面意思，给人留下的印象全是蛮荒、凄凉、贫瘠之感，但车到吉木萨尔一看，根本就不是这么一回事。

这里曾经是汉唐盛世管理西域的军事、行政首府，又是古丝绸之路的通道和驿站。现在的县城则是高楼林立、道路宽阔、商业繁荣，看上去与内地的城市没有什么两样，唯一的不同就是人少、车少，所以大街上看上去显得特别整洁。

“再往前走就是大戈壁了，晚上连住宿的地方都没有，建议你们先准备好帐篷、睡袋之类的东西。”王胜利提醒道，“当然，还有食品和矿泉水。”

县城里有一处规模挺大的美食广场，大家围坐在一张小桌上，每人一份“二节子面”加两大串“馕坑肉”，全都吃了个爽快淋漓。二节子面的面团用盐水和面粉擀成，因宽度约等于手指的“二节”而得名，外形酷似皮带，故又被称为“皮带面”。馕坑肉据说源自喀什，维吾尔语名为“吐努尔喀瓦甫”，虽然也用铁签串肉的形式，但肉块较大，而且不像烤羊肉串那样直接炙烤，而是悬挂着以馕坑内壁的高温烤成，看上去颜色金黄，吃一口外焦里嫩，浓香四溢，令人回味无穷。

几人吃罢午饭，先去一家名为“北山羊”的户外用品商店购买装备，选中了一款近千元的“两室一厅”大帐篷，内部可以分隔，最多可供八人使用，双层防水、防风面料，看上去十分厚实，配上睡袋和防潮垫，还买了一支带电击器的强光电筒和一盏LED野营灯。

“最关键是水。”王胜利再次叮嘱，“还有，多买些烤馕，这玩意儿不会坏，又不占地方，可以说是走长途的最佳干粮。”

大伙随后去超市采购食品，桑塔纳后备厢里的其余空间，全部用来堆放成箱的矿泉水。临走的时候，钟小彤又特意买了几包巧克力豆，被大家笑言是儿童零食，把进沙漠当成小朋友去公园春游了。

天色还早，王胜利建议接着走，晚上到五彩湾一带去过夜，这样明天一大早就能前往滴水泉。

“听你的。”王老急点点头。

“这条线我跑过几次，都是送搞摄影的游客去五彩湾。”王胜利说道，“我就不明白了，你们怎么不去五彩湾选景呢？那地方多漂亮，好些电影和电视都在那儿拍过，什么《卧虎藏龙》啊、新版《西游记》啊，你们干吗非要去找什么野鬼沟呢？”

“拍得太多就不稀奇啦，我们就是想找新的景点。”王老急学着蔡牛的样子信口开河，“都是年轻人嘛，吃点苦无所谓。”

“儿子娃娃！”王胜利跷起大拇指夸赞道，见大家一脸错愕又连忙解释，“在新疆，这可不是骂人的话，而是一种夸赞，意思是男子汉、够爷们。”

蔡牛横了王老急一眼，意思是：你还算年轻人？

“今天晚上我们在哪儿过夜？”钟小彤问。

“五彩镇。”王胜利答道。

车窗外的景色越来越单调，两边都是一望无际的土黄色戈壁滩，只有右后方博格达峰顶端的皑皑积雪，在深邃的蓝天映衬下显得异常耀眼，给静默的大戈壁带来了一丝色彩和线条的变化。

车到五彩镇，大家全都一愣。

印象中的镇，不外乎由街市、商店、民居组成，但在这里尽付阙如。唱主角的只是公路两旁的两座加油站，周围散布着几家专为卡车司机提供服务的旅店、饭馆、修车点，一眼望去，连个人影都没有。

216国道上过往的车辆相当多，大部分都是那种运煤、载货的斯太尔重型卡车，响着惊天动地的气闸喇叭呼啸而过，车后扬起大团的黄尘。王胜利说，这里虽然看上去荒凉，其实却是上天赐予的聚宝盆，附近有很多煤矿和油田，那些卡车十有八九都是围绕着油和煤做文章的。

住宿的旅店连招牌都没有，只是一排由彩钢板搭建而成的简易房屋，附带提供小卖部和简单的饮食，使人一下子联想起电影里那荒漠中的“龙门客栈”。进进出出的客人全是过路的卡车司机，差不多都是那种身形彪悍的西北汉子。

房间收拾得还算干净，电视机收到的频道也很多，有意思的是不少都是用少数民族语言播放的节目，尤其是看一些经过重新配音的内地电视剧，瞧着屏幕上的汉人说着某种陌生的语言，让人感觉特别有趣。

为了避开王胜利，谷宇清声称要去附近转转，好好领略一下大漠的感觉。

“行，你们去吧，我在房间里看电视。”王胜利巴不得清静一会儿。

在大多数人的印象中，沙漠往往是那种图片和影视中表现的沙山连绵起伏、流沙中一踩一个脚印、风过处黄尘弥漫的景象。但古尔班通古特沙漠却是固定和半固定沙漠，与流动性沙漠相比差异极大，由泥和沙混合、板结而成的地表平坦而坚实，稀疏分布着梭梭草、红柳、蛇麻黄、骆驼刺等多种短命植物，使古尔班通古特虽有沙漠之名，却常有生机盎然之实。

荒漠上虽然空空荡荡，但那份独有的壮阔和孤寂却令人难忘，尤其是久居于城市之中的人，平时连什么叫地平线都忘记了，此刻哪怕是凝望那坦荡如砥的地平线，差不多已经值回票价。更令人意想不到的是，这里竟然还是野生动物的天堂。216 国道纵穿卡拉麦里有蹄类动物保护区，周边围有铁丝网，铁丝网内，随处可见野生动物的粪便和脚印。

大漠上的风极有特色，不像其他地方那样总是一阵一阵刮来，而是连绵不断地吹来，虽不强劲，但却持久。你如果拿着一只空的矿泉水瓶当风而立，瓶口马上就会发出一串悲凉的长音。

“行了，就在这里歇会儿吧。”谷宇清在一座避风的沙丘后坐了下来。

钟小彤明白，这是要继续昨天在大河沿镇时未结束的话题。

“小彤，趁这工夫给大家说说齐松龄的后人吧。”蔡牛打了头阵，“如果我没理解错的话，齐松龄的后人最后是以那半张人皮地图找到你哥的，是吧？”

“没错。”钟小彤也在地上坐了下来，“齐松龄的后人名叫齐飞雨，现居西安，是一家装修公司的老板。”

“你们见过？”王老急忙问。

“别打岔！”蔡牛喝道，意思是王老急的智商不适合参与如此高端的话题。

“我咋就不能说话了？”王老急当然不服气。

“你大脑挺好使，可小脑还差点意思。”蔡牛先夸半句，再损半句。

王老急一时没听懂，但知道八成并不是夸自己，只能回报一个白眼。

“我哥跟他面对面打过交道，说起来挺有意思，他们俩是在网络上联系上的。”钟小彤缓缓地说道，“半年前，我哥在好几个收藏论坛上看到一个相同的帖子，内容都是转让那半张人皮藏宝图，配以清晰的局部图片，要价竟然高达 500 万元。”

“谁会为一张地图花 500 万？所以肯接手的人必定是有缘人。”蔡牛摇头晃脑地说道，“说白了，那个齐飞雨就是故意抛出这张人皮，来一个引蛇出洞。”

“对，后来我哥才明白，对方就是这个用意。”钟小彤点点头。

蔡牛得意地瞟了王老急一眼，意思是：怎么样？

王老急既佩服又不买账，只能继续用鼻子里的哼声来发表意见。

“我哥试着跟帖与齐飞雨联系，后来又加 QQ 聊了一下，没想到，对方第二天就飞到上海找上门来了。”钟小彤回忆道，“可是，齐飞雨并不是想卖，而是想买，一开口就要我哥把另外半份地图出让给他，而且愿意出价 500 万。”

“你哥肯定不肯吧？”王老急问道。

“肯定的，跟这笔财宝比起来，500 万还算是钱？”蔡牛不能让王老急舒坦一秒钟。

“没错，双方不欢而散。”钟小彤答道，“第二次洽谈，我哥提议双方合作寻宝，平分一切所得，但齐飞雨一口拒绝。”

“呵呵，也是个贪心的家伙。”蔡牛笑道。

“废话，生意人哪个不贪心？”王老急终于找到一个反击的机会。

“后来麻烦就来了。”钟小彤开始满面苦色，“齐飞雨先是派人来偷，后来又派人来抢，甚至不惜动刀动枪。幸亏我哥早有防备，让我带着图在崇明岛上躲避，自己……自己又恰好遇到以前的一桩贩毒案事发，突然被关进了看守所。”

“那么，齐飞雨又是如何发现你的行踪呢？”谷宇清忙问。

“就在来新疆的前一天，我从崇明来到上海，一下子就被他们发现了。”钟小彤答道，“我自己分析，极有可能是由于我在机场附近的宾馆用身份证登记住宿而暴露的，现在旅店业全都电脑联网，对有心人来说，应该不难找到监控的办法。”

“难怪你当时不坐飞机，非要单独坐火车来。”谷宇清沉吟道。

“是的，我已经暴露了，不能再让你们暴露。那天我开好房间后上街去买东西，回来后发现背包和衣服似乎有被人翻动过的痕迹，所以临时做出了决定。”钟小彤点点头，“后来又特意去苏州上车，包括进疆后又提前在吐鲁番下车，也是怕被他们跟踪。”

“可你根本没想到，他们那天在宾馆房间里不单是翻动你的衣物，还在你的背包里藏进了跟踪器。”谷宇清苦笑道，“这几天来，我们的一举一动人家全都了如指掌，包括在火焰山一无所获的结果，人家也都清清楚楚，所以一直按兵不动，始终没来打扰我们。”

“他们到底有什么目的呢？”王老急嚷嚷道。

“笨啊，当然是吃现成的呗！利用我们来寻宝，等这边辛辛苦苦找到后，再来个饿虎扑食。”蔡牛翻了个巨大的白眼。

“嗯，说啥也不能再让他们跟上来了，否则危险还挺大。”谷宇清的语气有点沉重。

2　乌斯曼小道

大漠的景色虽然单调，但是黄昏时分却突然添进了动人的色彩。

猩红的落日在西边的地平线上缓缓下坠，在沙丘和植被上晕染出玫瑰红的基调，毫无遮挡的余晖漫射而来，将人的投影拉至一种令人吃惊的长度，空气温度则一下子降了下来。

“龙门客栈”的餐饮只提供一个品种：拌面。

吃完晚饭已经九点来钟，但天色还未完全黑透，国道上的大卡车依然在匆匆赶路。这里的夜晚无处消遣，唯一的娱乐只能是回房间去看电视。今晚总共开了三个房间，钟小彤自己一间，蔡牛和王老急合住一间，谷宇清和王胜利合住一间。

大家各自回房，但谷宇清发现，王胜利不知怎么搞的，吃完晚饭就突然没了人影。

“在哪儿呢？”谷宇清不甚放心，赶紧打个电话询问一下。

“呵呵，你们先睡，我出去找点娱乐，一会儿就回来。”王胜利笑呵呵地回答道。

谷宇清还是没搞明白，这黑灯瞎火的荒漠里边，能去哪里找娱乐？

不到一个钟头，王胜利回房间来了。

“我帮你们打听到野鬼沟啦！”王胜利一进门便得意地大声嚷嚷。

“真的？”谷宇清当然高兴。

原来，王胜利认识本地的一位同行，这哥们在靠近火烧山油田的国道边，用彩钢板搭建了几间活动房屋，以“练歌房”的名义，安排了几个陪唱小妹，算是拉活之余赚点外快。

刚才，王胜利开着车去找老朋友，闲聊时，他基于良好的职业素质向“石油哥”和店里的人打听野鬼沟这个地方。大家都说不知道，但一个四十来岁的中年汉子却说曾经听哈萨克老乡说起过这个地方。

王胜利大喜，便赶紧回来报信。

“走，马上带我过去。”谷宇清跳起身来关掉电视，顾不上叫其他人，俩人跳上车便朝火烧山油田方向驶去。

中年汉子是个在大漠里转了半辈子的钻探队驾驶员，对本地的道路非常熟悉。据他说，滴水泉与喀斯克尔苏之间始终属于绝对的蛮荒之地，向来没人敢从这片荒原的腹心通过，那里没有水，没有草，走进去的下场就是马饥人渴，所以本地老乡都认为那是一块死亡之地——唯一知道水源的，只有那些奔跑在大漠间的鹅喉羚与普氏野马，除非你能跟着它们跑。

不过，此地一百年前有个赫赫有名的阿尔泰匪首，被人称为“哈萨克之鹰”的乌斯曼，曾经走出过一条忽明忽暗的道路，被牧民们称为“乌斯曼小道”。

“那么，这条乌斯曼小道能够通向野鬼沟？”谷宇清急不可耐地问道。

“对！”中年汉子一根接一根地抽着谷宇清递上的香烟，“不过我也没去过，只是听牧民们说起过，说滴水泉西北方向，顺着乌斯曼小道走的话，途中会经过一片五颜六色的乱山冈，附近常有野鬼出没。我估摸着吧，他们说的五颜六色的乱山岗可能跟这里的五彩湾有点相似，也是雅丹地貌中的一种。”

“我们就在找这样的外景地！”谷宇清一拍大腿，“大哥，明天麻烦你带个路行不？我们给你开工资。”

“你能再搞一辆车来吗？连人带车，每天400块。”王胜利一把抓住中年汉子的胳膊，“就我一辆桑塔纳进去还真有点发怵，万一路上抛锚就麻烦了，到时候手机不通，真是叫天天不应、叫地地不灵。”

“车倒是有一辆，五十铃的皮卡，我本来就是司机嘛。”中年汉子有点动心。

“那不正好？公车私用，轻轻松松挣个外快。”谷宇清鼓动道。

“呵呵，明后两天我正好休息，那就陪你们走一趟吧。”中年汉子一口答应下来，“不过有一点得先讲明白，野鬼沟我没去过，只是知道具体方位，不保证一定能找到。”

“没问题，反正有两天的时间，可以慢慢找。”王胜利抢着说道，“老哥贵姓？”

“呵呵，我叫戴双强，叫我老戴就行。”中年汉子为人十分随和。

办妥了这件事情，谷宇清一下子觉得信心更足了，回到客栈把事情一说，大家听了都很高兴，连夸王胜利办事机灵，有两辆车进沙漠，安全上就更有保障了。

“照这么说，顺着乌斯曼小道肯定就能找到？”钟小彤盯着谷宇清问道。

“没错，理论上是这么一回事。”谷宇清答道，“据我推测，当年杨增新被刺后新疆局势大乱，齐松龄本来就是军人，要是被人抓到后被认为是军事间谍就不得了了，那可是一件丢脑袋的事情。所以，他最后没敢走官道，连比较安全的古驼道也不敢走，而是专门选择了这样一条荒无人烟的野道。”

“分析的有道理。”蔡牛连连点头。

“行，早点睡觉吧，已经跟老戴约好了，明天早晨十点上路。”谷宇清说道。

大家分头去睡觉，谷宇清再三关照王老急，别忘了把刚买的强光电筒和野营灯充足电。

半夜里，谷宇清起来上厕所，走过钟小彤的房间门口时，突然听到门后隐隐传来一阵说话的声音，当下觉得有点奇怪，不由得站住脚步仔细辨听。荒漠里的深夜不是一般的静，而且彩钢板的门隔音又不太好，谷宇清虽然听不清钟小彤在说什么，但完全可以猜到她是在打电话。

这就怪了，深更半夜打什么电话呢？而且，钟小彤没有父母，似乎也不像是有男朋友，唯一的哥哥又在牢里，那么，她在跟谁通话呢？

算了，别疑心病太重了，人家也许是在跟闺蜜聊天呢，虽然时间上有点不太合适……谷宇清没有多想，上完厕所继续睡觉。

第二天清晨，洗漱完毕后，大家一人吃了一份面条，又在小卖部里补充了一些矿泉水。十点不到，老戴驾驶着一辆灰扑扑的皮卡来了。

两辆车一前一后出发，顺着216国道前行，快到火烧山的时候猛地左转，驶下路基进入了一条颠簸、坎坷的便道。

说句良心话，这路已经不能叫路了，充其量只是被车辆年复一年压出来的轮胎印，尤其是大型油气勘测队的沙漠车压出来的车辙，看上去深得就像一道道沟一样。地表上覆盖着稀疏的植被，又将道路的痕迹掩盖得若隐若现，行进中的车辆左摇右摆，颠起来的时候几乎让人脑袋撞上车棚。

没办法，只能降低车速，保持在二三十码的速度缓慢前进。

车过滴水泉以后，已经彻底没了道路，那传说中的乌斯曼小道根本就不见踪影。当然，百年沧桑巨变，朝代都能更替几次，何况荒漠中一条本就不为人知的野道。

两亿年前，准噶尔盆地还是一片碧波浩渺的湖泊，飞鸟成群，走兽欢跃，周边的森林连绵千里，野花的芳香随风飘散，恐龙是这片土地上无可争议的主人。随着侏罗纪末期的造山运动，环境瞬间恶化，湖泊终告消亡，赤地千里，再也不是生命的乐园。现在，站在这片古老而神秘的土地上，一部波澜壮阔的地质发展史依稀展现在面前。

地形越来越复杂，随处可见低矮的山丘和台地，以及猝不及防的垄岗式隆起。按老戴的说法，这叫砂岩、泥岩、砾岩……如果冒险行车，底盘随时都有可能被这些林林总总的岩卡住。

看看天色还不算晚，大家商议了一番决定弃车步行。

带上装备和食物、矿泉水，踏着亿万年前的湖底，也是欧亚大陆平坦的胸膛，一行六人开始走入盆地的心脏部位。

植被的数量和种类越来越多，好些灌木丛竟能长到一人多高。老戴说，那是地表下面有一层湿沙，积蕴着一些“淡承压水”，所以才干而不旱。

“准噶尔盆地内蕴藏着丰富的石油、煤和金属矿藏，简直就是一只聚宝盆啊！”蔡牛感叹道，“这真是，天苍苍，野茫茫，一枝红杏出墙来……”

“狗屁不通！”王老急没好气地骂道。

“一点‘艺术脓包’都没有。”蔡牛痛心疾首地叹道，“你这个人吧，我看你就是逻辑思维还不错，否则也做不好高利贷业务。”

“怎么了？”王老急猛一听还有点沾沾自喜。

“算术肯定学得还行，精通十位数之内的加减法吧？”蔡牛继续表扬。

王老急没听出不妥之处，钟小彤却忍不住扑哧一声笑了出来。

“老王，你别上蔡牛的当，那是幼儿园大班的文化程度。”谷宇清哈哈大笑，“蔡牛，你别老是欺负人，我也考考你的智商怎么样？也是一道简单的算术题。”

“说吧。”蔡牛夸张地拍拍胸脯。

“听好，小明花 8 块钱买了一只鸡，转手又 9 块钱卖掉，但是随后又觉得不划算，所以又花 10 块钱买了回来，并以 11 块钱再卖出。”谷宇清笑眯眯地说道，“好了，请问小明最后究竟赚了多少钱？”

“小明往往是最可怕的人。”钟小彤知道题目没那么简单，“据我所知，这是一道国外大公司的面试题目。”

“赚了两块！”蔡牛想了半天后蛮有把握地答道。

“行了，你可以回幼儿园大班去进修了。”谷宇清为王老急报了一箭之仇，“正确答案是，亏掉了两块钱。”

“不可能，说说道理看。”蔡牛叫了起来。

“道理可以写成一篇论文，公式可以列满一张纸。”谷宇清收起笑容，神情一下子变得严肃起来，“很多事情的道理都一样，并不像看上去那么简单，我只是希望，我们这次来新疆，千万别像小明一样啊！”

这话听在耳里，大家都有点半懂不懂。

“看，那是什么？”钟小彤突然尖叫起来。

前方的梭梭丛中蹿出一串浅黄色的身影，三跳两跳便消失了踪影。

“哈哈，没事，是黄羊，还是国家二级保护动物呢。”老戴笑着说道。

经此一吓，钟小彤似乎体力都泄去了一半，步履明显沉重起来。谷宇清一声不吭地夺过她身上的背包，斜挎在自己的肩头继续前进。蔡牛和王老急对望一眼，立即意识到自己犯了一个严重的错误。

前进的速度很慢，走走歇歇，三个小时才走了十几公里，可乌斯曼小道依然不见。更麻烦的是，老戴也有点慌了神，说自己还是好几年前来过这里，印象已经有点模糊，不过大体方位没错，只要找见一座小红山就行了。

“小红山？”谷宇清问道。

“就是那种淡红色的小山包，看上去都不高，跟咱们油田那儿的火烧山差不多模样，当然规模没那么大。”老戴解释道，“其实都是酥松的泥岩，红颜色是由于地下的煤层自燃引起的。”

又走了大约三公里，钟小彤实在走不动了，再加上黄昏即将降临，看来只能安营扎寨休息一晚再走。巧得很，附近正好有一处小规模的风蚀台地，而且地形恰如一个巨大的葫芦圈，通过狭小的葫芦嘴进入圈内，正好可以躲避戈壁上的劲风。

第一次搭帐篷麻烦不小，大家看着说明书摸索着干，手忙脚乱以至于将撑杆、地钉、风绳缠成一团，花了近一个小时才成功支撑起来。把睡袋在里面铺开一看，不错，睡六个人挺宽敞，钟小彤还能享有一个隔离开来的独立空间。

晚饭是矿泉水加馕，再加几粒牛肉干，看着漫天五彩缤纷的云霞进食，自有一份无可比拟的浪漫。

风蚀台地为典型的雅丹地貌，在维语中意为“陡峭的土丘”，乃远古时期干涸的湖底裂开后被强风吹蚀而成。支离破碎的地面上隆起着一堆堆呈暗红和土黄的矮丘，看上去形态各异，假如能在高空俯视的话，极像顽童玩耍后留下的一堆泥巴，要是规模再大一些，那就可以唤作魔鬼城了。

吃完东西，体力恢复了一些，钟小彤受到瑰丽晚霞的感召，想要登上附近的高丘去极目远眺，提出让谷宇清陪着她一起去。这种愉快的任务，谷宇清当然乐意接受，俩人绕过一座座崖壁，朝着红褐色的高丘走去，扔下蔡牛和王老急坐在原地面面相觑。

“多么美丽的晚霞啊！”谷宇清眼望西方由衷地感慨道，“要是我没记错的话，你名字中的彤字，就有红云、彩云的意思。”

这么有情调的地点和时刻，自然最适合调情，但谷宇清业务生疏，你不能指望他调得有多高明、多专业。

“没错，就是这意思。”钟小彤的眼眸在霞光中显得异常明亮，“这样的时刻，真是令人终生难忘啊！”

俩人在土丘的顶端席地而坐，身体靠得很近，继续长吁短叹大自然的雄伟和秀丽并存。不知不觉之中，谷宇清将身体靠向钟小彤的肩膀，虽然靠得比较轻浅，但传递的信息却十分丰富。

但是，钟小彤那一头的信息接收似乎存在着问题，随即有意无意地将身体移开了一些，依然精准地保持之前那适当的距离。或者说，反而不动声色地搭建起一道无形的藩篱。

谷宇清有点失望，又有点想不通，自己的身份和角色早已明确，可手里捏着入场券，咋就越不过这条边界呢？唉，女人的心思啊，永远都是世界上最难解的数学题。

沉默了一会儿，谷宇清只得转移话题，口中如自言自语般嘀咕道：“我们今天有汽车、有装备、有指向设备，还有老戴这样的向导，而当年的齐松龄绝不可能拥有这样的条件，真是搞不明白，他到底是如何来到这里的？”

第七章　野鬼沟

齐松龄简直哭笑不得，这下子又跟孟得贵捆绑在一起，谁也离不开谁了——自己身体虚弱，难以独力担当重任，再说没有孟得贵带路，随时都有可能被沿途兵丁逮住。反过来说，没有齐松龄在布尔津的俄国大买家，孟得贵即使独吞宝物也没用，单说那把九龙剑吧，在鄯善能卖出的价钱未必会比一把切菜刀更高。

1　柳暗花明

齐松龄当年从火焰山来到滴水泉，吃的苦头自然要多得多。

吴世安的毒药虽然没有致命的威力，但也对他造成了极大的伤害，咯血、呕吐、腹泻、心慌、浑身疼痛无力，害得齐松龄在客栈里就此卧床不起。

还好，客栈主人看在齐松龄上次没让自己赔偿失窃损失的分上，伺候得还算尽心。尤其是劳达才，更是悉心照料，成天不离左右，甚至四处打听后请来一位鄯善有名的维医，采用放血疗法为齐松龄排毒。

维医手段高明，医术独特，先用利刃在肘部将“外尔德”脉（静脉）穿破，再令之服用一种名唤“晒尔比提”——用草药和香料熬制的糖浆，前后持续了两个月，齐松龄的身体竟一天比一天轻松起来。

新疆的秋季特别短暂，齐松龄再也坐不住了。因为再过个把月的工夫，北疆就将冰天雪地，许多地方根本无法到达，如不尽快赶去，一旦大雪封山，那就得等到明年春天才能成行。

可是，就算身体吃得消，没了吴世安的那半份藏宝图，单凭记忆的话，还能找到藏宝点吗?

齐松龄挣扎着动了身，只叫了劳达才一个人做帮手。

劳达才这孩子平时沉默寡言，但心性敦厚，对待齐松龄，尤其另有一份知恩图报的心意。齐松龄也很喜欢这孩子，再三表示等自己办完事后，一定会回到鄯善来，帮其还清债务赎回自由身，随后一同返回西安老家。

齐松龄肚子里甚至还打了一点小九九。自己在西安老家的时候，不到二十岁便由父母做主与本村的一个女子成了亲，婚后生下一个女儿，但很快自己便忍受不了终年面朝黄土背朝天的枯燥日子，离开家乡开始自闯天地。后来的运气还算不错，先是考入保定陆军讲武堂，后来跟随孙殿英打天下，一步步熬到特务团副团长的位置。

自打离开家乡以后，齐松龄总共才回家探望过父母妻女屈指可数的几次，如今算起来，女儿小莲的年纪应该跟劳达才差不多大，要是劳达才这小鬼日后能做自己的女婿，倒也不错。

很不幸，到了胜金峰下转来转去硬是找不到地方，甚至连那一段木桩都没找到。当然，反过来说，也幸亏藏得那么好，否则的话，早被黑心肠的吴世安独吞掉了。

齐松龄坐在地上动脑筋，想来想去，突然想到了给自己和吴世安文身的那名剃头匠。

回到鄯善，马上就去兵营附近找那家破破烂烂的剃头铺子。

剃头匠名叫孟得贵，三十来岁，瘦骨嶙峋，奇丑无比，发挥失常的五官随心所欲地分布在一张皱巴巴的小干巴脸上，眼神里透出一股说不出来的阴险和奸诈。

“老哥，我在这里等你好久啦。”孟得贵一见齐松龄便说出这句莫名其妙的话来。

“等我？”齐松龄当然不明白。

“如果我没猜错的话，老哥今天来这里，是想让我凭记忆画出另一半地图吧？”孟得贵阴阳怪气地笑问道，但接下来的一句话打消了齐松龄所有的希望，“告诉你吧，不可能，那图形太复杂，我根本记不住。”

“你可真是人精，咋就猜得这么准……”齐松龄心中满是失望。

“因为，你那位姓吴的同伴，早就来找过我啦。”孟得贵挤眉弄眼地说道。

“哦？”齐松龄一惊。

“依我看，这张图可不是一般的值钱，你们俩肯定是闹翻脸了吧？”孟得贵动手卷起一根莫合烟，慢吞吞地问道。

说话间，一头粗一头细的莫合烟已经卷好。孟得贵划着火柴但并不直接点烟，而是先将桌子上的一盏油灯点着，随后将烟凑在油灯上点燃，美滋滋地抽了起来。

齐松龄顾不上回答，心里暗暗打开了算盘。

孟得贵的话不像是撒谎，照此推断，吴世安逃走以后并未马上离开鄯善，而是藏身在某处妄图独力取宝，并且跟自己的思路完全一样，试图借助孟得贵的记忆来复原完整的地图。那么，这个背信弃义的家伙现在还在鄯善呢，还是已经彻底死心回上海了呢？当然，这已经不重要了。

“算啦，命中无时莫强求。”齐松龄一声长叹，准备离去。

“慢！”孟得贵突然在身后叫住他。

“什么事？”齐松龄站住了脚。

“看看这是什么？”孟得贵突然像变戏法一样从口袋里拿出一张纸来。

齐松龄定睛一看，天哪，那不正是另半份地图的摹件？“哪儿来的？”

“站住，别往前走！”孟得贵骤然间变了脸，指着齐松龄的双脚厉声高叫，“就站在那儿看，再往前走半步我就烧掉这图。”

“老弟，有话慢慢说，千万别冒失。”看到对方拿着地图在油灯前乱晃，齐松龄没敢再挪半步，“说吧，这是何意？”

“当时那个姓吴的家伙来我这里，要我画出你后背上的那半份图来，我马上就明白了是怎么一回事。”孟得贵得意扬扬地转换了一副笑脸，“当时，别说我压根儿记不清，便是记得清也不会给他画出来，老子有那么傻吗？所以，我对他说，只能试试看，让他脱了衣服先让我把后背上的一半描下来，然后再揣摩着画出另一半来。”

“他相信了？”齐松龄问。

“他没法不信，也是死马当做活马医呗。”孟得贵说道。

“后来呢？”齐松龄问。

“后来就简单啦，画完了我就装模作样在那儿想，然后说没有办法，全忘记了，顺手玩了个障眼法，把摹下来的图藏进口袋，当着他的面把另一张白纸揉了揉放在灯上烧掉了。”孟得贵做了个鬼脸，一张丑脸竟然比平时好看了许多，“老子认准了你早晚也会来找我，这一把说什么都得赌。”

“算你赌对了。”齐松龄松了一口气，“说吧，想要多少钱。”

“说什么钱不钱的，那不是见外了？”孟得贵的脸上浮上一丝稀薄的笑意，“老哥，一个铜子都不要。”

“那你要什么？”齐松龄满面惊诧。

“兄弟，我只要那份财宝的一半！”孟得贵又是一个鬼脸，“甭管是多是少，咱来个兄弟打平分。”

“你小子……”齐松龄又气又急又无奈。

“没事，不行的话当我没说。”孟得贵作势又要将地图往油灯上凑。

“住手！”齐松龄急得汗都快出来了。“我答应你！不过，我已经联系了俄国商人在布尔津交易。”

“呵呵，这才像话。”孟得贵大获全胜，“哥啊，从今天起，兄弟我就跟定你了，你走到哪儿，兄弟我跟到哪儿，只要宝贝变了钱，兄弟我也不客气，不多不少当场分一半，成不？”

“成！”齐松龄咬着牙答道。

“有道是君子一言驷马难追，哥，兄弟相信你。”孟得贵嬉笑着拍拍齐松龄的肩膀。

真是柳暗花明又一村啊，接下来的事情就变得容易了。孟得贵说自己知道一条古驼道，由三道海子或孚远县进入古尔班通古特沙漠腹地，可以绕开兵丁的盘查直达北疆。

齐松龄简直哭笑不得，这下子又跟孟得贵捆绑在一起，谁也离不开谁了——自己身体虚弱，难以独力担当重任，再说没有孟得贵带路，随时都有可能被沿途兵丁逮住。反过来说，没有齐松龄在布尔津的俄国大买家，孟得贵即使独吞宝物也没用，单说那把九龙剑吧，在鄯善能卖出的价钱未必会比一把切菜刀更高。

老办法，还是伪装成商队。

孟得贵建议买 30 匹骆驼，一是每匹 70 块银元的价格不算太贵，二是到了布尔津还可以再卖掉，搞好了不亏反赚。齐松龄想想挺有道理，于是孟得贵张罗着购买骆驼、营帐、干馕、装水的大葫芦等等，又雇来几个老实憨厚的驼工，装上寄放在客栈中的那些货物后择日出发。

去掉一切开销之后，箱子里还剩两百来块银元，齐松龄将这笔钱全部存在客栈主人的手里，准备日后从布尔津返回鄯善时再取用——美元和新疆两在内地没法当盘缠用。再说还答应了劳达才，回来时要帮这小鬼赎身呢，千万不能言而无信。

两张半份地图合二为一，瞬间变成了一份完整的财宝，齐松龄与孟得贵“并肩作战”，带领雇好的驼队一块儿前往胜金峰下取宝。

有了确凿无误的地图，入山起宝的过程自然顺当。看着两大箱宝物，孟得贵的双眼都发了直。

驼队随即穿小道直赴孚远县，一路上十分顺当，未遇任何麻烦。

进入古尔班通古特沙漠腹地以后，可以说是非常安全了，不过齐松龄始终信不过阴险狡诈的孟得贵，生怕遇到第二个吴世安。所以，他平时只吃自己那匹骆驼身上携带的馕和水，晚上几乎不敢合眼，始终都是手摸着枪把稍稍打盹。

过了滴水泉，路越来越难走，水和干粮已经吃掉了一半，但孟得贵说不碍事，只要到了喀斯克尔苏就能得到补充。

一个阴沉沉大风呼啸的天气里，驼队来到了一个名叫野鬼沟的地方。

这是一片在平坦的荒漠中突兀的山地，经过亿万年的风雨侵袭，被切割成一座座孤立而又连绵的小丘，岭谷间布满了怪石和沟纹。丘群的颜色也十分奇异，岩体呈现朱红、紫红、灰绿、橙黄、土黄等各种色调，看上去绚丽多姿，却又无比怪异，像是魔鬼在这里信手涂鸦留下的印迹。

驼队为了避风，只得进入丘群早早地安歇。驼工们搭起帐篷，稍歇以后开始宰羊——孟得贵在鄯善的时候买了两只活羊，绑在驼背上一同带来，前几天已经吃掉了一只。

驼工们分头去找干枯的梭梭草和胡杨木的断枝，在营地中央点起一堆火来，又找来许多红柳条，将切成块的羊肉串起来放到火上去烤。不多时，营地内香气四散，勾得人馋涎欲滴。

吃饱喝足，大伙全都钻进帐篷抽着莫合烟闲聊，等天色一黑，早早地进入了梦乡。齐松龄跟以往一样，躺在帐篷的角落里半闭着眼养神，并不敢掉以轻心。

半夜里，帐外突然传来一阵异常的响动，拴在一起的骆驼群突然惊天动地般嘶叫起来，似乎发生了什么特别的事情。

大伙纷纷跳起身来看个究竟，齐松龄也拔枪在手冲出了帐篷。

事情十分糟糕，原来是骆驼炸了群！

骆驼这种动物十分奇怪，别看它平时异常温驯，似乎什么脾气都没有，但有经验的人都知道，在其发情和炸群的时候就不是那么一回事了。尤其是炸群，傻骆驼会像被激怒的狮子一样挣脱任何束缚，然后放开四蹄像疯了一样狂奔不止，往往会一口气跑出数百里地去，直到筋疲力尽方才停步。

更要命的是，每群骆驼之中都会自然产生一头“头驼”，假如头驼犯了疯病而逃跑，其余骆驼就会不顾一切地跟着跑，形成一场真正的暴动。这时你要想追赶的话也无法接近，唯有那些经验老到的驼客，会用一种怪异的呼声将其慢慢喊住，等驼群怒气泄尽之后才渐渐靠拢，或者果断地以皮鞭猛抽头驼的鼻子，以暴力将其彻底制服。

今天，驼队里没有马匹，而且天色那么黑，如何追赶得上？

驼工们议论纷纷，都说眼下又不是发情的季节，驼群怎么就突然犯了傻气呢？现在麻烦大了，昨晚除了大箱的货物卸下来之外，轻巧的水和食物都留在驼背上，现在全被带走了，待在这里还不是一个死字？

天亮以后，齐松龄做出了一个艰难的决定，让驼工们全部离去，回到有人烟的地方再带着坐骑、水和食物来此营救自己——总不能把宝箱扔在这里不管吧？再说自己身体虚弱，完全没有把握靠两条腿走出荒漠去。

“老哥，我留下来陪你。”孟得贵十分仗义。

这让齐松龄十分感动，暗想真是人不可貌相，这小子心眼还不错。当然，也可能是舍不得离开那两只宝箱。

驼工们朝着来的方向慢慢离去，谁能知道，他们什么时候回来，或者会不会回来呢？

可以想象，没有食物和水的日子是多么难熬。齐松龄只能成天半躺着节省体力，而且依然不敢放松警惕，始终关注着唯一的伙伴孟得贵的一举一动。

三天过去了，齐松龄的体力越来越差，连说话的力气都快没有了。可奇怪的是，孟得贵却并无明显的异常，体力似乎并未受到多大的影响，居然还有力气和心思到山谷间去乱转解闷。

更令人大惑不解的一点是，齐松龄嘴唇都渴得裂出了血口子，可孟得贵的嘴唇却毫无异常！而且，有一次夜间，这家伙睡到半夜竟然还走出帐篷去撒尿。

现在还撒得出尿来，这是什么样的奇迹？齐松龄开始觉得不大对头，有一次看孟得贵又要走出去闲逛，他马上暗暗走出帐篷，远远地跟着走，想搞清楚这厮到底在搞什么鬼。

这一看不要紧，马上发现了孟得贵的秘密。原来，这家伙在一大丛一人来高的梭梭草中隐藏着几块干馕和一大葫芦的水！

齐松龄瞬间明白过来：这厮早有预谋，先藏下食物和水，再以某种方式引起骆驼炸群。很明显，孟得贵图谋不轨，但又忌惮齐松龄手中有枪，所以用这个阴险的办法来耗尽对方的生命力，说白了就是展开一场生命的竞赛，比谁活得更久。

“混蛋！”齐松龄咬牙切齿地拉响了枪栓。

几十步开外的孟得贵一惊，就势一个打滚，身子完全隐入了茂密的梭梭草丛中。等齐松龄拖着沉重的身体赶到，孟得贵早已消失得无影无踪。

不幸之中的大幸，孟得贵来不及带走最后的一块馕和剩下的一些水。

齐松龄恢复了一些体力，这些天来脑中一直绷紧的那根弦终于松弛了下来——孟得贵没了食物和水，绝对不敢在此久留，肯定得抓紧时间趁体力充沛的时候走出荒漠。

现在，就看驼工们什么时候返回了。但是，万一驼工们单顾着自己逃命，走出荒漠后再也不愿冒险返回，那就彻底砸锅了。

想想自己极有可能守着宝箱死在这大漠的腹心，齐松龄只觉得头皮一阵阵发麻……

2 诡异的脚印

“看，小红山。”老戴惊喜地叫道。

那是几座高仅三四十米的小山包，整体颜色发红，看上去活像沙盘中的模型，孤零零地横躺在大戈壁之中。

绕过小红山，地表更加高低不平，植被也愈显茂盛。老戴东张西望着走在最前边，但眼神却越来越茫然。

又走出数公里之后，谷宇清开始有些紧张起来，随身携带的食物和水已经不多，要是今天天黑之前依然找不到乌斯曼小道，明天恐怕只能暂时放弃计划赶紧撤回了，要不然断水断食可不是闹着玩的。

“快看，阿拉伯石堆！”老戴又是一声惊呼。

顺着老戴的手指，大家看到了地上确有一堆明显是由人工垒成的石堆——一堆大石头的周围围着一圈小石头，看上去十分规则。

“啥意思？”王老急问。

老戴兴奋地解释道，阿拉伯石堆是古代阿拉伯人在沙漠中行走时，用石堆作路标的方法，以便给后人指路。但石堆的摆放方式带有不同的含义，比如说，一堆石表示前方有路，两堆石表示前方有岔路，三堆石表示前方有水有人烟，而眼下这种一堆大石头周围围着一圈小石头的意思则是：不太安全，小心强盗——毫无疑问，这肯定是百年前的商队或本地牧民留下的，说明今天的路并没走错。

“这就是乌斯曼小道？”王老急十分纳闷。

“你以为还得铺上一层柏油、竖起几块路牌？”蔡牛乘机攻击。

有了信心，疲劳顿时消解，大家一口气走出十几公里，沿途经常可以看到阿拉伯石堆，证明脚下行走的路径，正是那百年以前的乌斯曼小道。

“快看快看，看那边的山。”钟小彤视力极好，突然兴奋地尖叫起来。

前方开始出现低矮的山丘，轮廓圆润，颜色发红，看上去依然酷似沙盘中的模型，或者说，又像是放大了成百上千倍的盆景。丘壑首尾相接，似波浪般翻卷着向远方延伸，浓烈的颜色在苍茫的地平线边逐渐变淡。

“这里应该就是野鬼沟了。”老戴如释重负。

真是“看山跑死马”，那一片山丘明明是近在眼前，可任你怎么走，它总是不远不近地守望在那里，似乎永远无法接近。更让人心惊肉跳的是，途中还看到了动物的尸骨，累累白骨散落在泥沙之间，不知道究竟死于什么年代。老戴分析说，有可能是商队里渴死或病死的马匹，也可能是自然死亡的野生动物。

一直走到黄昏时分，队伍总算走近这片山丘。众人无不精疲力竭，再看钟小彤，差不多已经累瘫在地。

绕过山丘才发现，后面简直就是一个五彩缤纷的世界。

极目望去，高低错落的山丘无尽连绵，裸露的山体寸草不生，被狂风雕琢得奇形怪状，呈现出奇特而夸张的色彩来，看上去怪异、神秘而壮美，活像画布上厚涂上去的色块。甚至使人怀疑，那些艳丽的颜色是不是人工刷上去的——当然，这项工作除了上帝或魔鬼，任谁都办不到。

“这是大自然的杰作啊！”老戴感叹道。

按老戴的说法，这是由于千百年来的地壳运动，在这里形成了煤层，亿万年来覆盖地表的沙石被风雨剥蚀，煤层便裸露了出来，随后又被雷电引燃，逐渐燃烧殆尽，就此形成了这光怪陆离的自然景观，实际上也是雅丹地貌的一种。多彩的山壁，其实是不同成分的矿物质形成的，比如暗红色的主色调，是因为山壁中含有丰富的硫铁质，而绿色和黑色的沉积层，则是泥沙和生物的叠积，如此等等。

晚霞笼罩大地，在浓烈的玫瑰色的逼射下，起伏的山坡上泛起星星点点的反光。钟小彤忍不住好奇跑过去一看，只见地上布满了血红、湛蓝、洁白、橙黄等五颜六色的石子，大者如鸡蛋，小者如绿豆，全都通体圆润而略显晶莹，令人爱不释手。

“呵呵，这可是戈壁玛瑙，只不过等级较低不值钱而已。”老戴走过来说道。

不管值不值钱，钟小彤还是忍不住捡了好几块装入口袋。

“这是什么？”王老急也有了发现，捡起几段奇形怪状的石片高声叫道。

那是一片片黑褐色带有纹理的石皮，活像烤焦了的树皮，相互敲击的话会发出金属般的悦耳声音。

“这个我知道，应该是硅化木，收藏界有人收藏，我以前见过。”蔡牛兴奋地叫道，也去捡了几块。

“没错，就是硅化木，你手里拿的，就是一块亿万年前的树皮化石。”老戴指着王老急手里的石片说道，“我估计沟里面还有很多。”

老戴没说错，越往前走，地上散落的硅化木就越多，有几处深沟中简直铺满了一层，但大都散裂成不规则的碎石，已失去了观赏价值。老戴说，这里的硅化木只能算是小儿科了，要是往东走去将军戈壁的话，那里有个地方名叫恐龙沟，亿万年前属于恐龙的家园，旁边就有一处“石树沟”，漫山遍野都是这玩意儿。因为那一带在一亿多年前是茂密的原始森林，后来被地壳运动埋入地底就成了硅化木。

“我见过那种完整的硅化木，除了树皮和年轮，甚至连纤维都看得出来。”蔡牛兴奋得脸都涨红了，“颜色也极其好看，青的像碧玉，红的像玛瑙，简直是天然的艺术品，不过我好像听说过，政府现在已经禁止买卖了。”

“没错，这是不可再生的资源，买卖的话就属于违法。”老戴笑了起来。

说话间，天色开始昏暗。谷宇清忙说，大家不要贪玩了，还是赶紧搭帐篷吧，明天再进深谷去“选景”。

老戴选了一块山丘后面避风的空地安营，此处的地势较为平整，由于避风的原因，地上积存着一层柔软的泥沙，长有不少半人来高的杂草。

晚饭依然是干馕和矿泉水，大家围坐在一起细嚼慢咽，生怕风干后坚硬如铁的馕块划破口腔。

月光很亮。看看睡觉的时间还早，再加上刚才受到玛瑙石和硅化木的刺激，想想这漫山遍野都是宝贝，大家都兴奋地不想进帐篷躺下，干脆坐在星空下聊起天来。

“我就奇怪了，这么一个风景如画的地方，怎么会得了一个野鬼沟这样的名字呢？”谷宇清看着山丘的剪影低声道。

“我估摸着应该是商队或者牧民给起的吧？”王胜利说道。

“我听其他钻探队的人说过，说这一带常有野鬼出没，呵呵，都是从老乡那儿听来的……”老戴漫不经心地答道，“当然喽，这个世界上不可能有鬼，我估摸着啊，十有八九是红柳娃给闹的。”

“啥叫红柳娃？”大家都糊涂了。

“就是常说的野人。”王胜利笑道。

“有野人？”谷宇清差点跳起来。

“怎么没有？”老戴不以为然地说道，“新疆有野人的地方多着呢，我就亲眼见过。呵呵，跟你这么说吧，你别看这大漠里平坦坦一望无边，其实奇怪事多着呢。”

王胜利问老戴：“老哥见过红柳娃？”

“见过，死的活的都见过。”老戴答道，“我老家在巴里坤，离野人沟不远，小时候见过一个被猎户开枪打死的野人，看上去有点像猴子，面目狰狞，浑身布满灰毛。活的见过好几次，都是在老林子里看到的。”

“巴里坤的野人沟是挺有名的。”王胜利点点头，“新疆发现过野人的地方挺多，像罗布泊的人熊啊、阿尔金山的大脚怪啊、西天山的吉克阿达姆啊，还有南疆的毛野人，当然还有咱们准噶尔盆地的红柳娃和阿尔玛斯。”

“为什么会把准噶尔野人叫做红柳娃呢？”谷宇清问道，“阿尔玛斯又是什么？”

“都是准噶尔野人，体形通常不大。比方说红柳娃吧，一般就跟十几岁的孩子差不多，通常总在红柳抽芽的季节开始出没，一是喜欢吃红柳的嫩叶，二是会用红柳枝条编成帽圈戴在头上遮太阳。”老戴像讲故事一般回答道，“听老辈人说，红柳娃还会摸进村来偷吃东西，要是被村里人抓住就跪在地上哭着装可怜。你放他走吧，他还不放心你，边走边回头张望，要是你再追上去，他就再次跪下继续哭，直到觉得你已无法追上，这才撒开脚丫逃走。”

“阿尔玛斯呢？”钟小彤眼睛瞪得滚圆。

“阿尔玛斯的体形大一些，据说和人类差不多高，但是强壮得多。”老戴就像亲眼见过一样，“以前，这一带阿尔玛斯很多，火烧山附近有一个地方的地名就叫阿尔玛斯，大概能算一个证明。”

大家都有点半信半疑，倒是蔡牛深信不疑，说自己以前曾经读过一本书，书中认为野人有可能是人类进化史上尼安德特人的后裔，与人类的祖先，也就是智人，属于平行进化的另一种灵长类动物，但是已于三万年前突然绝迹。

“人类文明不断扩张，野人只能向西北荒无人烟的地方迁移、躲避，大概这就是新疆老是发现野人的原因了。”谷宇清概括道。

谷宇清并未意识到，其实当年被流放到新疆的纪晓岚早就做出过类似的推论，而且在其所著的《阅微草堂笔记》中多次记载了吉木萨尔和迪化一带发生的野人事件。清代官修地方志《西域图志》对此也多有涉及，而民国初年的时候，俄罗斯动物学家甚至还在准噶尔盆地拍摄到了当地人称为“吉亚·吉依”的野人照片，长臂短腿，浑身多毛，颧骨突出，嘴宽无唇，下巴近乎于无……

讨论了半天，自然没有结果。夜深后气温下降得十分迅速，大家只能进帐篷睡觉，但即使钻进睡袋后也并不觉得有多暖和。

半夜里刮起了风，在大漠上顺畅涌动的大风一旦撞上山体，立马就变了性情，箭一般的气流在丘壑和怪石间穿梭、撞击、回旋，发出一阵阵尖厉、奇怪的呼号，时而如虎啸龙吟，时而如鬼哭狼嚎，酷似魔鬼在歌唱或哭泣。

王老急胆大，硬着头皮卷起帐篷门往外张望，只见月光惨淡，山影变得狰狞恐怖，久视令人毛骨悚然，恍然觉得此刻正置身魔域。

“你发什么神经啊，小心帐篷被卷走！”蔡牛从睡袋里探出头来狠狠地骂道。

王老急第一次显得十分听话，赶紧把帐篷门仔细封上。

后半夜的时候，大风总算平静下来。清晨时分，大家走出帐篷用些许矿泉水刷牙、洗脸，但钟小彤突然“呀”一声惊叫，像白日撞鬼一样目瞪口呆地怔在那里，竟然连话都说不出来。

大家顺着她的手指所指的方向看去，只见帐篷周围松软的沙地上布满了一串串清晰可辨的脚印：比人类的脚印稍小，但外形极其相仿，唯一不同的地方是，脚趾部分陷得比脚跟部分深，显然是因为行走时重心比较靠前。

难道说，是这块秘地上的主人红柳娃，或者是孔武有力的阿尔玛斯，昨夜曾悄悄潜来拜访过闯入荒漠的不速之客？

第八章　螳螂捕蝉，黄雀在后

仔细检查后发现，轮胎上的“伤口”都在侧面，切口的边沿十分平整，一看就是被刀子戳破的。这就令人纳闷了，荒漠之中连个鬼影都没有，谁会无缘无故、无冤无仇来这里搞破坏？

1　寻宝图

旭日初升，野鬼沟内白蒙蒙似有雾气缭绕，空气清冷犹如南方的冬季。众人钻出帐篷，首先便是打上一连串的喷嚏。

红日上升的速度很快，被阳光镀上金边的峰谷霎时显得五彩斑斓。等大家吃完小半块干硬的烤馕，日照已经变得异常猛烈，红色的山岭在阳光直射下色彩愈加鲜丽，仿佛着了火一样开始熊熊燃烧。

“小彤，给几粒巧克力豆吃吃吧，这玩意儿硬得像石块，一点滋味都没有，实在是咽不下去。”蔡牛苦着脸，看着手里的干馕朝钟小彤央求道。

“实在不好意思，一路上都被我吃光了。”钟小彤歉意地说道，从口袋里拿出空包装袋给蔡牛看。

“瞧你那没出息的样子，那玩意儿人家小姑娘吃吃倒也罢了，你一个大男人也好意思去吃？”王老急鄙夷地挖苦道。

“瞧瞧，一点道理都不讲，谁规定男人就不能吃巧克力豆了？”蔡牛叫起屈来。

“行啊，宝贝，等回了上海，别说是巧克力豆，老子天天给你买棉花糖吃。”王老急嚷道。

“将就一点吧，要是顺利的话，今天就能完成任务，明天就能大吃大喝了。”谷宇清忙给蔡牛鼓气，“吃吧，吃完了赶紧出发。”

水和馕已经不多，最多还能坚持到明天。

“你们俩留在这里拆帐篷吧，我们自己进去。”谷宇清吃完后对王胜利和老戴说道。

两位司机当然乐得留在原地休息。

接下来的事情简直顺利得异乎寻常，进入山谷后，马上就在一块显眼的石壁上发现了一个巴掌般大小的五角星标记，旁边是一个表示方向的箭头。

“找到了，顺着方向走就行！”钟小彤兴高采烈地叫道。

“找最高峰。”谷宇清向四周眺望着说道。

大部分的山丘都很矮，而且顶部呈圆弧形，极似倒扣的锅底。一路走去，又发现了几个醒目的五角星和箭头标记。

最高峰其实并不高，目测至多不过六七十米的样子，顶端有棱有角，酷似世界第一高峰珠穆朗玛峰的形状，只不过颜色赤红，夹杂着一些焦黄的条纹。

“看，五角星。”王老急发现了最后一个标记。

“月是故乡明，姜是老的辣！”蔡牛朝王老急伸出大拇指一顿猛夸。

“山西老陈醋，酸！”王老急听出蔡牛是在暗讽自己已老，当然不领情。

“你们俩在演三句半？”谷宇清心情很好，在一旁哈哈大笑。他仔细观察，眼前这个五角星旁边没有箭头，可见此处已是最后的目的地。

谷宇清在谷底四处走动，目光专门搜索那些沟壑、空洞、岩缝，很快便轻轻松松地发现了目标。

那是一个泥岩间自然形成的空洞，拨开几蓬低矮的梭梭草，马上可以见到洞口堆放着一些大小不等的乱石，一看就是人为塞入起遮挡作用的。

“愣着干什么，动手啊！”王老急朝蔡牛吼道。

大家一起动手，很快便将石块清理干净，露出了里面的洞窟。

“真有东西！”王老急整个人趴在地上，用手电朝洞内照射着伸手去摸。

掏出来的仍是一方脏兮兮的毛毡，看上去跟上次在火焰山发现的那块毛毡差不多，里面同样包着一张纸。

像上次一样，纸的正面写着字，反面也画着地图。

“看这笔迹，是齐松龄写的没错。”蔡牛探头看了一眼，很有把握地断定道。

仔细分辨，纸上没多少字，而且不像上次那封信那样欲言又止，似乎很好理解。

藏宝之地位于喀纳斯，出白哈巴，南行至哈木尔山东北麓，随小溪进山谷，见鹿石后西折，约百步可见白桦林。溪边有一悬崖，数十步内可寻见白桦树枝掩盖之洞窟。

背后是画得很规范的地图，分别标注着溪流、鹿石、白桦林及洞窟的位置，看上去一目了然。

好了，现在大功告成，该原路返回滴水泉去了。

事情办的顺利，人的精神状态就好，连日的疲劳都被抛到了脑后。归途中，行走的速度很快，尤其是蔡牛和王老急，甚至比来的时候还要走得快些，一路上兴高采烈地讨论着什么，把钟小彤抛在了后面。

钟小彤走得有些力不从心，谷宇清一看机会正好，连忙放慢脚步，跟钟小彤肩并着肩走在一起，聊起了遥远的喀纳斯。

钟小彤起先话还很多，说虽然从没去过那个地方，但多少知道一些传闻，比方景色很美、靠近边界、湖水很深、水里有怪物等等。谷宇清暗想，谈恋爱得说一些不着边际的、生活方面的事，光是聊“工作”，未免有些一本正经，不像个调情的意思，于是话题一转，问起了钟小彤在崇明的生活，以及以前干过什么工作、有些什么爱好之类的问题。

奇怪的是，钟小彤对这些问题明显不想细聊，含糊其词地应付了几句，马上加快脚步追上了前面的蔡牛和王老急。

谷宇清觉得钟小彤明显是在回避，到底是看不上自己，还是眼下没有心思呢？

傍晚时分，一行六人终于回到了停车的地方。

但是，王胜利和老戴很快发现了一件奇怪的事情：桑塔纳和五十铃静静地停在原地，但都被扎破了一只轮胎！

“这是谁干的？”王胜利大怒。

“真是见鬼了，谁会来这里搞破坏？”老戴也无比惊讶，手搭凉棚朝四周瞭望。

仔细检查后发现，轮胎上的“伤口”都在侧面，切口的边沿十分平整，一看就是被刀子戳破的。这就令人纳闷了，荒漠之中连个鬼影都没有，谁会无缘无故、无冤无仇来这里搞破坏？

“会不会是齐松龄的后人又跟来了？”蔡牛猜测道，脸一下子变了色。

“不可能，那只跟踪器是我亲手放进那辆去南疆的货车上。”谷宇清叫了起来，“除非，他们当时放下的跟踪器不止一只！”

“怎么会呢？”钟小彤也叫了起来，“我所有的衣服口袋都被翻了个底朝天，背包也被拆了开来，还能藏在哪里？”

王胜利和老戴面面相觑，虽然不明白是什么缘由，但隐隐感到事情有些复杂化，可能也有点后悔来此蹚浑水。

“你们肯定不是什么拍电影的。”王胜利不高兴地哼哼道。

“我看也不像。”老戴也明显面色不悦。

谷宇清无言以对，蔡牛也没有办法去自圆其说。

“有没有备胎，先换上再说，然后赶紧回去。”王老急说道，“轮胎钱算我们的，回去以后一起算。”

只有钟小彤没吭声。

谷宇清觉得有些奇怪：怎么钟小彤的神态会如此镇定自若，发生了这么奇怪的事情，在她眼里却似乎根本不足为奇——这心理素质也太好了吧？

还好，两辆车都带着备胎，事到如今，只有先换上再说。王胜利和老戴手忙脚乱地开始换胎，蔡牛和王老急在一旁帮忙，而钟小彤却始终站在原地不动，神色凝重地朝着地平线方向不停张望，好像正在等待什么人或车出现。

轮胎刚换到一半，远方道路的尽头突然尘土飞扬，一看就是有车辆正疾驰而来。

谷宇清冷眼观察，发现钟小彤似乎是舒了一口气。

“就是那辆丰田越野车！”眼力最好的王老急叫道，“不用问，轮胎肯定是被这帮家伙戳破的。”

“怎么会这样？”钟小彤看清了来车，傻了眼。

钟小彤的这一反应和嘴里冒出的这句话，谷宇清现在只是觉得奇怪，但还没法理解。

“唉，看来那只跟踪器没起作用啊！”谷宇清叹道，又猛然惊醒，“毫无疑问，这帮家伙另有手段，可能比那只跟踪器还要厉害。”

“他们肯定是冲着咱们这份刚到手的地图来的。”蔡牛分析道，“刚才没准儿躲在什么凉快的地方用望远镜监视着这里，所以才预先用刀把轮胎扎破，让咱们想跑也跑不掉。”

“完了，终于要面对面了。”谷宇清彻底没了主意。

“真想吃现成的啊！”王老急愤愤不平，“老子跟他们拼了！”

“不能硬拼。”谷宇清摇摇头，“人家既然打算来抢，肯定就有抢的实力。”

“快，把地图交给我。”王老急对谷宇清说道，“我就不信他们还能搜老子的身。”

说话间，银白色的丰田越野车已到跟前，车门乒乒乓乓打开，一下子跳下来四个身强力壮的男子。

为首的一位年约三十四五岁，穿一件质地精良的丝质圆领T恤，戴一根明晃晃的金项链，眼神直勾勾的似乎随时准备跟人打架。这家伙身材矮墩墩的非常壮实，但明显有点虚胖，脸上的肉也直往下沉，一看就是营养过剩仍贪图口腹之欲的暴发户。

如果没有猜错，此人应该就是齐松龄的后人齐飞雨了。

再看其余三人，全是二十多岁的年轻人，身上穿得花花绿绿，发式奇形怪状，浑身上下全是流氓范儿。他们不外是齐飞雨带来的跟班小弟，必要的时候，无疑将充当打手的角色。

“各位朋友，请允许先自我介绍一下。”暴发户笑嘻嘻地对大家说道，“鄙人齐飞雨，想必各位也有所耳闻……”

“想干什么直说！”王老急不客气地打断对方的话头。

“如果我没猜错的话，这位姑娘应该就是钟小彤吧？”齐飞雨理都不理王老急，看着钟小彤继续咬文嚼字装斯文，“在下与令兄曾经打过几次交道，不过与钟小姐却无缘得见……”

“少废话！”王老急摆出一副咄咄逼人的架势吼道，“咱们谁也不认识，也不想认识。”

“这位先生缺少家教。”齐飞雨一脸痛惜地连连摇头，“令尊和令堂失职啊！”

“赶紧换胎，换好了走路。”王老急斗嘴皮不在行，也顾不上继续纠缠，掉头对目瞪口呆的王胜利和老戴吩咐道。

本就一头雾水的王胜利和老戴知道遇到了麻烦，赶紧蹲下身去，手忙脚乱地加紧换胎。

“这两位先生是司机吧？”齐飞雨并不阻止换胎，“很好，赶紧换，换好了马上离开这里。当然，前提是你们的雇主采取合作的态度。”

“这话什么意思？”谷宇清壮胆问道。

“很简单，把地图交出来就成，大家客客气气说声拜拜。”齐飞雨故作潇洒般冲谷宇清眨了下眼。

“做梦！”王老急摸出了身上的那把英吉沙小刀。

“动刀动枪的干什么，太粗鲁了！”齐飞雨笑着摇摇头，学着外国人的样子又是耸肩又是摊手，“沙漠里没有医院，连120都打不通，所以动刀子就是杀人，这一点请你先想清楚。”

说到这里，一直默不作声的三个打手拉开车门，各人操起了一根早就准备好的棒球棍。

“你们想干什么？”钟小彤尖叫道。

“瞧瞧，棒球棍就好多了，可以把事态控制在一定的范围之内，而且合理合法，实乃居家旅行之必备良品。”齐飞雨回头看了一眼跟班小弟，得意扬扬地说道，“不算两位司机，咱们现在正好是四对四，完全可以进行一场友谊赛，各位不妨先预测一下比赛的结果。”

“不能动手。”谷宇清没有任何解决办法，只能轻声警告王老急。

“这就对啦！”齐飞雨还是听见了谷宇清所说的话，“这才是明智的选择。”

“地图在我身上，可你们休想抢走！”王老急大吼着一把推开谷宇清，开始比画手里的刀子，“谁敢靠近，老子一刀干死他！”

“这可是你自找的。”齐飞雨沉下脸来。

三个跟班紧握着棒球棍慢慢围向王老急，看这架势，一场恶战在所难免。

“来啊，来啊，老子捅死一个算一个！”王老急弯着身子，持刀向前怒吼道。

话音未落，一名小厮突然毫无征兆地一个前跳，几乎是在半空中同时挥动棒球棍，狠狠地击中了王老急的小臂，英吉沙小刀无可奈何地掉落在地。另一名小厮配合得极好，伸脚一钩，刀子被踢离了王老急伸手可及的范围。

“刀子不错。”齐飞雨弯腰捡起刀子赞叹了一句，随手又往王老急的脚下一扔，“你要是愿意的话，可以接着再来。”

王老急捂着被砸的小臂疼得龇牙咧嘴，但看着对方狂妄的姿态又很不甘心，一弯腰，把刀子捡了起来。

这次，吸取刚才的教训，手臂不再伸得太前，而是身子蹲得更低，两眼密切观察对手的动向，随时准备扑出去斗个鱼死网破。

“别……”谷宇清和蔡牛同时叫着，想去拉住王老急。

“走开！”王老急瞪着发红的眼珠吼道。

三根棒球棍又在王老急的四周兜开了圈子。

“住手！”钟小彤突然叫了起来，一手指向道路的尽头，“看，来车了。”

果然，地平线上扬起一道黄尘，又有一辆乘用车飞驰而来。

大家全都手搭凉棚朝着来车方向观望，很快便看清了从滚滚扬尘中钻出来的，是一辆黑色的丰田霸道越野车。

“这又是哪路人啊？”蔡牛着急地脱口而出。

是啊，这又是哪路人马呢？谷宇清简直要崩溃了，人道是螳螂捕蝉，黄雀在后，怎么好戏都让自己看到了？当年的齐松龄，是否会预料到自己的举措，竟会在后世引起这么大的一场波澜？

2 得救

对于齐松龄来说，在断水断粮的情况下，哪里还想得到后世不后世，只希望能尽可能地保存体力，多活一天是一天，一直坚持到驼工们返回来救援。

身体越来越虚弱，齐松龄忍受着大漠里那白天与黑夜间悬殊的温差，以及半夜里鬼哭狼嚎般的强风，成天昏昏沉沉地躺在帐篷里昏睡，几乎每时每刻都在想念家中的亲人，猜想爹娘是不是又老了一些、妻子的身体究竟怎么样、女儿小莲长成了什么样……熬到第四天，连站起来走几步的力气都没有了。

驼工们始终不见归来。看来，这帮家伙是不打算回来了，甚至也不能排除这样一种可能：本来已经带着坐骑、水和食物前来救援，但中途被孟得贵拦了下来——孟得贵当然希望自己最终饿死在荒漠里，等过了十天半月他再从从容容返回来收拾宝箱。

心中一旦充满绝望，剩下来的便是等待死神的降临。

第五天，齐松龄开始陷入半昏迷状态。但是，清醒的时候，总是依稀觉得帐篷外似有活物在窥探、走动，而迷梦中又经常会看到一张模糊、多毛、狰狞的面容，正目光灼灼地凝视着自己……

世界渐渐陷入黑暗和死寂，连梦境也消失得无影无踪。

也不知究竟过了多久，迷迷糊糊之中，梦境悄悄地回到了脑海：水，清澈如甘露，沾湿了皲裂的嘴唇，顺着干瘪的喉管流淌，开始滋润枯焦的五脏六腑……

“醒醒，醒醒！”有人在喊道。

齐松龄舔舔嘴唇，没错，确实甘甜而湿润。他努力撑开沉重的眼皮，影影绰绰可以见到眼前是一只枯黄色的葫芦。齐松龄伸出颤抖的双手想抓住那只盛满了生命之水的葫芦，但无论如何总是无法触及，恍惚的视野中反而出现了一张古铜色的脸庞。

“不能多喝。”一个声音在耳边清晰地响起，“不能一次喝足，得分几次喝。”

生命开始点点滴滴地回复到体内，等到吃过一些蘸水的烤馕以后，齐松龄终于能够半坐起来打量眼前的救命菩萨。

这是一支规模不大的驼队，由两名三四十岁的汉子赶着八匹骆驼，运载一些巨大的货箱。

“还好，要是再耽搁一天，恐怕就救不活了。”汉子看上去十分高兴。

“老哥……是正巧……路过？”齐松龄艰难地问道。

“哪里，是特意拐过来救你的。”汉子答道。

原来，这是两名贩运布匹、茶砖、糖果、火柴及针头线脑等杂货前往阿勒泰山区的货商，本打算赶在大雪封山之前走完这趟路程，但半路上遇到齐松龄遣散的那批驼工，得知有人被困在野鬼沟中，这才特意改变路线拐了过来。

“真是好心人哪！”齐松龄心里一热，眼泪顺着瘦削的脸颊滚落下来。

救命恩人是一对亲兄弟，名叫韦大宝和韦二宝，常年来往于吉木萨尔和阿勒泰山区贩运货物。这次前往的目的地是哈巴河一带的村寨，恰好要路过布尔津——齐松龄一听，顿时重新燃起了希望。

休整了一天，连吃了几顿饱饭，齐松龄身上有了些力气。韦家兄弟既厚道又热心，商量下来说干脆救人救到底，不如带着齐松龄一起去布尔津，否则把人留在原地仍是死路一条。

韦大宝说，那天走进野鬼沟寻找帐篷的时候，远远地便见到好几个棕灰色、毛茸茸的人影围在帐篷外走来走去，不知道想干什么，也不知道到底是红柳娃还是阿尔玛斯。后来韦二宝拿起铜锣一阵猛敲，这才把他们吓得四处逃散。

这番话，齐松龄听后感到毛骨悚然，真是越想越后怕。

“走吧，一起去布尔津吧。”韦大宝说道。

“老哥，兄弟到了布尔津必有厚报。”齐松龄简直是对天发誓。

“嘿嘿，千万别这么说，这也是你自己的造化，”韦大宝憨厚地笑着说道，“这大漠里边，就得靠互帮才能闯过鬼门关，说不定哪天，我们兄弟也要靠别人来救。”

韦家兄弟将货物重新整理装箱，腾出一匹强壮的公驼来给齐松龄用，驼队重新出发朝北走去。

齐松龄将两只宝箱悬挂在公驼的两侧，自己坐在驼峰之间，倒也十分稳当。一路上晓行夜宿，途经阔克阿尕什，绕过乌伦古湖的东侧，再由萨尔胡松西折，整整走了七天终于抵达布尔津。

盆地中令人烦躁、恐惧的焦黄色，转眼间变成了山地中无边无际的浓绿色。

阿勒泰地区位于新疆的西北部顶端，西北与哈萨克、俄罗斯相连，东北与蒙古接壤。“阿勒泰”一词来源于阿尔泰山，在突厥语和蒙古语里都是“金子”的意思，民间传言：“阿勒泰七十二条沟，沟沟都有黄金。”这是一座名副其实的“金山”。

在卫拉特语[8]中，三岁的公驼被称为“布尔”，“津”则是放牧者之意，布尔津河在这里汇入额尔齐斯河，滋润得这片土地水草丰美、富足祥和。布尔津小城因布尔津河而得名，是一座十分精致、整洁的小城镇，由于居民中俄罗斯人占据了十分之一以上的比例，所以街道和建筑无不带有浓郁的俄式风味，令一路上看惯了大漠戈壁单调景色的齐松龄为之精神一振。

所谓的领事馆办事处，设在镇上的一座客栈中，由一名早已退休的、跛足的老军官负责照看，他看上去更像是一位旅店老板。

老军官精通汉语，据说自沙俄时代起就来到了这里，十月革命后，其他人全都回了国，只有他依然留在这里，天天守着一部电报机做些收发工作，或者接待一些经过此地的俄商、俄侨。

齐松龄交给老军官一个电报挂号的号码，请其向俄国拍发一份电报，内容是：“上海货物已到布尔津，速来交易”——这是当初吴世安在上海与俄商米洛维奇约定的接头方式。

老军官办事十分认真，马上向俄国发报。几小时以后，顺利得到了回电，经译码并翻译成汉语，内容如下：“明年6月15号在布尔津领事馆进行交易”——现在才10月初，也就是说，还得等上大半年的时间才能交易。

细想想，这也非常合理。一方面那位米洛维奇先生可能人还在上海，

8　蒙古语中的卫拉特方言。

得先返回俄国，然后再折回新疆。另一方面，此地马上就将大雪封山，他即使想来也来不了了，非得等到明年春暖花开、冰雪消融的日子才能成行。

没有办法，只有等喽。可是，现在守着价值连城的宝物却又身无分文，这大半年的日子怎么过呢?

韦家兄弟建议说，不如跟着他们继续往北走，一起进山去过冬。

齐松龄没有别的选择。

韦家兄弟在哈巴河边的图瓦人村寨里建有一间木屋，每年的冬天，兄弟俩就由行商改为坐商，守着铺子出售秋末时运进山来的货物。韦二宝还有一门手艺，会做裁缝，这一点尤其受山民和牧民的欢迎。哈萨克人和图瓦人冬天时既有钱又有闲，特别是女人们都要增添几件漂亮的新衣服，所以裁缝生意的进项往往比卖货还要大。

白哈巴距布尔津还有两百多里崎岖的山路，但是紧靠着中俄之间的那条界河——哈巴河。米洛维奇选择布尔津作为交易地点，实在是高明之举，一则是离俄国特别近，二是宝物到手后可以迅速畅通无阻地离境。

齐松龄突然想到了另一个问题，此处地广人稀，官府的管控几近于无，要是交易过程中出现差错怎么办? 比方说，对方也来一个黑吃黑，动用武力强抢!

好在还有大半年的时间，应该可以慢慢想出一个安全可靠的办法来。

进山的路又走了整整三天。

10 月初的天气异常晴美，处处都是蓝天白云，炽热的阳光照拂着色彩斑斓的山坡，将漫山遍野的云杉和冷杉映得碧绿，将白桦树叶衬得如黄金般辉煌，将河谷内的山杨树叶染成火红，浅褐色的草甸呼应着远处常年被冰雪覆盖的山峰，犹如齐松龄曾在上海看到过的、洋人所画的风景油画，实在令人叹为观止。

不过韦大宝却说，别看天气这样好，其实大雪说来就来，前几年 9 月份就已经开始下雪了。

现在正是牧民们“转场”迁往“冬窝子”的季节，以游牧为生的哈萨克人在每年入冬以前，都得趁牛羊还没啃光草原上已开始衰败的草之时，带着全部的亲人和家当，赶着浩浩荡荡的牛羊、骆驼队伍，穿山越岭迁往山下的冬牧场过冬。

如此浩大的迁徙场面，令齐松龄看得目瞪口呆，家家户户的女主人抱着孩童骑在骆驼上领行，男主人则骑马赶着成百上千的牲畜跟在后面，拆散的毡房和日常用品全部绑在强壮的骆驼背上，所经之处尘土飞扬，犹如一支部队正在进发。

越往高处走，气温就越低，特别是一早一晚，简直冷得跟内地的隆冬季节没有两样。齐松龄穿着一件韦大宝的皮短袍，仍被冻得瑟瑟发抖，所以到达目的地后要做的第一件事，便是赶紧生火、烤火。

韦家兄弟的冬窝子建在一个名叫白哈巴的村子里，是一座双开间的尖顶木屋，一间用来居住，一间当做店铺，向聚居在此的图瓦人和方圆百里以内的哈萨克人出售货品，顺便再收购一些山货、皮毛，待来春下山时带回吉木萨尔或迪化出售。

小小的店铺位于村口的小道旁，韦家兄弟刚开始从驼背上卸货，已经有村民前来探看这次究竟带来了什么好货。

白哈巴是一座幽静而绝美的小山村，坐落在两条小溪之间的狭长台地上，依山傍水，四周全是遮天蔽日的高大林木。由于远离尘嚣，或者说是与世隔绝，此地长久以来保持着古朴淳厚的民俗风情，所有建筑均是清一色的木楞屋，墙体和顶棚用整根原木垒砌、拼接而成，顶部再用木板支成人字形尖顶，以防积雪压塌房顶。而顶棚和屋顶之间便形成了两头通风的尖阁，是储藏饲料和风干肉品的好地方，齐松龄的两只木箱，马上混在韦家兄弟的货物中藏进了尖阁。

韦家兄弟曾经探问过齐松龄的身份和来历，以及木箱里究竟装的是什么。齐松龄如实相告，称自己来自上海，但说宝物撒了一个小谎，说这次是送一批“古书”来此地与俄商交易。

韦家兄弟听说过上海，但究竟在什么地方就不清楚了，同时觉得古书等同于旧书、破书，竟然值得如此大费周折，实在令人难以理解。

“这玩意儿很值钱？”韦大宝不太相信。

“怎么说呢，说不值钱吧，还真跟擦屁股纸差不多，说值钱吧，能把吉木萨尔的整条街都买下来。”齐松龄只能这么回答，“等明年换了钱，我在吉木萨尔给你们兄弟俩一人买一间大铺子，再雇一批伙计，以后再也不用亲自来回奔波了。”

安居下来的第二天，山里飘飘洒洒地下起了今年的第一场雪。

白哈巴的主人是信奉喇嘛教和萨满教的图瓦人，平时以打猎和放牧为生，据说是由当年成吉思汗西征时遗留在此的老弱病残士兵繁衍而来，但又有一说是从西伯利亚迁移而来的“乌梁海人”。

图瓦人的长相、服饰和生活习惯与蒙古人一样，但语言却与哈萨克人相似，所以千百年来，身世还是一个谜团。

村子的规模不大，满打满算也就一百多户人家，齐松龄虽然初来乍到，但很快便认识了好多新面孔。韦家兄弟对齐松龄说，图瓦人的风俗比较独特，与他们交往必须知道一些规矩，比如说：去别人家时不能踩到门槛、有人打架时不能劝、喝奶茶时必须连喝两碗、羊皮不能通过大门拿出来等等。

日子过得平静而惬意，韦家兄弟白天守着店铺忙生意，齐松龄帮不上什么忙，只得一个人村前村后乱转，熟悉周边的环境和地形。

开始的时候，齐松龄还想去山间寻找一个隐秘的藏宝之地，但后来发现古村落中民风淳朴，说是夜不闭户、路不拾遗也不为过。韦家兄弟又是那么忠厚老实，把宝箱移来移去反倒惹人疑心，颇有画蛇添足之嫌，还不如就那么混在杂货里堆在尖阁中。

晚上，三个人围坐在火炉边喝酒、吃肉、闲聊，然后听着隔壁邻居吹响深沉舒缓的“楚尔”——一种以苇秆钻孔后制成的竖着吹的长笛——枕着那绵长的乐音沉入梦乡。

雪后，天气开始转晴，齐松龄离开村子走得更远，试着翻山越岭向荒僻的地方进发，继续一边勘察地形，一边设想明年的交易该采取何种稳妥的方式进行……

第九章　化敌为友

仿六四式手枪最初产自贵州，制作工艺粗劣，可靠性较差，但几经改良之后性能有所提升，由先前的射击一发子弹后需手动上膛改为自动上膛，可实施连续射击，威力确实不可小觑。

1　现身

大家正在纳闷驾到的是何方神圣的时候，钟小彤一语道破天机：“那是我哥！”然后像是自言自语般说道，“终于来了……”

“你哥？”谷宇清以为自己听错了，“你怎么知道？”

“他的车我一眼就能认出来。”钟小彤低声道。

谷宇清觉得十分奇怪，既然是钟文沛如从天降般来到此地，钟小彤的脸上为何丝毫没有惊讶及惊喜的神色，难道是一切尽在预料之中？

难怪，刚才钟小彤看到齐飞雨的那辆车出现时，会不知不觉地漏出“怎么会这样”这句话来，显然是错把齐飞雨当成了钟文沛。

来车渐近，果然是“沪”字牌照。

这是怎么回事？钟文沛、看守所、大毒贩、一公斤海洛因、死刑判决——即使没被执行枪决，现在也该在牢房里待着，怎么会出现在这里，而且是在这样的紧要关头冒出来？

齐飞雨的脸上倒是没有过分惊诧的表情，似乎早就知道钟文沛会来这里，只是没料到会来得这么快而已。

几个小喽啰再也顾不得围攻王老急，瞪着眼看着车到跟前，只见跳下来的人果然是钟文沛——但是仅仅孤身一人。

谷宇清几乎不敢相信自己的眼睛，可仔细端详之下，确实就是如假包换的钟文沛本人，只是多日不见，这家伙似乎稍胖了一些、稍黑了一些。

“谷老弟，别来无恙啊！”钟文沛朝谷宇清友善地一笑，“其实，我跟你一样，也是酒后驾驶进的看守所，顺便扇了交警一巴掌，所以比你多吃了几顿牢饭。”

谷宇清没吭声。

“呵呵，老朋友，你来得挺及时啊！”齐飞雨一脸坏笑。

“这么说来，昨天晚上在宾馆停车场上搞破坏的人就是你喽？”钟文沛一脸的不屑，“你一个大男人搞这些阴招，真是够没出息的——往排气管里塞棉花，也亏你这种人想得出来。幸好老子玩车的经验足啊，否则真要被你这些下流的小伎俩给难倒了。”

“下流？你又能好到哪里去？”齐飞雨冷笑着反唇相讥，“在上海的时候，是谁故意酒后驾驶躲进看守所去的？说句老实话，当时是不是怕我把你给宰了？”

谷宇清顿时豁然开朗，原来钟文沛根本就不是什么大毒贩，而是为了避开齐飞雨的纠缠和威胁才故意躲进看守所的。这么做，一方面是确保自己的人身安全，另一方面是为了吸引对手的注意力，以免祸及躲在崇明岛上的钟小彤。

这就对了，钟小彤实际上一直与钟文沛偷偷保持着电话或短信联系，在五彩湾的那天半夜里听到她在房间里打电话，肯定是在一五一十地通报情况，所以这里的情况，钟文沛实际上一清二楚。还有，在吉木萨尔买的巧克力豆，基本上没见钟小彤吃过，怎么一下子就没了呢？说不定都被用来撒在路上当路标了——在手机信号不通的情况下，这是唯一的信息传递手段了。

但是，齐飞雨一伙又是怎么发现追寻目标的呢？这厮似乎根本没有上当跟到南疆去，而是不紧不慢地继续充当尾巴。

手机！谷宇清猛地惊醒过来。既然钟家兄妹是用电话或短信保持联系，那么问题一定是出在手机上！

现在到处都可以方便地买到“手机克隆卡”这种玩意儿，前些天谷宇清还收到过类似的推销短信，声称该产品能对你所关心的号码进行全面窃听和短信拦截。难怪齐飞雨对钟小彤的去向了如指掌，甚至都不必冒险深入沙漠腹地，直接留在这里等待鱼儿自投罗网即可。

这样的结局实在是太悲哀了，兴冲冲地跑来寻宝，甚至还想顺便收获爱情，其实只是一厢情愿，充当被人利用的棋子而已——钟文沛知道自己出面的话目标太大，所以躲进了看守所，结果凭空冒出来一个傻乎乎的理工男，不过逻辑思维和分析能力却颇可一用，正是抛头露面打头阵的理想对象，而且绝对不会引起齐飞雨的注意。当然，最后一点钟文沛失算了，齐飞雨实际上颇为聪明，至少还知道运用高科技手段来达到目的。

唉，“酱油不是油，蜗牛不是牛”的世道啊！

“这里不是上海，我今天既然能够来到这里，你认为我还会怕你？”钟文沛冷冷地问齐飞雨。

“再申明一次，前人的恩怨与我无关，我只是求财，不为报仇，所以说，只要你们不挡我的路，啥事都没有。”齐飞雨抱着膀子傲慢地说道，“要说究竟是谁怕谁的话，你自己掂量吧。”

三个小厮相当机灵，十分配合地开始用棒球棍敲击各自的手掌，发出赤裸裸的威胁信号。

“东西拿到了吧？”钟文沛理都不理，扭脸问妹妹。

“拿到了。”钟小彤点点头。

“姓齐的，君子不与小人斗，特别是在上海那样的法治之地，而且，我永远不做无谓的争斗。”钟文沛对着齐飞雨大声道，“不过，今天的情况有所不同，所以我建议你现在马上离开此地。”

“呵呵，在上海不能斗，在这里就能斗了？”齐飞雨得意扬扬地问道。

“是啊，应该可以斗一斗了。”钟文沛边说边从口袋摸出一支手枪，“你看，为了它，我飞机和火车都不敢坐，花钱做了本假的驾驶证，硬是自己开车来到这里。乖乖，四五千公里的路程呢，脖子都快累断了。”

这么一说，齐飞雨哑火了，身后那几位跃跃欲试的小弟也不敢再逞能。

“齐哥，这铁疙瘩是贵州货，能连射。”一位留着小胡子的小厮大概见过点世面，朝齐飞雨轻声提醒道。

仿六四式手枪最初产自贵州，制作工艺粗劣，可靠性较差，但几经改良之后性能有所提升，由先前的射击一发子弹后需手动上膛改为自动上膛，可实施连续射击，威力确实不可小觑。

齐飞雨一脸懊丧，可能是在后悔自己准备的不够充分，虽然已经监听到钟文沛进疆的事实，但没料到对方竟会带来这么一件制胜的法宝。

“两位师傅，轮胎换好了吧？”钟文沛问脸都发了白的王胜利和老戴。

“换、换好了。”老戴结结巴巴地答道。

“这事跟我俩可没什么关系……”王胜利赶紧解释道。

“我明白，跟你们俩完全没有关系。”钟文沛笑着打断王胜利，又客客气气地问道，“车费还没结算吧？”

“还没呢。”王胜利壮着胆子答道。

“那好，车费由我来结，你们俩赶紧离开这里回家。不过，希望你们回去后不要多嘴，只当什么都没看见比较好，否则对谁都没好处。”钟文沛说得十分客气，又转脸对钟小彤吩咐道，“车上的小包里有钱，你去跟他们俩结一下账，多给一点吧。”

钟小彤去车里拿出一只小皮包来，分别把钱算给王胜利和老戴，而且全都给了个整数。

“我们怎么办？”蔡牛偷偷地问谷宇清。

“别急，收藏家，亏待不了你们几个。”钟文沛听在耳里，朝蔡牛笑了一笑。

王胜利和老戴拿到了车钱，不敢再留在这里找麻烦，赶紧爬上车去，像逃跑一样一前一后驶离了现场。

“兄弟，这么多人亲眼看到你非法持有枪支，你以后的麻烦可不小啊，除非你这辈子一直待在沙漠里。”齐飞雨看着远去的车子，嘴角浮现出一丝冷笑来，“友情忠告、温馨提示啊，你刚才就犯了一个极大的错误，完全不该放那两个家伙走。”

这么一说，钟文沛的眉头一皱，似乎也意识到自己刚才的做法太欠考虑。

“我有他们的电话，回头还能联系上。”钟小彤低声对钟文沛说道，“可以再给他们一点钱。”

“好主意，用钱堵住他们的嘴。”齐飞雨表情夸张地叫道，继而面色一冷，“那么，用什么来堵住我们四个人的嘴呢？别提钱啊，老子可不差钱，所以唯一的办法就是把我们全部打死在这里！”

“你以为我不敢？”钟文沛抬起枪直指齐飞雨的脑门。

“有种你就开枪！”齐飞雨也算是老江湖了，没那么容易被吓住。

僵局已经形成，一边不敢轻举妄动，一边未必真敢开枪。

“我看，还是商量商量比较好。”谷宇清提出了建议。

“好主意，靠谱。”齐飞雨首先表示赞同。

“怎么个商量法？”钟文沛的态度也缓和了一些。

“我的意思是，既然宝物的价值如此巨大，你们双方为什么不放弃非独占不可的想法呢？”谷宇清站在齐飞雨和钟文沛之间平静地劝解道，“现在的情况是，谁扔开谁都不现实，而且难免两败俱伤。”

“没错，老子也不是好欺负的。”王老急厉声高叫起来，“难不成让我白跑一趟？这一路上，老子花掉的成本也不小了，这笔账跟谁算？”

“这位兄弟的话也有道理，按江湖规矩来说，是该人人有份。”齐飞雨点点头，显然对王老急那拼命三郎的脾气也有点发怵。

“我认为，一块肉，既要吃得下，又得消化得了，要是半途噎死就不值了。”谷宇清继续做说服工作，“既然到了这个份儿上，大家为什么不来一个合作共享呢？”

“我建议，来一个三方合作！”王老急急不可耐地倡议道，手指一划拉，把谷宇清和蔡牛划在一起，“我们仨说什么也得算一份，否则谁都别想太平。”

“我同意。”齐飞雨首先表态。

钟文沛眉头紧皱，开始暗暗斟酌得失。

“我说，你那把枪是个麻烦啊！”齐飞雨心平气和地提醒道，“那两个司机出了沙漠以后，只要随手拨打一个电话报警，想想吧，等待你的会是什么结果？”

“这一带的交通要道肯定会被封锁，过往车辆一律盘查，别说是去布尔津了，我估计就连这片沙漠都走不出去。”谷宇清赶紧附和。

“但是，如果我们成了一伙的弟兄，那就啥事都没有了。”齐飞雨笑嘻嘻地说道，“我可以一口咬定，那只是一支塑料玩具手枪，弟兄间开开玩笑，那两位司机只是看走眼了而已。”

“对，这么说挺靠谱。”王老急连忙夸赞。

钟文沛本来就是聪明人，不会认不清形势，事到如今，顺水推舟恐怕已是唯一的选择。再加上钟小彤在一旁直拉他的胳膊，意思也是“赶紧答应了吧”。

“好吧，我同意，那就三方合作。”钟文沛终于点了头。

谷宇清总算松了一口气。

这样的结局还算不错，蛋糕重新切分，虽然队伍越来越庞大，构成越来越复杂，但相互间正好起到制约作用，肥肉吃进嘴后被噎死的可能性反而降低。

既然化敌为友了，那就赶紧上路吧。

两辆丰田越野一黑一白，前后紧跟着驶上了野道，一路朝东寻找216国道。

一路上并未遇到任何麻烦，看来王胜利和老戴都不想惹麻烦，并没拨打举报电话。傍晚时分，车辆终于走出沙漠，驶上216国道后加快速度一直朝北驶去。

现在他们所在的地区叫做喀木斯特。

路的两边依然是漫漫戈壁，单调的景色令人心生疲惫。天快黑下来的时候，当你觉得道路永无尽头，地球上似乎已无人烟的时候，恰库尔图镇突如其来般闪现在眼前。

挺拔的白杨、木质的房屋、乳白色的炊烟，构成了生命的图景，令人顿生欣喜之感。小镇上同样也有简单的商铺、饭馆和旅店，哈萨克男子们骑着马穿行在街道上，踏出一连串清脆悦耳的马蹄声来。路边小摊上出售的矿泉水及四处飘散的烤羊肉香味，简直能使饥渴的旅人发疯。

简单商量后，大家决定今晚在这里住宿一晚。

晚饭比较丰盛，尤其是烤成金黄色的羊棒骨，撒上孜然粉后香喷喷的令人垂涎。

为了融洽彼此间的气氛，大家喝了不少啤酒。齐飞雨和钟文沛频频碰杯，似乎本来就是一对好朋友。当然，各人免不得自我介绍一下身份和来历，也算是相互了解、增进友谊。

谷宇清总算搞明白了钟文沛的真实身份，原来他是一位事业小有所成的私营业主，受过高等教育，依仗着在某钢铁企业有点关系，开有一家钢材贸易公司。但今年建筑市场不景气，生意一落千丈，公司只能勉强维持——当然，这番话的真假难做定论，恐怕只有钟小彤一个人心里清楚。

气氛相当不错，齐飞雨不知道是不是因为多喝了几口，脑子一热，竟也推心置腹地透露起自己的底细来。

原来，齐飞雨是西安一家装修公司的老板，起初从最简单的家装行业做起，慢慢积蓄实力后开始进军楼堂馆所的装修业务，这几年颇发了一些财。只是，近来项目压缩，业务顿减，房地产市场从头到尾遭遇寒流，公司资金链断裂，而且是船大难掉头，也遇到了不小的难关。

“做生意嘛，说白了做的就是资金链，可现在的资金链，唉，不说也罢。”齐飞雨哼哼呀呀地说道，“要是这次宝物能卖上个好价钱，老子就能渡过难关啦。”

“呵呵，难兄难弟，彼此彼此。”钟文沛笑道。

这样的话题，谷宇清和蔡牛基本上没兴趣插嘴，于是干脆一声不吭，自顾自捏着美味的羊棒骨细嚼慢咽。

“这年头谁都缺钱啊！”王老急却夹在中间长吁短叹，“大老板有大老板的困难，小老板有小老板的苦处，反正都不好混。”

“对小老板来说，缺钱的滋味就是难受点罢了，就像一只小船，翻掉了还有机会再翻过来。”齐飞雨瞟了一眼王老急，似乎还有点瞧不上这样的“小老板”，但语气却很诚恳，“对大老板来说就不一样了，缺钱会让你前功尽弃，而且是带累身边所有的人，这就像一只大船，沉掉了就是沉掉了，不可能再翻身。”

“还真有点这样的意思。”钟文沛完全同意，“看来老兄这条船驶得很不稳当啊！”

“岂止是不稳当，而是眼看着就要翻船了！”齐飞雨摇头道，“老兄你的境况大概也够呛吧？”

“大同小异，大同小异……”钟文沛并未正面回答，“所以嘛，这笔财宝无论对谁来说都具有决定性的意义。”

酒桌上似有推心置腹之势，钟小彤却对这样的话题丝毫不感兴趣，填饱了肚子便离座而去，独自一人在小餐馆门口随意走动，默默地望着夕阳映照下的远山发呆。

谷宇清一看这机会不错，连忙三口两口吃完，同样装作随意走动的样子，慢慢地靠近钟小彤，打算先随口拉上几句话，然后再看情况把话题拉到钟文沛的身上去。

但是，钟小彤看到谷宇清跟出来，马上回头折回店堂，看上去似有刻意回避之意。

谷宇清多少有点纳闷：与钟小彤的恋爱关系本身属于“钦定”，有什么遮遮掩掩的？难道她已经猜到接下来的话题会与其兄有关而又不好、不便回答？

酒桌上仍在上演一笑泯恩仇的场面，谷宇清身体靠在门框上，眼望远方陷入了沉思。

藏宝地点换到了喀纳斯，背后究竟有何隐情呢？齐松龄去往喀纳斯以后，在那个名叫白哈巴的地方，又发生了什么事呢……

2 湖怪

在那遥远的白哈巴，漫长的冬季里边确实发生了许多事。

韦家兄弟的生意越来越好，天天都有附近村寨的牧民骑马或坐着马拉爬犁前来购货，同时出售手头积存的皮毛，如珍贵的紫貂皮、雪豹皮等，以及稀有的冬虫夏草和阿魏菇[9]干。这类山货，来年运到迪化后卖给口里来

9 价格高昂的阿勒泰地区特产野生菌，被誉为天山神菇或西天白灵芝。

的商人，价钱起码能翻两倍。

时间过得飞快，眨眼工夫，半年的时间过去了。

齐松龄天天在村子里游逛，跟许多图瓦汉子交上了朋友，尤其是一名会说一些汉语的中年汉子孟克布仁，他还教会了齐松龄如何滑雪、如何射箭及摔跤的一些绝技。

孟克布仁送给齐松龄一副“毛雪板”，是一种用韧性较好的红松削成、底部裹上马腿皮的窄头滑雪板，滑行时疾如闪电，一个钟头能赶几十里路。

这玩意儿特别适宜翻山越岭，因为底部附有马皮的缘故，上山时是逆毛，能紧抓雪面防止倒滑，下山时则是顺毛，反而能减少摩擦。靠着这副新的交通工具，齐松龄走遍了附近的山山水水，要不是雪实在太厚，真想往更远的地方去探索一番。

阿勒泰的雪可不比内地的雪，是真正的遮天盖地，没有人畜走动的地方，积雪最厚时竟然可达3米。下雪的时候，你甚至看都不用看，连耳朵都能听到，因为无论是白天还是黑夜，四周永远都是那么寂静，你闭上眼便能聆听到雪花飘落的“沙沙”声，以及屋顶、树梢积雪坍落的“噗噗”声。

“附近还有什么地方值得去看看？”齐松龄问韦家兄弟。

“那肯定得数喀纳斯湖喽。”韦大宝答道。

“喀纳斯湖？”齐松龄没明白。

韦大宝介绍说，喀纳斯湖位于村子的东边，穿山间小道的话不过五六十里路，半天就能打一个来回。不过现在还去不成，因为严冬季节里零下40℃的气温，湖水会结成一米多厚的冰层，再加上冰面上的积雪，到处都是白茫茫的一片。

“那地方很漂亮吧？”齐松龄心痒痒地问道。

韦二宝说，何止是漂亮二字啊，他去年到禾木村去收毛皮的时候曾经经过湖畔，那片密林中的湖泊，细细长长呈弯豆荚的形状，是一个景色绝美而人迹罕至的去处，绝对令人目瞪口呆。不过山道比较难走，最好去向孟克布仁借一匹马骑着去。

齐松龄记住了这个名字——喀纳斯湖。

转眼之间到了5月，天气一天比一天暖和起来，冰雪也渐渐开始消融。韦大宝建议说，现在路已比较好走，湖面上的冰也应该开始融化，可以到美丽的喀纳斯湖去看看了。

一个阳光普照的清晨，齐松龄吃饱早饭后去找孟克布仁借马，顺便打听应该怎么走最近。

“孟克布仁。”齐松龄站在木栅栏外高声喊道。

按图瓦人的规矩，客人不能敲门，更不能直接进屋，必须先在木栅栏外叫门，等主人开门邀请后才能脱鞋进屋。木屋内热烘烘的，四周蒙有一层漂亮的帐幔壁毯阻隔寒气，地上则铺满厚实的花毡，一件件过节时才穿的新衣服悬挂在墙上，看上去色彩鲜艳、琳琅满目。

孟克布仁一家正在吃早饭，听说齐松龄要去看湖，男主人忙叫妻子在一只羊腿形的皮囊里灌满奶酒，说山里寒气特别大，路上喝点酒能够驱寒。顺手又抓了一大把坚硬的奶疙瘩和两块名叫“布尔沙克”的油炸面饼，一起放进齐松龄的口袋。

骑上一匹温顺的枣红马，齐松龄踏着残雪朝东而去。

绕过一座座连绵的山坡，翻越最后一座高峰，终于见到了那一弯如梦如幻的湖泊。

正如韦二宝所说，这里果真是一处令人目瞪口呆的地方。

站在山顶上俯瞰，隔着那白雾一样的山岚，湛蓝的湖面如明镜一般静悄悄地镶嵌在林海与雪谷之间。来自北方冰川的水流一路奔腾而下，穿过崇山峻岭流入这个豆荚形的凹陷之中，顿时变得平缓而温顺起来，像绸缎一般光滑，像翡翠一样纯净，不动声色地裹挟着碎裂的浮冰向下游河谷蜿蜒流淌。

东西两岸，全是漫山遍野、直插云天的原始针叶林和白桦林，树木的倒影恣意地向湖中倾泻，在粼粼柔波中不断变幻出迷离的色彩来。

来到湖边的草滩上，禁不住用手捧起一掬蓝中泛绿的湖水，只觉得冰凉刺骨，入口则微微带有一丝甘甜。齐松龄将枣红马拴在湖畔的大树上，信步朝前面水流拐弯处一个美得令人窒息的草滩走去。

风鼓动着云飞速飘移，而云彩投射在山坡上的阴影也在随之闪动，如梦中的景色，忽明忽暗，亦幻亦真。林间地上的野牡丹开始绽放，花朵硕大而美丽，口里人趋之若鹜的冬虫夏草，通常就爱寄生在它的根部。草滩上，遍布着一种名叫金莲花的野花，远远望去金灿灿一片，仿佛一张密集的花毯……

如此纯净的人间仙境，大概只有神仙才有资格栖息在这里吧？齐松龄边走边看，真是怎么看都看不够，光顾着如痴如醉，连时间似乎都停止了流逝。

不知不觉中太阳已经偏西，中午时吃下肚的布尔沙克面饼并不耐饥，肚子又开始饿得咕咕直叫，齐松龄这才醒悟到应该回去了，赶紧掉头往拴马的地方快步走去。

但是，湖畔再也不见枣红马的踪影。

树干上，残留着半截牢系的缰绳，一看就是被硬生生扯断的。铺有残雪的地面上，留着大量杂乱的马蹄印，以及好几摊鲜红的血迹。齐松龄顿时汗毛倒竖，难道这里有猛兽，将自己的马匹吞吃掉了？以前听孟克布仁说过，山里有雪豹、哈熊、苍狼，但即使在这里碰上，也不可能转眼之间就将一匹马吃尽，而且连一点皮毛、骨骸都不剩。

刚想到这里，耳中突然听到湖心里“哗啦”一响，抬眼看时，只见平静的湖面上早已腾起一个数人高的巨大浪花，而水花和冰屑中依稀可见一具庞然大物跃出水面，硕大的头颅鱼头不像鱼头、牛头不像牛头，通体呈一种可怕的红褐色。

齐松龄几乎不敢相信自己的眼睛，一时也忘记了害怕，瞪大双眼仔细再看时，只见那怪物足有火车头般大小的脑袋已经没入水中，轰隆声中翻腾起来的，是一道呈箭羽状的巨尾，用力拍打着湖面沉入水中。

齐松龄醒过神来转身就跑，朝着密林中撒开腿狂奔不止，直到一口气跑到半山腰间才敢回头张望。

水面上早已恢复了平静。

守了半个多钟头，湖面依然平静，齐松龄平息了一下心情，取道朝白哈巴的方向快步返回。

但是，心情一激动，难免会令人魂不守舍。绕过几道山坡之后，齐松龄发现自己迷失了方向。

天色越发昏暗，山形和林带看上去全都差不多，更令人心惊肉跳的是，密林中影影绰绰似有灰白色的影子在晃动。

麻烦大了，会不会遇到野狼或草豹子？

齐松龄加快脚步，顺着山谷里一条水流湍急的小溪朝印象中的西方一路小跑，途中捡了一根手臂般粗细的油松断枝，准备万不得已的时候可以当做武器来使用。

回头望望，他可以确定，后面紧跟着的，是一小群阴险而沉着的狼，大大小小一共有十几只。齐松龄身上虽然带着枪，但子弹只有区区数发，对付这么多的狼可远远不够。

狼确实极其狡猾，你走，它跟；你站住脚，它也驻足不前，始终保持着一定的距离，但永远不会放弃企图。

天色越来越暗，齐松龄突然想到野兽怕火，赶紧摘下一只手套固定在树棍上，洒上奶酒后用火柴点燃，做成一支熊熊燃烧的火把。

距离太远，狼群并未明显害怕，依然紧跟不舍。

溪流边的半山坡上竖立着一尊一人来高的圆柱形巨石，顶部依稀刻有人的五官，底部则是一些模糊的动物图案，说它是石碑吧，上面没有一个文字；说它是石像吧，又没有具体的形象，不知道究竟是干什么用的。

齐松龄后来请教过韦家兄弟和孟克布仁，得到的回答是此物名唤“鹿石”，在阿勒泰山区还有许多，但谁也说不清是什么时候、由谁竖立在那儿的——现在这当口，他哪有心思细究这些，撒腿朝着西面百步开外的一座白桦林飞奔而去。

林子越来越密，不像是有出路的样子。

齐松龄心中暗暗叫苦，借着半明半暗的天光，突然看到悬崖下似乎有一处地方有些异样: 溪流的一侧有块空地，像乱树丛中被啃出来的一块疮疤，而溪水之中还横着几根树干起便桥的作用，一看就是人工特意搭设的。再看山崖下大蓬大蓬的灌木丛背后，好像隐隐约约有一个将近一人高的洞窟，洞口斜搁着一些碗口粗细的白桦树干起遮挡作用。

真是天无绝人之路，齐松龄顾不得多想，双手扒开乱糟糟的白桦树干，一头钻进了这个救命的洞窟。

群狼似是得到了命令，呼啦一下全都围了上来，意图十分明显，就是不让齐松龄有时间用树干将洞口堵上。齐松龄只得快步后退，但眼看着双方的距离那么近，后背上的冷汗顿时淌了下来，快速拔出枪来，朝着冲在最前面的狼开了一枪。

中枪的那头狼一声没哼便倒在地上。

群狼再也不敢轻举妄动，但也更加愤怒，围在洞口伸长脖子悲鸣起来，声音高亢而凄厉，令人毛骨悚然。

天完全黑了下来，开始刮起了呼呼的大风。面对着洞外闪着绿光的狼眼，齐松龄简直连大气都不敢出，一动不动地手持火把站在原地，甚至不敢再往洞窟的深处退，生怕挪动以后狼群直接逼进洞来。

也不知究竟站了多久，只知道手里的火把越烧越短，看样子最多还能坚持半个钟头。齐松龄猛然惊醒过来：恶狼们是在跟自己比耐心，想等火把熄灭后再发动进攻，甚至还可能是在等待同伴的增援。

齐松龄试着往洞口走了几步，想将皮囊里的奶酒洒在洞口的桦木树干上，然后用火把将其引燃。只要这堆树干能坚持烧到天亮，那就不会有什么危险。

狼群依然冷静，只是等火把靠近的时候，才小心地后退几步。齐松龄打开皮囊洒下奶酒，刚想伸出火把去点，一股冷风吹入洞口，瞬间吹灭了火把。这下齐松龄傻了眼，愣了一秒钟，赶紧转身后撤，连滚带爬向洞窟深处逃去。

几乎与此同时，狼群鱼贯进入洞口，漆黑的洞里满是星星点点的狼眼，齐松龄甚至已能嗅到狼嘴里散发出来的腥臭气息。

完了，今天要葬身于狼腹了！齐松龄跌跌撞撞地往洞深处跑，突然踩了一个空，一个趔趄，身体一下子摔了出去。齐松龄还没明白过来究竟是怎么一回事，耳朵里只听得身后“轰隆”一声巨响，简直大有天塌地陷之感，同时右腿的小腿部位传来一阵剧痛。

巨响中夹杂着数声狼群的哀嚎，睁眼看时，刚才那些绿莹莹令人灵魂出窍的狼眼早已消失得无影无踪，空气中遗留下来的，却是一股刺鼻的血腥味。同时，齐松龄发现自己的右腿动弹不了了。

疼，钻心般疼，而疼到极致，变成了一种揪心般的胸闷，似乎已经完全无法呼吸。

守在黑暗里一动不动地待了十几分钟，好不容易才喘匀了气，齐松龄忍痛摸出火柴划着了一根。接着，眼前的景象令人大吃一惊。

刚才的轰响，其实是一堆乱石的倒塌、倾覆，霎时压死了好几头狼，也压住了自己的半拉小腿。难道刚才踩空的那一脚，正好触动了洞窟中的什么机关？齐松龄越想越害怕，刚才要不是正处于狂奔状态，身体摔出去后飞得又猛又远，那么丧命的很可能就不是群狼，而是自己了。

这是一个什么样的洞窟呢?

来不及继续往下想，齐松龄的神经再次紧张起来。洞窟外，狼嚎声突然此起彼伏，不知道是不是刚才幸存的狼在召唤同类前来复仇。唉，躲得过初一躲不过十五，待会儿大批的恶狼疯狂扑来，还有什么办法应付?

齐松龄咬着牙、忍着痛，开始动手搬去压住自己小腿的石块。但是，石块实在太沉、太密，如果搬动不当的话，很可能还会引起新的坍塌。

狼嚎一声连着一声，齐松龄的脑门上顿时沁出了冷汗，要是狼群现在反扑过来，自己哪里还招架得住?

“齐、老、弟——”

狼嚎声中，似乎另有动静。

齐松龄以为自己听错了，这深山老林之中，怎么有人呼唤自己？难道是韦家兄弟找到这里来了?

竖起耳朵细听，没错，确实是有人在呼唤，声音在夜风中飘飘荡荡，而且时时响起一面铜锣清脆的响声——不就是韦二宝的那面小铜锣?

齐松龄心头一阵狂喜，摸黑抓起枪来，将枪口穿过乱石的缝隙，朝着洞口“砰”开了一枪。

第十章 边 境

在图瓦人的传说中，成吉思汗西征时曾经途经喀纳斯湖，特别喜欢这个美丽宁静的地方，驾崩后遗体沉入喀纳斯湖。图瓦人就是作为大汗的亲兵留在这里世代守卫王陵的人，湖怪则是保卫大汗的亡灵不受侵犯的“湖圣”，所以即使见到也不能对别人说，更不能相互议论，否则将招致不吉或无法继续得到保佑。

1 三足鼎立

三方合作，三足鼎立，谁都没有理由信任别人。

王老急认为，齐飞雨一方总共四人，实力无疑最强；钟家兄妹虽然人少，但手里有枪；再看己方，三人里边倒有两个是书生——这一路行去，谁敢确保不出差错？所以让大家都能放心的办法只有一个：将地图一分为三，三方各执一份。

“行，就按你说的做。”齐飞雨极其爽快地一口答应。

“这样也好，相互牵制，谁都离不开谁，也省得大家彼此猜忌。”钟文沛也没意见。

地图“刺啦、刺啦”被一撕为三。

汽车沿着额尔齐斯河奔驰，黛绿色的远山翻滚、交织、连绵，路边经常可以看到喝得微醉的哈萨克牧民，稳稳地坐在马背上照看着自家的牲畜。而羊群、牛群和骆驼分散在河边悠闲地饮水，与近树远山共同构成一派平安祥和的田园风光。

穿过布尔津河上的小桥，正式进入布尔津县城。

小城干净、整洁，许多建筑物仍然带有俄式遗风，猛一看简直给人纤尘不染的印象。街道上车稀人少，据说这里的常住居民不过一万余人。当然，现在旅游业疯狂发展，小城也就没那么清静了，大街上宾馆和客栈比比皆是，旅游大巴随处可见，给小城平添了数分兴奋和忙乱。

连日奔波，没有吃过一顿像样的饭，大伙一致同意，今晚在布尔津住一宿，晚上去有名的“河堤夜市”往死里吃一回。

布尔津的夜市，确切点说应该叫“鱼市”，因为这里最大的特色就是可以品尝到各类价廉物美的冷水鱼。入夜以后，市场内灯火辉煌、人声鼎沸，处处都是烟雾弥漫，大团烧烤特有的烟火味扑面而来。两百多米长的街道上布满了一家紧挨一家的烧烤摊，中间只留一条狭窄的过道，每个摊前都摆满了剖开的鱼、羊肉串、蔬菜及巨大的烤炉，鱼和肉在烤架上嗞嗞作响，散发出令人垂涎三尺的浓香。

大多数人来这里，都是为了吃布尔津的冷水鱼，一种学名叫做“乔尔泰”的肉食类鱼。此物因头部略似狗头而俗称“狗鱼”，全身只有一根大刺而没什么细刺，肉质紧密，味道鲜美。此外还有一种体形较小、脊背布满黑道儿的凶猛肉食类赤鲈，分为三道黑、四道黑、五道黑等，黑道儿越多价格越贵，味道同样出类拔萃。

新疆的羊肉本就优于内地，而布尔津的羊肉还要好上一些。因为此地特产的阿勒泰大尾羊品种优异，那硕大的尾巴中全是雪白的羊脂，烤熟后入口即化，竟然毫无肥腻之感，连平时根本不吃肥肉的谷宇清也吃得满嘴流油。

夜市上有一块招牌十分醒目，写有“俄罗斯太太吉娜”几个大字。摊主是一位俄罗斯老太太，专门出售自家酿制的格瓦斯和酸奶，钟小彤买了一些过来，大伙喝了都说味道不错。

一人吃上两条烤鱼，外加几串羊肉串和一些蔬菜，再灌几瓶啤酒，肚子马上就鼓了起来。

吃饱喝足回宾馆睡觉，只待明朝出发。

看地图，白哈巴地处中国版图最西北角的铁热克提乡境内，距布尔津县城还有一百多公里。按说这点路程两三个钟头就能赶到，但一路上实行交通限速，使用的是一种最原始也是最有效的办法：开具路单——出布尔津的时候交警会给你一张路单，上面明确注明出城的时间，到达下一站冲乎尔乡的时候交验此单。如果耗时不到核定的行驶时间，车辆只能在停车场上等候而不得前行——也就是说，你即使超速也没用。

几十年前还是远离尘嚣的白哈巴村，现在已经成了著名的“西北第一村”景点，村后即是边防站和界碑、界线、瞭望塔，与哈萨克斯坦的大山遥遥相望。

大伙纷纷感叹，都说当年齐松龄单枪匹马来到这里，前后不知道吃了多少苦头。而且他肯定猜想不到，这个当年与世隔绝的传奇村庄，80年后会随着喀纳斯风景区的开发，变成一个游人如织的“国家森林公园”。

所谓的旅游开发，无外乎建大门、收门票，而且门票的价格及“古村维护费”之类往往还不便宜。这里当然也不例外，而要想进入白哈巴，还多了另一道手续，必须凭身份证去边检站办理一张“边境证”。

进入景区，有看不尽的连绵群山及广阔草甸，还有那兼具秀美和壮丽风貌的大片白桦林。更有意思的是，眼下正是牧民转场的时节，蜿蜒的盘山公路上，经常可以遇到黑压压一片的牛、羊、马、骆驼挡住去路，此时车辆只能减速慢行，等待马背上的红脸膛汉子们吆喝着驱开牲畜，让出道路。牲畜们奔跑起来憨态可掬，蹄下扬起的黄尘在峡谷中漫天飞扬。

柏油大道渐渐消失，变成了一条平整的土路。车辆沿着河岸前行，但开着开着就发觉似乎是迷了路。

好在景色迷人，走点冤枉路绝对不算冤枉，于是大伙儿走走停停，直到下午饥肠辘辘之时才再次驶上盘山大道。这次不敢再冒失乱闯，而是跟随一辆旅游大巴迤逦前行，一路跟到边检站，顺便办理了边境证。

办证的年轻士兵手脚十分麻利，提醒几个自驾游的要特别注意，游玩的时候千万不要误闯军事管理区，更别对着军事设施乱拍照，否则违反了边境管理条例可不是闹着玩的，会被“请”进边防站去接受“国防教育”。

磨磨蹭蹭到达白哈巴的图瓦村，已经快到黄昏时分。

金红的日头下，村庄里的马厩、木屋、栅栏、草垛全被映照得色彩无比浓烈，四周层林尽染，红、黄、绿、褐色层层叠叠，犹如斑斓的调色板，映衬着阿勒泰山的皑皑雪峰，活脱脱就是一幅用原色画成的油画。

但是，村子里随处可见的旅游大巴和店铺、商摊，又在时刻提醒着你，这里已与外部世界相连，早已“世外”不再。

大家商量了一下，一致同意先找地方住下再说，于是村前村后转了转，在众多小客栈中物色到一家图瓦人开设的“摄影之友客栈”，住进了房间一间紧挨着一间的小木屋。

客栈提供的晚饭没有太多选择的余地，主食是名唤“纳仁”的手抓羊肉面，一种用原汁肉汤煮成的面片，捞出后放在盘底，表面铺一层切碎的羊肉，再撒些辣子面、洋葱末调味，然后直接用手抓着吃。

客栈老板是个红脸膛的图瓦汉子，一口汉话说得十分流利，而且非常健谈，像导游一样向大家滔滔不绝地介绍图瓦人的来历及跟蒙古人的区别。他说，中国境内的图瓦人现在仅有两三千人，虽然身份证上标明属于蒙古族，但语言却属突厥语系，最近又有俄罗斯的学者宣称，图瓦人的基因跟北美原住民相似……

当然，大家现在最关心的并不是这些。

齐松龄指明的道路似乎并不难寻，“出白哈巴，南行至哈木尔山东北麓”，那么第一步只需南行至哈木尔山，寻找到东北麓区域便可。于是，齐飞雨首先急着打听哈木尔山的方位。

客栈老板答曰，哈木尔山高达海拔三千余米，紧靠边界，绝对是人迹罕至。谷宇清听了不由得暗暗感叹，这么大片的山野，要是没有齐松龄留下的地图而冒冒失失闯进去寻找的话，基本上是一项不可能完成的任务。

“你们去哈木尔山干什么？”客栈老板好奇地问道。

“我们是一个徒步俱乐部的成员，就喜欢去人少的地方。”钟文沛随口应付道。

“哦，徒步运动。”图瓦汉子天天跟游客接触，这些新名词并不陌生，随即好意提醒道，“不过要当心啊，那边的山坡上有几处天裂，掉下去可不得了。”

“天裂？”钟文沛忙问，“什么天裂？”

“就是石头裂开来形成的沟呗，浅的有好几米，最深的有十几米。去年有个游客也是徒步爱好者，就曾经不小心滑下去过，后来费了好大的劲才弄出来。”图瓦汉子解释道，“我建议你们带上一根登山绳，否则掉下去后很难爬上来。”

闻听此言，钟文沛陷入了沉思。

吃饱喝足，齐飞雨提议今晚早点睡觉，以便积蓄体力，明天一大早就出发。谷宇清觉得这么早就睡觉似乎有点浪费时间，眼下三方合作，正处于艰难的磨合期，大家理应多找机会沟通才是，至少也该坐下来商量商量接下来的行动方案。但是钟文沛也认为早点睡觉有好处，扔下筷子便率先回了房，谷宇清自然没法再说什么。

今晚，钟小彤独住一房，王老急和蔡牛合住一房，谷宇清则与钟文沛合住一房。

“钟哥，你这一招迷踪拳打得实在是高啊！我这人说起来还不算太笨，可愣是丝毫没有看出破绽来。”谷宇清半躺在床上，打算跟钟文沛好好聊聊。

“呵呵，迫不得已，见笑了。”钟文沛轻描淡写地笑道，但随即话头一转，“今天实在是累得够呛，早点睡吧。”话刚说完，已经脱鞋钻进了被窝。

谷宇清看明白了，对方根本就不想与自己废话，或者说，现在回顾起这场骗局来，可能也难免有点尴尬——没奈何，那就上床睡觉吧。

喀纳斯的夜晚可不比内地，要是眼下这种季节在上海，晚上至多盖一条毛巾被便可，遇到秋老虎肆虐，甚至仍得开空调，而这里即使是钻进厚厚的被窝，仍会觉得浑身发冷。谷宇清蜷缩在被窝里瞪着双眼想心事，再看钟文沛那边，侧着身子一动不动，不知道究竟是睡着了还是也在想心事。

身体渐渐暖和，睡意终于袭来，谷宇清慢慢地觉得眼皮开始发黏……

也不知究竟睡了多久，耳朵边隐约传来“嗒”一声响，像是房门关闭的声音。

谷宇清睁开眼来，首先发现对面的床上空空如也。仔细辨听，门外的走廊中传出一串渐渐离去的脚步声，虽然很轻，但架空的木地板还是发出了微微的“吱嘎”声，让人很容易联想到，那是刻意的轻手轻脚，意在尽可能地不惊动自己。

应该是去上厕所吧——谷宇清暗自分析。

可是，谷宇清很快又发觉有点不对头，因为半小时以后，钟文沛依然没有回来。

也许，是因为睡不着而找钟小彤聊天去了吧？兄妹俩这么多天没在一起商量过事，难免有些话要私底下说说。印象中，兄妹俩似乎还没机会独处过，即使是吃饭、开车、行走的时候，往往也没什么交流。

这么一想也就释然了，谷宇清翻了个身继续睡觉。

被窝里已经十分暖和，四周又静得十分彻底，是那种在城市里根本不存在的静谧。谷宇清终于沉入梦乡，连钟文沛到底是什么时候回来的都不知道。

第二天一早醒来——实际上是被隔壁房间的游客给吵醒的，睁眼一看，天还根本没亮，但那些身携“长枪短炮”的摄影爱好者已经三五成群地准备出发。

“得，我们也早点上路吧。”钟文沛对谷宇清说道。

早饭是简单的奶茶加“油塔子”。奶茶的滋味咸溜溜的，虽然加入酥油和奶皮后香气浓郁，但一般来自内地的汉人却未必习惯这样的滋味。按这里的规矩，奶茶还必须喝两碗，因为“你是用两条腿走进来的，喝完两碗奶茶后再用两条腿走出去，这样才吉祥平安”。油塔子则是一种用笼屉蒸成的面食，用搓成细条的面团盘卷起来形成塔状，由于面粉里混入了羊尾油，并撒入少许细盐和花椒粉，所以具有浓香丰腴的独特风味。

匆匆进食的当口，谷宇清无意中看了一眼钟小彤，突然发现了一件奇怪的事情。

钟小彤双眼红肿，一望便知是昨晚没有睡好，特别是左脸的腮帮子有些红肿，好像曾被人扇过一巴掌似的。她也明显闷闷不乐，仿佛始终在生着谁的气。

吃完早饭，天才蒙蒙发亮，走出客栈一看，却见外面到处都是争先恐后的摄影爱好者，全都扛着三脚架之类的器材走在村路上，兴冲冲地前往附近的一个小山坡，以便俯摄黎明中的村庄全景。

“出发！”齐飞雨深吸一口清甜的空气，像指挥官一样踌躇满志地下达命令。

“我去把车开过来。”齐飞雨手下的一个跟班准备走向停车场。

“笨蛋，把自己当游客了？”齐飞雨笑骂道，“咱们又不是去景点观光，要去的地方可能连路都没有，还能开车？”

“还是轻装上阵吧，背包里多装点干粮倒是真的。”谷宇清建议道。

这话提醒了大家，赶紧回客栈找老板娘去购买干粮。客栈附设小卖部，出售一些饼干、方便面、饮料、香烟之类的食品，但价格要比山外贵上一倍都不止。

“很正常，这里的东西都得翻山越岭运进来，怎么可能不贵？”齐飞雨指指点点地让老板娘取下货架上的饼干和矿泉水，“再说旅游景区嘛，向来就没有便宜的东西。”

每个人的背包里放入了两包饼干和两瓶矿泉水，齐飞雨示意跟班统一结账，随即一马当先走出了客栈的大门。

天色还没透亮，山影和密林全都黑沉沉的，只是显现一些简略的轮廓。而明晃晃的月亮依然挂在天壁上，看在眼里令人心生一种巨大的陌生感，依稀觉得仿佛来到了另一星球。早起的鸟类在黑林子里“叽叽喳喳”地叫个不停，声音既悦耳又喧闹。

谷宇清简直有点怀疑，那位名叫齐松龄的汉子，当年是不是真到过这里……

2 米洛维奇

齐松龄被砸伤了腿——如果说这是一场灾难的话，那么真正的灾难才刚开了一个头。

韦家兄弟等到天黑不见齐松龄回来，预感到事情有些不妙，第一反应就是两个字：迷路！

“会不会回来后被孟克布仁拖住了一起喝酒？”韦二宝嘀咕道。

“走，看看去。”韦大宝穿上厚实的翻毛皮袍，“带上你的小铜锣，搞不好得进山去找。”

跑到孟克布仁家一看，哪有齐松龄的身影！

孟克布仁分析说，迷路还是小事，最怕是遇上了狼群。那种饿了一冬的狼异常凶猛，被盯上后绝对凶多吉少，现在唯一的办法是多叫些人，赶紧进山去找。

孟克布仁当下叫来六七个图瓦汉子，带上弓箭和火把，骑着快马进了山。孟克布仁对韦大宝说，齐松龄十有八九是回来的时候偏离了方向，往西南方向走到哈木尔山那一带去了，不如先去那边看看。

接下来的事情就顺利多了，因为众人全都听到了那一前一后的两声枪响。

齐松龄藏身的洞窟，原来是一座被“归化族”废弃的“金窝子”，也就是顺着矿脉挖掘出来的矿坑。阿尔泰出产的金块特别大，甚至可以以斤来计算，什么豆瓣金、滚筒金、狗头金、狗肝金等，但最多的还是混在砂中的砂金。

孟克布仁说，像这种洞口用白桦木遮挡的废金窝，山沟沟里还有很多，但一般没人胆敢闯入，因为都知道原来的主人临走前会在洞内留下致命的机关或陷阱。矿主这么做是为了日后归来还能继续采掘，齐松龄这次大难不死，得算是奇迹了。

天亮以后，齐松龄这才看清，昨晚确实是踩着了陷阱。虽然陷阱本身并不致命，但会引起数根起支撑作用的圆木倾倒，而圆木的上方，则是用木排扎成的一块“顶棚”，上面堆放着大量石块。好了，一旦踩陷地面引起圆木倾斜，顶棚便会坍塌，石块随之砸向地面。

齐松龄还是觉得纳闷，要是矿洞里能挖出金子来，干吗要放弃呢？要是不出金，那又何必挖空心思去搞那些害人的机关呢？

“有机关，就说明不是废矿，不愿让人进来吃现成的，日后还可能回来接着挖。”韦大宝说道。

“对了，归化族又是啥意思？”齐松龄问。

韦二宝答曰，说到归化族，先得说一说新疆境内俄国人的来历。

当时，好几万的白俄军民在十月革命后逃入中国，在新疆境内造成不小的威胁。幸亏杨增新沉着应对，下令善待入境的白俄军，但没收武器，并将枪栓卸掉运往别处隐藏。

事后，近万白俄官兵不愿回国，要求留在新疆加入中国国籍，杨增新发给救济钱粮并允许其自谋生计，甚至还给他们起了个“归化族”的名称。这批人中，很多人懂得找金、挖金，后来自然而然地进入“沟沟有黄金”的阿尔泰山区，开始了艰苦的淘金生涯。

“那好好的金矿怎么又扔下不管了呢？”齐松龄还是不明白。

韦大宝解释说，杨增新被刺后金树仁上台，马上着手扩招军队，这批凶悍善战的军人被视作抢手货，先后高价招募了4000人马，称之为“归化军骑兵团”，成了金家军的一支劲旅。有了好饭碗，谁还愿意成天钻山沟？不过这些家伙临走的时候留了个心眼，打算以后混不下去的时候还能回来接着淘金，所以在洞中做下了手脚。

“谢天谢地，还好没伤着要害。”孟克布仁感叹道。

要害是没伤着，可腿上也伤得不轻，骨头肯定已被砸断。韦二宝找来一些细树枝，用布条将伤腿仔细固定了起来。

“对了，还有一件事。”齐松龄突然想起了喀纳斯湖中的水怪，“昨天下午，我在湖边看到一头水怪……”

孟克布仁听闻此言，马上神情严肃地连连摇手，意思是不让齐松龄再往下说，随即翻身上马，头也不回地策马离去。

“咦，怎么突然就不高兴了呢？”齐松龄奇怪地问韦大宝。

“别说了。”韦大宝轻声说道，“回去我再告诉你。”

回到村子里后，齐松龄一边喝着热气腾腾的奶茶，一边听韦大宝说起了孟克布仁“不高兴”的原因。

原来，在图瓦人的传说中，成吉思汗西征时曾经途经喀纳斯湖，特别喜欢这个美丽宁静的地方，驾崩后遗体沉入喀纳斯湖。图瓦人就是作为大汗的亲兵留在这里世代守卫王陵的人，湖怪则是保卫大汗的亡灵不受侵犯的“湖圣”，所以即使见到也不能对别人说，更不能相互议论，否则将招致不吉或无法继续得到保佑。

“哦，原来是这么回事。”齐松龄这才明白孟克布仁并非生自己的气。

湖怪、狼群、金窝子之类跟自己本就关系不大，完全可以扔在一边，现在最要紧的是养好腿伤，因为跟俄商见面的日子越来越近，得尽快想出一个妥善的交易方式来。

伤势比较糟糕，小腿肿得像一段烂树桩，颜色渐渐开始发紫，更要命的是，只能眼睁睁地听天由命，没有任何的医治措施。韦大宝说，伤成了这样，布尔津又没有像样的郎中会治，实在不行只能送迪化去试试。

“不行，时间来不及了。”齐松龄咬着牙一口否决，“只有忍一忍，等交易完成了再说。”

“唉，啥事这么重要，连命都不要了？”韦大宝埋怨道。

是啊，这笔财富，从头到尾一直都是用性命在搏，关键时刻，又怎能功亏一篑？现在，最要紧的是必须想出一个安全的交易方式来，只要交易完成，大不了以后去迪化截掉一条腿！

眼看着6月来临，齐松龄日思夜想，终于想到了一个万无一失的计划。

齐松龄把事情摊开来跟韦家兄弟原原本本一说，甚至把孟克布仁和其他几名图瓦汉子一起拉来商量，希望接下来的行动能得到大家的帮助。

6月中旬的一个清晨，比约定时间的15号提前了数天，齐松龄艰难地拖着伤腿翻上马背，偕同韦家兄弟、孟克布仁和另外两名图瓦汉子，一行六人带着那两箱宝物前往布尔津。

赶到县城时天色已暗，齐松龄找到一家地段偏僻名叫“阿山客栈”的旅店落脚，六人共住一间大房间，挤在一张大通铺上过夜。天亮以后，齐松龄带着韦大宝和孟克布仁前往领事馆办事处，留下其他人看守宝箱。

到了办事处才发现，那位俄商米洛维奇早在三天前已经到达布尔津，一直住在办事处的客房里坐等，看来是位十分守信的人，也很重视这次的交易。

米洛维奇大约六十岁左右，大胡子、红鼻子、高身材，说起话来声若洪钟，但中国话说得十分标准，态度也彬彬有礼，看上去一派绅士风范。据其自己说，这次是从俄国境内的斋桑湖坐船进入额尔齐斯河，直接到达布尔津的，回去的时候仍从原路返回，交通还算比较方便。

齐松龄留意观察了一下米洛维奇带来的随从人员，见是四个呆头呆脑的俄国农夫，虽然身背长枪，但显然不像骁勇善战的样子，又放心了不少。

“钱都带来了吗？”齐松龄问。

“当然，300万美金，全部都是现金。”米洛维奇从胸前摸出一只硕大的皮夹子，“说句大实话吧，我个人可没这么大的财力，这里头大部分是几位大收藏家和数家博物馆的预付款。”

皮夹子里整整齐齐码放着30张双色的大额钞票，每张的面值为10万。

齐松龄拿出一张细看，开始仔细分辨这张美国历史上印制和发行的最大面额钞票。

大钞的正面为黑绿色，印有美国第28届总统伍德罗·威尔逊的头像，由制版家斯迈利雕版；背面则为暗红色，图案由制版家鲍林雕版——这是去年吴世安在上海与米洛维奇谈判的时候特意提出的要求，声明只接受这一种钞票，而后又带着齐松龄去花旗银行见识了一下这张大钞的实样。

钞票没有问题。

韦大宝和孟克布仁也好奇地拿过钞票来看，但根本不明白这么一张薄纸究竟价值几何。

“好，可以交易了。”齐松龄边说，边装出不经意的样子露出腰里的枪柄，告诫米洛维奇不要打歪主意。

“货物在哪里？”米洛维奇问道。

“就在布尔津。”齐松龄答道，“但我需要你先付钱，然后我带你去取货。”

“这不公平!”米洛维奇叫了起来，“东西还没见到，我怎么可能先付钱？”

“对不起，为了交易的安全，我只能这么做。”齐松龄的口气十分坚决，根本不容讨价还价，“钱，我让我的兄弟先带走，我一个人留在这里，两个钟头以后，我会带你前往货物所在的地点完成交易。”

意思非常明确：一手交钱、一手交货的方式实在太危险，无论哪一方起了歹念，都会带来灾难性的后果。钱与货“分段交接”，则从最大程度上消除了这一风险。

“好吧，就照你说的方式做。”米洛维奇沉吟了半天，终于点头答应，硕大的钱包交到了齐松龄的手里。

“好了，你们俩先走吧。”齐松龄把钱包递给韦大宝吩咐道。

韦大宝和孟克布仁走出领事馆，骑上快马风一般离去。按已定的计划，他们俩将马不停蹄地赶回白哈巴去。

“呵呵，我现在的角色，其实相当于人质。”齐松龄笑呵呵地对米洛维奇说道，借以打破沉闷的气氛，“如果货物有任何差错，你们可以当场开枪打死我。”

“交易的基础就是信任。”米洛维奇的脸色松弛了一些，“要是没有这份信任，我又怎么可能单凭一份电报就赶到这里来？”

两个钟头的等待似乎显得特别漫长，米洛维奇几次三番地看表，抽着烟斗在屋子里走来走去。四名随从也是抱着长枪不停地抽烟，把整个房间弄得烟雾腾腾。

再难熬的时间，最后终将熬过。

“好了，跟我来吧。”齐松龄说道，同时伸出双手，“不放心的话，你们可以用绳子绑住我。”

“这倒不必！”米洛维奇笑着摇摇头，但是指了指齐松龄的腰部，“如果可以的话……”

“没问题。”齐松龄爽快地拔出枪来交给对方，“请扶我上马。”

双方来到阿山客栈，二话不说先开箱验货。

去年在上海的时候，吴世安曾向米洛维奇提供过一份宝物的清单，重要物品还拍过照片，现在按着清单和照片一一核对，可谓一目了然。

“很好，交易成功。”米洛维奇满意地与齐松龄握手。

随从们将宝箱装上马背捆牢，一个个翻身上马准备离开。

“枪……”齐松龄拍拍自己的腰，意思是让米洛维奇将手枪归还自己。

米洛维奇稍微迟疑了一下，摸出枪来先退出所有的子弹，然后将枪和子弹分别还给齐松龄，最后挥手做了个告别的姿势，拨转马头迅速走出客栈的院门。

齐松龄暗想，老家伙挺谨慎，还在担心自己下黑手呢。

“好了，大功告成，咱们也回去吧。”齐松龄对韦二宝和另两位图瓦汉子说道。

四人当即上路，出县城的时候顺便买了些酒肉，准备半路上肚饥时食用。

中午时分，走到谷底里一片茂密的白桦林边时，几匹马看上去都有些乏力，齐松龄建议就在这里歇脚，让跑了小半天的马儿也吃点草。

图瓦汉子松开马的前后肚带，抱来一些干枯的树枝，就地点起一堆火来，一边在火上加热刚买的那两只熟羊腿，一边喝起了皮囊里的奶酒。

“来几口？”韦二宝将皮囊递给齐松龄。

“好吧，喝几口解解乏。”齐松龄一则心里高兴，二则紧张了多日的情绪得到放松，不由得接过了酒囊。

树枝被烧得“噼啪”直响，羊肉加热后香味四溢，齐松龄撕咬着小半拉羊腿，不知不觉中多喝了几口奶酒。

“有没有听到狗叫？”韦二宝突然竖起了耳朵。

“这里哪来的狗？”齐松龄屏息静听。

山谷的另一边，果然传来几声狗叫。再听，似乎还有隐约的马蹄声。

“快走。”齐松龄隐隐觉得有点不对头，连忙支撑着伤腿站起身来。

但是，已经晚了。

等到坐骑的前后肚带全部绑好，山谷口早已冲出一支马队，粗略看去，人数足有十余人之多，全都斜挎步枪、腰悬马刀。跑在最前面的，是两条阿勒泰地区特有的哈萨克牧羊犬。

“枪，他们有枪！”韦二宝惊叫起来。

刚说到这里，马队那边立即传来了几声凌厉的枪声，虽然是朝天放的，但明显是一种警告和威慑。

“上马，分开来跑！”齐松龄对大伙吩咐道。

可惜，图瓦汉子听不懂汉话，仍然愣在原地不动。

齐松龄连连比画着让图瓦汉子上马，自己艰难地慢慢爬上马背。但这么一耽搁，那两条凶悍的牧羊犬已经冲到跟前，一口咬住韦二宝的马腿，惊得马儿连声高嘶狂跳，一阵猛颠把主人摔下马背来。

马队瞬间来到眼前，只见清一色全是身披黑色大氅的哥萨克骑兵，只是头戴帝俄军帽，军服和肩章却是中国的北洋式，看上去颇有些不伦不类。

第十一章　欲谋财，须害命

所谓的天裂，与其说是“裂”，还不如说是“沟”，实际上是由岩体的崩塌造成的地质现象，在山坡上形成了一道道像被巨斧“砍”出来的陡峭深沟，而且两边皆为光滑的岩壁，人若不慎坠入的话，在没有救援的情况下很难爬出来。

1　天裂

“千万要当心天裂啊！”临出门时，客栈老板再三叮嘱，“要是有登山绳的话，最好带在身上。”

“嗯，是得注意点。”钟文沛开始想说“不用”，但想了想还是点点头，“登山绳没有，车里倒有一根 6 米长的牵引绳，本来是准备车子抛锚的时候拖车用的，现在拿来代替登山绳吧。小彤，绳子在车里，你去把它取来。”

钟小彤站着不动。

“叫你没听见？”钟文沛吼叫道。

这让谷宇清觉得十分奇怪，这兄妹之间究竟发生了什么事，钟文沛何至于突然变得如此粗暴，难道钟小彤脸上的肿痕，是被他打出来的？

钟小彤显然是敢怒而不敢言，闷着头独自离去，不多时取来一捆橘红色、两端带有铁钩的牵引绳，随手放进自己的背包。

“对了，这种拖车绳我们车里也有一根，一块儿带上吧。”齐飞雨对外号叫“马桶盖”的跟班小弟说道。

“马桶盖”体形矮胖，面相凶恶，脸上成天阴沉沉的没有一丝笑容。这家伙的发型比较时髦，也比较少见：整颗脑袋用剃刀刮得光溜溜的，唯独天灵盖上留有几厘米厚的发楂，看上去活像顶着一只黑色的马桶盖，故而得此雅号。

“去，你去。”马桶盖不想跑腿，又差遣一名瘦叽叽的小伙子。

小伙子的外号叫“九零后”，长着一对倒挂眉毛，而眼梢却像飞涨的股票指数一样放量上扬，所以一眼望去，整副面相龙飞凤舞、不拘一格。

话又说回来了，齐飞雨的三位小弟中，九零后的脾气算是最好的，平时还老受马桶盖的欺负。

九零后答应着去了，不多时取来一根模样差不多、但颜色为蓝色的牵引绳。

“还有一点，林子很深，注意不要迷路啊！”客栈老板再次提醒道，“不过，山上可能还有手机信号，万一遇到什么事情，可以随时打电话回来。”

“没事，只要有指南针，绝对迷不了路。”另一名诨号叫“韭芽”的跟班亮了亮自己的手表。

那是一块带有指南针的夜光手表，很可能还是军品。韭芽身形高大、彪悍，虎背熊腰，头大颈短，胳膊足有一般人的小腿那么粗，不知道怎么会被文不对题地称作“韭芽”。据说，这家伙以前当过特种兵，一般的擒拿格斗功夫自不待言，近年一直在齐飞雨身边充当贴身保镖的角色。

队伍走出村子，朝着哈木尔山的方向进发，看上去明显就是一群来此自助游的户外徒步爱好者。

“唉，离喀纳斯湖这么近，居然没机会去看看湖怪。”蔡牛终究不脱文艺青年的本性，边走边遗憾地感叹。

“呵呵，哪来什么湖怪，无非是俗称大红鱼的哲罗鲑罢了。”钟文沛笑道。

“我也知道是哲罗鲑，可经常看到有关喀纳斯湖怪的报道，而且至今没有明确的答案和定论，多少还是有点好奇。”蔡牛其实也是明白人。

“那种装神弄鬼的报道也能信？”谷宇清插嘴道，“现在大力发展旅游业，有这么一个热点还不抓紧了好好炒炒！”

“你小子现在还有这份游山玩水的闲心，真是服了你了。”齐飞雨斜了蔡牛一眼，一本正经地教训道，“把正事办好，等以后有了钱，你年年来这儿避暑都行。现在交通那么方便，从上海打个飞的到乌鲁木齐中转一下，然后哧溜一下就能直达阿勒泰了。”

“我也是说说而已，这点轻重缓急还分不出来？”蔡牛讪笑道。

队伍走出村口，进入一条若有若无的林中小道。

穿过一片巨大的冷杉林，队伍的行进速度明显减慢。肉眼虽然看不出来，实际上地势已呈上升趋势，低山带的冷杉林也悄悄变成了中低山带的落叶松林。

钟小彤第一个喊累，小歇了两次仍未缓解。齐飞雨虽也气喘吁吁，可嘴里还是一个劲地催促，许诺穿过这片密林就好好地休息半小时。

走啊走，走啊走，由于缺少参照物，也不知究竟走出了多远。途中，看了两次地图，可以大致确定方向和方位都没错，只是每次看地图时都得“三合一”，未免有点麻烦。

“别自找麻烦了，地图放我口袋里吧。”最后一次看图时，不胜其烦的齐飞雨提议道，“都到这份儿上了，咱们谁还能扔下谁？”说罢，不由分说地将三张残图一并塞进自己的口袋。

钟文沛呵呵一笑并无异议。王老急开始有点想表示反对，但看看钟文沛的态度毫不在意，又想想齐飞雨的话也不无道理，所以最终也没再说什么。

穿过密林是一片草甸，休息半小时后，开始向山坡上更加茂密的落叶松林进发。

坡度越来越陡，视野中果然出现了客栈老板提醒过的“天裂”。

所谓的天裂，与其说是“裂”，还不如说是“沟”，实际上是由岩体的崩塌造成的地质现象，在山坡上形成了一道道像被巨斧“砍”出来的陡峭深沟，而且两边皆为光滑的岩壁，人若不慎坠入的话，在没有救援的情况下很难爬出来。

“我知道这玩意儿是怎么形成的。”蔡牛骄傲地卖弄道，“我家老爸是地质系教授，所以我打小就懂这里面的道理。”

蔡牛分析说，这里属于雨雪丰富的高寒地区，昼夜温差极大，冬季最冷的时候气温可达零下四五十摄氏度，经长年的风化作用和冰雪冻融作用，岩体产生了裂隙，随着时间的推移及地震活动，裂隙不断增大、加深，最终导致了崩裂。

“呵呵，说得挺专业。”齐飞雨拍了拍蔡牛的肩膀。

又走了个把小时，途中遇到了一个更大、更深的天裂，目测至少有10米深。大家站在坑边啧啧称奇，都说掉下去的话肯定是非死即伤。

“不知道这里还有没有手机信号。”齐飞雨自言自语着摸出手机查看。

“有没有？”钟文沛关切地问。

“这该死的智能手机信号就是差！”齐飞雨骂骂咧咧地来回摆弄手机，又问身边的王老急，“你手机信号怎么样？”

“我从不用那种花架子，手机嘛，还不就是打个电话、接个电话。”王老急得意扬扬地摸出自己的一只翻盖手机，“我这老款手机多实在，价钱便宜，经摔，待机时间还长。”

“我看看信号！”齐飞雨伸过手来。

“瞧，有信号。”王老急低头察看手机屏幕，一边躲开齐飞雨的手。

“让我看，让我看。”齐飞雨嚷嚷着一把抓住手机。

“呵，有信号就是有信号呗，有啥好看的……”王老急只得松开手机。

一边松了手，一边却并未抓牢，“有啥好看的”这几个字话音未落，翻盖手机“啪嗒”一声掉在地上，弹跳了一下直接顺着岩壁摔向深坑的底部。

“怎么回事？”王老急傻了眼，怒气冲冲地朝齐飞雨嚷道。

“不好意思啊，我以为你没松手。”齐飞雨一脸愧疚，“别急，回头我赔你一台新的。”

“手机有什么稀奇的，最多几百块钱！”一听这话，王老急更加火大，“关键是里面的卡。”

“那怎么办？要不，想办法把它弄上来？”齐飞雨蹲下身来趴在坑边说道，“正好带着牵引绳呢，这下派到用场了，就是爬上爬下的有点犯不着，回头补办一张卡不就得了？”

“什么犯不着！生意上的电话号码全存在上面，丢了麻烦可不小。”王老急翻了个白眼，“对你来说当然不重要。”

“可是，谁下去呢？”齐飞雨一脸犯难。

没人应声。

“老子自己下去吧。”王老急没好气地嚷嚷道，“还得老子帮你擦屁股！来吧，把你们的绳子全都拿出来吧。”

一红一蓝两根牵引绳连接起来，长度达到了 12 米，一头系在坑边的一棵落叶松树身上，一头正好垂落至坑底，王老急顺着绳索慢慢地向下滑去。

“怎么样，手机坏了没有？”齐飞雨在上面关切地问。

“废话，这么高摔下来还能不坏？”王老急捡起摔成几块的手机看了看。手机的屏幕和本体彻底分了家，电池和后盖也飞出老远。

可齐飞雨居然还不死心。

“你把电池装上，我拨个号试试。”齐飞雨示意马桶盖用手机拨打王老急的号码。

王老急没好气地收拾七零八落的零件，将手机装配起来，并报出自己的手机号。

马桶盖拨打号码，但手机毫无动静，连振铃声都没有。

“呵呵，那就好，那就好。”齐飞雨这才放心，突然动手飞速提起下垂的牵引绳。

“你干什么？”坑底的王老急一时还没反应过来。

“没什么，你先在下面休息一下。”齐飞雨一脸的坏笑。

“臭小子，你敢害我！”王老急终于明白上了当，赶紧向谷宇清和蔡牛求援，“小谷，蔡牛，他们想甩开咱们，快打电话报警，要不大家一块儿完蛋。”

“据我观察，你们俩的智商不会跟他一样吧？”齐飞雨笑眯眯地来回看着谷宇清和蔡牛问道。

“敢摸一下手机，我把你们俩踹下去！”韭芽面无表情地威胁道。

谷宇清和蔡牛一动都不敢动。

“齐飞雨，你这个畜生，等我爬上去，非要你的狗命不可！”王老急只能大骂不止。

“草包，你以为还有爬出来的机会？”齐飞雨鄙夷地回骂了一句，“喊吧，尽管扯着嗓子喊，要是有人经过这里，兴许会把你救起来。”

“只不过这个概率比中1000万的彩票还要小。”钟文沛面无表情，不阴不阳地补充了一句。

钟小彤站在稍远的地方一声不吭，谷宇清注意到，她脸上的表情虽有不安之色，但并不觉得奇怪和震惊，似乎一切尽在意料之中。

本来还是一头雾水的谷宇清看在眼里，脑袋里“嗡”一声响，瞬间什么都明白过来。

“这是一场预谋？”谷宇清的话既是对齐飞雨说的，又在问钟文沛，同时也是说给钟小彤听的。

“你们是串通好了才这么做的？”蔡牛不是笨蛋，当下也明白过来，嗓音都发了颤。

“对不起啦！”齐飞雨朝蔡牛咧嘴一笑，又朝谷宇清伸出手来，“你们俩，把手机一块儿交出来吧。”

“听见没有！”韭芽也发出一声大吼。

王老急依然在坑底跳着脚叫骂不止，谷宇清与蔡牛面面相觑，愣了半分钟，只得先后将各自的手机交出来。

但是，事情到此并没有结束。

“这家伙一个人待在下面挺孤单的，你们既然是好朋友，那就下去陪陪他吧。”齐飞雨笑吟吟地说道。

“这么做太过分了！”谷宇清文绉绉地抗议道。

“是啊，下去就是死路一条。”蔡牛也叫了起来。

“放心吧，我会帮你们打电话。”钟文沛开了腔，“当然不是现在，等我们离开喀纳斯的时候，会打电话通知景区或者客栈老板。”

谷宇清转脸寻找钟小彤，如同落水者在寻找救命的稻草。

钟小彤避开谷宇清那充满着疑惑和求援两重意思的目光，脸色发白，嘴唇动了动似乎有话要说，但被钟文沛一个严厉的眼神给制止了。

“不行，我不下去！”谷宇清拒绝道。

"抱歉，这可由不得你。"齐飞雨恶狠狠地嚷道。

三个跟班马上摆出恶狠狠的嘴脸，摩拳擦掌逼近前来。

"事到如今，我也没有办法，你们还是放聪明一点吧。"钟文沛假惺惺地拦住如狼似虎的跟班们，"毕竟，留得青山在，不怕没柴烧嘛。"

其实根本不用劝，道理谁不明白？唯一具有反抗能力的王老急已被解决掉了，现在还有什么讨价还价的本钱？

谷宇清悲哀地看了一眼蔡牛，慢慢地蹲下身去，抓住绳索准备下滑，但怔了怔并未马上松手，而是抬起头来，将目光再次扫至钟小彤的脸上。这一次，他眼神中的含义变成了责问和怨恨。

钟小彤的双眼瞪得老大，眼神中满是愧疚、歉意与无奈，似乎还隐约夹杂着一丝泪光，遇到谷宇清的目光，她赶紧转脸望向其他地方。

松开手，谷宇清慢慢向下滑去。

"你也请吧。"齐飞雨看着谷宇清滑到坑底，转脸邀请蔡牛。

蔡牛紧接着唉声叹气地滑落。

"好啦，收绳。"齐飞雨朝跟班命令道，又朝着蔡牛油腔滑调地说道，"希望令尊大人不光向你传授了天裂是如何形成的地质知识，还同时教会了你如何爬出天裂的求生技能。OK，祝你们愉快，咱们后会无期。"

"希望你们能守信，尽快通知景区派人过来。"蔡牛可怜巴巴地哀求道。

"行，等着吧。"齐飞雨一口答应，朝跟班们一挥手，"好啦，咱们开路。"

所有的人迅速离去。

钟小彤磨磨蹭蹭地最后一个离开坑边，但是临走之前，朝着坑底飞快地做了一个奇怪的举动——将一根食指竖在唇边。

也许，这算得上是一个国际通用的示意方式，意思十分明确：嘘，不要声张！

三人愣在下面正摸不着头脑，但仅仅隔了十几秒钟的时间，耳边只听"啪"一声响，一捆橘红色的牵引绳落在了坑底。

头顶上的脚步声渐渐离去，很明显，刚才钟小彤是故意走在队伍的最后，趁他人不注意的时候，悄悄地将牵引绳扔了下来。

她为什么要这么做呢？

"糟糕！"谷宇清一拍脑门，"他们出去以后绝对不会通知景区，这么做的目的，本来就是要咱们的命！”

“何以见得？”蔡牛还不大相信。

“玩这么一出到底是为什么呢？”王老急一脸的茫然。

“笨蛋，怎么到现在还没明白过来？”蔡牛把怨气全部发泄到王老急的头上，“他们甩掉咱们三个，不就可以一家分一半了？”

“笨蛋，我是说这个。”王老急捧起地上的牵引绳。

谷宇清低头不语，细细回味着钟小彤离去前的那最后一丝眼神，心中顿时豁然开朗。

这个阴谋，看来昨天晚上就预谋好了——昨晚，钟文沛听到客栈老板提起天裂，马上就留了个心眼，随后在半夜里偷偷溜出房间，肯定是去找齐飞雨商量这件事。这事直接关系到他们双方的利益，所以沆瀣一气、一拍即合。

按钟小彤刚才的态度来看，她昨晚也许会反对，也许会默认。从其脸上的肿痕来分析，极可能先是反对，但立即遭受到钟文沛的打压，然后被迫采取默认的立场。

现在看来，无论钟小彤持什么态度，都不可能、也无力与其兄公开作对，所以充其量只能暗中做点手脚。

就说眼下这根牵引绳吧，6米的长度明显不够，起不到扭转乾坤的作用，但是她那么一扔，就可以取得良心上的安慰。再说句自作多情的话，是不是还有一丝情分夹杂在里面呢？要知道，钟小彤敢于违背钟文沛而私伸援手，本质上来说，绝非一件容易事，更不是一个勇气问题。

但是，可怕之处正在于这一点。

要是齐飞雨和钟文沛信守诺言，出去后马上通知景区救人，那么钟小彤完全没必要抛下绳索来，她现在这么做，正因为是心里清楚那不过是一句谎言，所以才由于良心未泯，动了那最后的恻隐之心。

“这帮畜生，不单是想甩掉咱们，还想斩草除根要人性命哪！”王老急咬牙切齿地叫嚷起来。

“完了，这下人仰马翻，一缕冤魂得长眠于这青山绿水之间了。”文艺青年蔡牛，即便是一声哀叹也充满了诗意。

“小谷，你咋不说话呢？”王老急有点奇怪。

谷宇清蹲在天坑中一块平坦的巨石上没话可说，脑中还在思考着有关钟家兄妹的点点滴滴：为什么自打钟小彤见到钟文沛起，就始终没见她高兴过，甚至相互间还有些说不通的冷淡？仔细回想起来，一路上几乎没见过俩人在一起商量过事情，连闲话都很少说，不明底细的看在眼里，差不多会得出双方纯属陌生人的错误结论。

这一切，究竟是为什么呢？

2 自救

任何抱怨都没有用，当务之急是采取自救措施，总不能坐在坑底等死吧？

牵引绳只有 6 米，只够一半多点的长度。谷宇清思来想去，突然想到了一个可以尝试的办法：拆开背包。

三个人全都背着双肩包，而背包的背带十分结实，完全可以加以利用，六根背带连接起来以后就能达到 3 米的长度。

“把小刀给我。”谷宇清对王老急说道。

背包一一解体，六根背带被仔细打结连接了起来，并同牵引绳连成一体。

但是，总长度依然不够。

“脱衣服，用衣袖。”蔡牛也想出了主意。

三人身上都穿着冲锋衣，衣料的防水布质地非常坚固，六只衣袖割下来后也能达到 3 米以上，总长度已经足够。

“关键是结要打得牢靠，不然摔下来就完蛋了。”王老急嘟囔着再三检查每一个连接点。

绳索的长度是够了，但怎么钩住坑顶那棵落叶松的树干却成了难题。王老急将牵引绳带铁钩的那一头抡圆了往上扔，无奈距离实在太远，试了几次都没成功。

“不行，死心吧。”蔡牛哭丧着脸一屁股坐在地上。

“等死吧。”王老急也泄了气，将绳索往地上一扔。

“不行，不能放弃努力。”谷宇清还算镇静，突然想起了王老急口袋中的手机残骸，“来，你把手机给我。”

“都成尸体了，你还能救活？”王老急不解地摸出零零散散的手机部件，“搞不好电路板也报销了。”

“试试看吧，死马当做活马医呗。”谷宇清接了过来。

谷宇清虽然没有学过手机修理，但打小就喜欢电子知识，平时小打小闹的电器维修基本能够胜任，高中时代就能自己动手组装电脑，更重要的是已经具备了触类旁通的灵性。

一部手机，最基本的组成不外乎接收电路、发射电路、信号处理电路、系统控制电路等，以及键盘、显示、传声、接口等模块。王老急的翻盖手机屏幕完全摔烂，包括键盘在内的外壳也报了销，但只要主电路和耳机接口没有受损，那就还有可能加以利用。

“瞧瞧，身边正好带着耳机。”谷宇清从口袋里摸出一副带有麦克风的耳机。

“键盘都摔成几瓣了，你怎么拨号？”蔡牛凑过来看了看，没有丝毫信心。

谷宇清并不搭理蔡牛，坐在地上开始埋头研究裸露的电路板。

揭去了外壳和导电橡胶的拨号电路看上去十分复杂，但只要理清了头绪和逻辑，实际上还是很简单的。关键是刚才手机下坠的时候，曾经顺着岩壁弹跳过几次，冲击力得到了一些分解，所以机芯并未受损。

可是，检查的结果令人沮丧：拨号电路的柔性电缆断裂。

“算了吧，还是再研究研究绳索吧。”王老急站起身来，仰头打量头顶上那棵遥不可及的落叶松。

“主要是这一头的分量太轻，所以才甩不远。”蔡牛手里拿着牵引绳摇头道。

“那咋办？”王老急问。

“这样吧，在那一头系上一只鞋试试。”谷宇清提议道，“非牛顿环境下，质量造成的惯性会强迫物体继续朝着运动轨迹的切线方向前进，离心力大了，肯定能甩得更远。还有一点，你站到蔡牛的肩膀上去，这样可以缩短距离。”

“咱们兵分两路吧。”王老急脱下脚上的一只登山鞋，“小谷，你继续捣鼓手机，我跟蔡牛对付绳子。我就不信了，这两条路里总有一条能走通吧？”

结果实在是出人意料，两条路居然同时走通了。

王老急踩在蔡牛的肩膀上增加高度，抡圆了绳索向上猛甩。前三次没有成功，第四次运气很好，系上了登山鞋和刀子的绳首绕着圈缠在落叶松的一根枝丫上，轻轻一抽，绳头上的铁钩和小刀正好卡死在枝丫的分叉处，试着拉了几拉，整条绳索完全吃得起一个人的分量。

王老急欣喜若狂，光着一只脚便开始顺着斜坡向上攀登。

几乎是与此同时，谷宇清也找到了拨号的办法。

“把你的耳机拿出来。”谷宇清对蔡牛说道。

“我的耳机是听 MP3 用的，不带麦克风。”蔡牛掏出自己的耳机。

“我知道。”谷宇清接了过来，“我只要利用这根耳机线做导线。”

“我说，你们俩还是先上来了再说吧。”王老急在上面喊道，“先把背包吊上来。”

“行，先上去。”谷宇清将所有的零碎一股脑儿纳入口袋。

谷宇清首先攀登，没费多大周折回到了地面，但是轮到蔡牛时出了不小的麻烦。

蔡牛身材较胖，平时又从不锻炼，所以双臂的力量极差，好不容易爬过三分之二的位置，竟已气喘如牛，双臂软得直打战。更要命的是，那条支离破碎的所谓“绳索”，经过前面两个人的攀爬考验，其中的一个接头已经悄悄开始松动。

“让我歇一歇再爬。”蔡牛找到一处能够借力站住脚的地方，将绳索的下端绕紧在腰间。

歇了足有五分钟，自觉恢复了一些体力，蔡牛咬咬牙准备继续攀登，但王老急突然惊叫起来：“停！”

“怎么了？”谷宇清忙问。

“你看那个结，好像快松脱了。”王老急指着一处由两段背带打成的结叫道。

“这可咋办？”蔡牛不上不下，腿都打起了战，急得快要哭出来了。

“别慌，千万坚持住，我来想办法。”王老急安慰道，想了想又说，“你先把绳子捆住腰，然后把下面那一头扔上来，我们把你拉上来。”

蔡牛只得照办，将自己先捆牢，然后在绳索的另一头系上一只鞋，奋力朝头顶上甩去。

可惜，绳索的长度不够。

“完了，今天得死在这儿了……”蔡牛首先丧失了信心。

“支持住！”谷宇清大叫道。

“不行啊，我已经支持不住了。”蔡牛脸色死白，腿抖得似筛糠一般。

“小谷，你抓住我的两条腿！”情急之中，王老急往地上一趴。

这个办法比较冒险，要是谷宇清万一力竭而抓不住，那么王老急和蔡牛将一同摔落，后果不堪设想，但是现在情况紧急，已经没有更好的办法了。

“把鞋甩给我。”王老急趴在地上朝下伸手。

这一次绳索的长度勉强刚够，王老急将绳头在自己的手腕上绕了两圈，大喝一声“快爬”。

蔡牛再度发力冲刺，王老急咬着牙同时靠臂力往上提，两相合力，可谓是费尽九牛二虎之力。随着王老急最后的一声大吼，蔡牛终于爬回地面。

由于王老急的冲锋衣没有衣袖作保护，右胳膊还是受了一点伤，被石沿上那些突起的尖锋磨破了内衣，将皮肤割得鲜血淋漓。

“老王，谢谢你救我一命。”蔡牛感激地给王老急来了个拥抱。

“呵呵，战斗中的友谊嘛。”王老急拍拍蔡牛的后背。

王老急的伤处简单包扎后并无大碍，休息片刻之后，斗志和信心再度回复。三人简单商量了一番，马上制定出下一步的行动方案：谷宇清和王老急继续前进，力争属于自己的那份财富，蔡牛则原路返回客栈待命——把蔡牛留在后方是重要的一步棋，可以起到保险和威慑的作用。

但是，大山里绿茫茫的一片，身上没了地图，怎么追上去呢?

“先打通电话再说。”谷宇清席地而坐，继续捣鼓手机。

先用小刀割开蔡牛那副耳机的电线，用打火机烧掉外层的塑料皮，露出里面的细铜丝，然后将铜丝的一头搭接在电路板的I/O端口，另一头搭接矩形键盘电路的按键触点，向控制系统发出中断信号，从而达到模拟拨号的目的。

“运气不错，电池也是好的。”谷宇清仔细辨听着耳机里轻微的噪声。

“赶紧打打看。”蔡牛催促道，“可是，打给谁呢？”

“打钟小彤的号码。”谷宇清不假思索地答道，“再说，我也只记得她的号码。”

谷宇清将手机的残骸平放在地上，自己趴在地上开始小心翼翼地拨号。

“好使不？”王老急探着头问道。

“别打岔。”蔡牛瞪了王老急一眼。

“通了。”谷宇清眼珠乱转，突然面露喜色。

但是，那一头接电话的人并不是钟小彤，而是一个男人的声音，听上去很像是齐飞雨。

“喂，是谁啊？”耳机里传来的声音十分清晰。

“我，谷宇清。”谷宇清平静地说道，“你是齐飞雨？”

“你们……”齐飞雨明显愣住了。

“谢天谢地，王老急的手机没坏。”谷宇清继续说道，“而且，我们三个人已经爬上来了。”

“不可能！”齐飞雨叫了起来，“这怎么可能？”

“信不信随你！”谷宇清提高了一下嗓门，“这样吧，我和王老急现在还在原地，你马上派人过来领我们，其他话见面再说。”

“还在原地？”齐飞雨显然已经镇定下来。

“对，就在那个天裂旁边。”谷宇清答道，随即口气一转变得严厉起来，“警告你一句啊，别再动任何歪脑筋。我可以明确告诉你，蔡牛已经下山去了，回到白哈巴待在某个合适的地方——我们已经约定，如果天黑以前见不到我和王老急，他将立即向景区的公安局报案！”

电话那头的齐飞雨怔住了。

“齐飞雨你个挨千刀的，再耍花招老子跟你拼命！”王老急凑近过来，对着麦克风狂吼。

“好吧，你们等着，我马上派九零后过来领你们。”齐飞雨没了脾气。

挂断电话，谷宇清心里犯开了嘀咕：明明拨打的是钟小彤的手机，为什么接电话的人却是齐飞雨呢？难道说，他们那边也发生了状况？

“行，那我就先回村子里去吧。”蔡牛准备下山。

“你就待在客栈的房间里，想办法跟客栈老板借一台手机放在身边，不是我来叫门的话绝对不要开门。”谷宇清叮嘱道，“对了，顺便跟客栈老板要点针线，把背包上的背带重新缝一下。”

“明白，苗头不对立即报警。”文艺青年扔掉所有的水和干粮，将背包和背带合并起来塞进一只包内。

“唉，还是希望不要走到那一步啊！”谷宇清叹口气。

蔡牛拎着没有背带的背包独自下山去了。

王老急苦笑着对谷宇清说，不知道蔡牛这家伙待会儿回到村子里后，该如何向客栈主人解释冲锋衣上少了两只衣袖。

谷宇清没心思开玩笑，同样背靠大树坐了下来，继续猜测钟小彤的手机落在齐飞雨手里的原因——难道是因为钟小彤偷偷留下牵引绳的举动被发觉了？那也不对啊，要真那样，齐飞雨早就折回来斩草除根了。难道说，他们兄妹之间产生矛盾了，又或者，齐飞雨又在搞什么鬼……

想了半天不得要领，一个多小时以后，满头大汗的九零后匆匆赶到。

“你们那边怎么回事，钟小彤的电话怎么会在你们老板手里？”谷宇清心急火燎地问道。

“事情……事情搞得有点僵。”九零后的回答吞吞吐吐。

“什么意思？”谷宇清心中一颤。

“唉，我也说不清楚，你们俩还是跟我走吧，到地儿你们就明白了。”九零后似乎不知道该如何回答，“还有一个人呢？”

“下山去了。”谷宇清答道。

“下山去干吗？”九零后傻乎乎地问。

“还不是怕你们老板再使坏，咱们不得留一手？”王老急恶狠狠地说道。

“那好，跟我走吧。”九零后也无意深究。

三人一路快步行进。

走了约莫个把小时，终于来到一处山谷之中，耳边开始传来潺潺流水之声。再往前走，很快便看到一条水流湍急的小溪，水面上漂浮着许多枯叶欢快地流泻着，两边的乱石上布满了厚厚的青苔。

谷宇清记得很清楚，地图上标注的文字是这么写的：

……随小溪进山谷，见鹿石后西折，约百步可见白桦林。溪边有一悬崖，数十步内可寻见白桦树枝掩盖之洞窟。

那么，附近应该就能找到“鹿石”了。

继续前进，谷宇清开始留意四周的地形和景物。

“看，鹿石！”谷宇清喊了起来。

顺着溪流走入山谷的深处，果不其然，不远处的低坡上竖立着一尊一人来高的圆柱形巨石。走近一看，只见巨石的顶部依稀刻有人的五官，但刻得十分简陋、抽象，底部则是一些模糊的动物图案。

难道这就是鹿石？

“老说鹿石、鹿石，就是这玩意儿？”王老急问。

“没错，这就是鹿石。”谷宇清断言道。

“你说它是石碑吧，可上面看不到任何文字，谁吃饱了撑的，费那么大劲竖在这里，究竟是干什么用的呢？”王老急自言自语道。

“究竟干什么用的，现在还没有定论。”谷宇清答道。

在布尔津的时候，谷宇清曾经上网查过有关鹿石的资料。比方说，进入百度百科，相关词条是这么说的：“关于鹿石，人们的认识还非常模糊，有人认为它是图腾柱、始祖祭祀柱和神人拴马桩，有人则认为它是世界山、世界树和男根……”

资料中称，现已发现的鹿石有近六百座之多，历史可以上溯至三四千年以前，遍及蒙古、俄罗斯、中亚诸国及欧亚草原，中国的鹿石则大多分布在新疆境内，严格点说是北疆的阿勒泰地区。

最新的研究结果又表明，如同埃及金字塔与猎户座文化有着精妙的对应关系，鹿石与神秘的天体联系到了一起……总而言之，鹿石之谜至今无法破译。

“跟外星人扯上关系了？”王老急倒是问得十分通俗。

“不是说外星人，是天体现象懂不懂？”谷宇清没法解释。

“不懂。”王老急回答得言简意赅。

“快走吧，你们哥俩又不是来考古的，这会儿做什么学问呢。”九零后不耐烦地催促道。

“瞧你那没文化的样。”正兴致勃勃参与学术研讨的王老急鄙夷地撇了撇嘴。

一路西折，百步开外果然有座叶片金黄亮丽的白桦林。

白桦林越来越密，但穿过林子却又另有洞天：悬崖下，溪流的一侧出现了一块空地，溪水间横着几根粗壮的树干起便桥作用。树干的表面长满青苔，看来这是一处隐秘的所在，平时根本无人来此。

悬崖下柔软的草地上，横七竖八地半躺着几个人，似乎正在舒适地休息——正是钟家兄妹和齐飞雨、马桶盖、韭芽。

但是，走近一看，又令人大吃一惊。

看到谷宇清和王老急匆匆到来，齐飞雨和马桶盖、韭芽首先从地上跳了起来，奇怪的是钟家兄妹却仍然坐在原地纹丝不动。

谷宇清定睛一看，立即发现了异常：钟文沛和钟小彤原来被绳索绑着，根本无法动弹。

这是怎么回事?

他们双方起内讧了?

第十二章　在劫难逃

三人给谷宇清和王老急松了绑，又慌慌张张地再次摸进洞内，在手电光的照射下，眼前看到的，只是一堆散乱的石块，小者如酒坛，大者如水桶，底下压着一些断裂的圆木。再下面，则是齐飞雨那直挺挺的身体。

1　唇亡齿寒

“这是演哪一出啊？”王老急首先嚷嚷道。

“这还看不出来？”地上的钟文沛没好气地答道，朝齐飞雨那边一抬下巴，“这家伙又起了贪心，想独吞呗，先把你们扔掉，再把我们甩开，就是念念不忘吃独食。唉，老子大意失荆州，中招啦！”

钟文沛被绑得极为结实，被那根蓝色牵引绳拦腰绑在一棵大树上；钟小彤则绑得比较简单，只是双臂反剪着环绕另一棵树，手腕处被一根细细的尼龙绳捆住。

“你不是有枪吗？”谷宇清走过去奇怪地问道。

“有枪也抵不住这厮的狠毒啊！”钟文沛一声哀叹，“真是狼心狗肺。”

“你又能好到哪里去？”齐飞雨恼怒地反唇相讥，“昨晚，是谁首先提出来要甩掉小谷他们一伙的？”

“对不起，兄弟，我承认我贪心，但本意只是想把你们三个人甩开。”钟文沛看着谷宇清说道，“对天发誓，我绝无赶尽杀绝的意思。”

“算了吧，那叫甩开？从法律意义上来说，完全就是蓄意谋杀！”谷宇清冷冷地说道，“不过现在说这话已经毫无意义，你的下场看来还不如我们。我就不明白了，你们之间怎么在最后关头又玩起了狗咬狗的游戏呢？”

“这厮眼看着已经找到目的地，马上就翻了脸呗。”钟文沛说道。

“你的枪真是假的？”王老急问。

“他们先把小彤控制起来，然后再逼我就范，你说枪有什么用？”钟文沛答道。

“没有先后，是同时下手。”钟小彤冷冷地强调道。

谷宇清的脑中马上出现了这样一幕：齐飞雨眼看大功告成，对钟家兄妹发动了突然袭击——按钟文沛的说法，是齐飞雨用刀先控制住钟小彤，然后再逼迫钟文沛交出手枪。而按钟小彤的说法，则是兄妹俩同时遭受袭击——这不是“罗生门”重演？

细想想，其实两种说法中哪种属实并不重要，奇怪之处在于，钟小彤非要说明和强调，甚至刻意戳穿其兄的谎言，其中到底有何隐情呢？难道仅仅是为了发泄对钟文沛的不满？

“枪呢？”谷宇清的目光投向齐飞雨。

“在这儿呢。”齐飞雨拍拍自己的腰间，“我说，你们哥仨本事不小啊，居然自己爬了上来，而且还敢送上门来。”

“把枪给我。”谷宇清伸出手来。

“你小子脑袋进水了？”齐飞雨叫了起来。

“姓齐的，你可得想清楚——”王老急高声提醒道，“蔡牛已经下山，只要一个电话，咱们谁也走不出喀纳斯去！”

“难怪你俩胆子那么大，原来是预先上了一道保险。”齐飞雨哼哼道。

“把他们俩松开！”谷宇清提出了另一个要求。

“你傻啊！”齐飞雨瞪大眼叫了起来。

“你才傻呢！”谷宇清嗓门更高，“我问你，接下来怎么处理他俩？”

“杀了他们还是放了他们？”王老急也问，“我跟你说，都不是办法。”

齐飞雨只能干瞪眼，显然是一心只想着独吞，对如何料理后事并无明确的决策。

“挺聪明的人，怎么就不明白这个道理呢？”谷宇清开始教训齐飞雨，“我再三说过，这块肥肉既要吃得下，还得消化得了，你可好，一心只想独吞，就是不怕噎死。现在的问题是，少了他们兄妹俩，这块肉老子还不吃呢！为什么？你不怕噎死，我还怕噎死！”

“你懂个屁！”齐飞雨朝谷宇清大叫道，“我跟他们钟家，说起来还有一笔七八十年前的旧账没算，今天这么做，也是为我齐家的先人报仇雪恨。”

“啥意思？”王老急听得两眼直翻，丝毫不懂话外之意。

“齐松龄是我齐飞雨的先人，懂不懂？”齐飞雨大吼道，又一指钟家兄妹，“我跟他们属于世仇，懂不懂？行了，现在没工夫跟你们扯这些。”

这话别说是王老急，连谷宇清都没听懂。

“我看你是脑袋被驴踢了！”钟文沛冷笑着讥讽齐飞雨，“现在都什么年代了，还报什么世仇，武侠小说看多了吧？”

齐飞雨没心思搭理他，在草地上像狼一样来来回回转开了圈。

“小谷，你的话有一定的道理，那就听你的。”齐飞雨想了好一会儿，终于艰难地做出了决定，朝跟班们一歪脖子命令道，“松绑！”

谷宇清终于松了一口气，暗想事情处理得还算圆满，对钟家兄妹来说，自己的举动差不多属于以德报怨。钟文沛这种人唯利是图，扔到一边不谈，可钟小彤居然也身处出卖自己的行列，还是有点令人失望，甚至心酸、心寒。不过转念一想，钟小彤可能也是身不由己，钟文沛毕竟是她亲哥，胳膊肘总归是有方向的，刚才在天裂边，她能够冒着风险偷偷扔下牵引绳来，已经说明并非是丝毫不念“旧情”。

好了，现在一报还一报，两下正好扯平。

“钟哥，你咋就不明白唇亡齿寒的道理呢？”谷宇清开始教训钟文沛。

“是我一时糊涂……”钟文沛满面惭愧，“我向你们哥俩赔不是。”

钟小彤低头不语，不停揉搓被绳索勒疼的手腕。

“小谷，不是我说你，真不该救这王八蛋。”王老急依然愤懑难平。

“唉，你也没明白道理。”谷宇清苦笑着朝王老急摇头叹息，“我们才两个人，接下来再出点花样怎么应付？只有三足鼎立的状态才是最安全、最稳固的。”

“呵呵，没想到兜了个圈子，最后还是回到‘三国演义’的故事里来，早知道就不折腾了。”齐飞雨也笑了起来，“得，认命吧。”

“地方找到了？”王老急问齐飞雨。

“那不是。”齐飞雨扬手一指。

顺着齐飞雨手指所指的方向，谷宇清的目光投向不远处杂树掩映的山崖，只见郁郁葱葱的灌木丛背后，隐约可见一个将近一人高的洞窟，洞口斜搁着一些碗口粗细的白桦树干起遮挡作用。走近细看，可以看到树干枯干、发黑，一望便知已经有了不少年头。

“还愣着干什么？”王老急叫了起来，“动手啊！”

“动手。”齐飞雨对跟班们下令道。

马桶盖和九零后、韭芽一拥而上，开始七手八脚地搬动那些散发着霉味的、呈半枯朽状态的白桦树干。

洞口露了出来！

齐飞雨拿出手电筒，弯下腰来准备第一个钻进去，但被谷宇清一把拉住了胳膊。

“慢，先把枪交出来。”谷宇清的态度十分坚决。

“干什么？”齐飞雨恼火地叫道，“交枪，我有那么傻吗？”

“不交也行，财宝我也不要了，我这就下山去找蔡牛。”谷宇清后退了几步，摆出随时准备离去的姿态。

“我们人少，你们人多，再加上一支枪，实力太不均衡了！”王老急嚷道，“回头你小子再翻脸，我们怎么办？”

“枪在你手里就均衡了？”齐飞雨反问道。

“把枪扔掉，大家全都赤手空拳。”谷宇清答道，“有这支枪在，早晚还会惹祸，财宝到手也不太平。”

钟家兄妹不发表意见。

齐飞雨望望黑沉沉的洞窟，又望望众人，显然有点拿不定主意。

“都到这节骨眼上了，怎么还不相信人呢？”齐飞雨骂骂咧咧地来回走了几步，“你们不是已经上了保险，还怕我翻脸？”

“没错，怕你翻脸。”谷宇清直截了当地说。

道理很简单，齐飞雨要是不肯交枪，那就说明其现在释放钟家兄妹不过是权宜之计，等到宝物真正到手，很可能依然无法抵御住独吞的贪欲。

“好吧，我现在就翻一个给你们看看！”齐飞雨瞪着眼足足想了半分钟，突然后退一步，飞速地掏出手枪对准谷宇清的面门，“后娘的拳头，早晚都是一顿，老子也没什么好在乎的了。”

看到枪口朝着自己，谷宇清本能地连连后退。

“你就不想想后事怎么料理？”王老急指着齐飞雨大喊道。

“滚蛋，老子向来只顾眼前。”齐飞雨又将枪口对准王老急，“退后！信不信老子先崩了你？”

王老急无奈，只能连连后退。

“疯了，真是疯了。”钟文沛摇头叹息。

“少废话！”齐飞雨又朝钟文沛一声大吼，随即对小弟们下令，“把他们四个人全部捆起来！”

钟家兄妹先被按原样绑好，蓝色的牵引绳被刀子割断，用来捆绑不停叫骂的王老急。

“这小子最会动脑筋，把他弄远一点，别让他们相互商量。”齐飞雨指着谷宇清对九零后命令道。

谷宇清被推搡着押到二十几步开外的一棵大树下，双腕先被反绑起来，随后再紧紧地绑在树身上。

“这小子难伺候，给我搞严实一点，把脚也绑起来。”齐飞雨检查了一下，又指着王老急说道。

可怜的王老急，连双脚也被捆了起来。

“我劝你还是冷静一点，多考虑一下后果。”谷宇清仍未放弃说服。

“闭嘴！”齐飞雨神经质地狂叫起来，“这笔财宝本来就是我们齐家的先人留下来的，凭什么一定要让外人来分享？”

这么一说，谷宇清还真是无言以对。

不知是手被勒疼了，还是由于心中恐惧和绝望，钟小彤轻声地哭泣起来。

“别哭，天无绝人之路。”钟文沛压低嗓门安慰道。

“不许交谈！”齐飞雨大叫道，又命令九零后，“看住他们，不许他们说话商量。”

九零后乖乖地站到了钟家兄妹之间的位置。

“老子早晚杀了你！”王老急恨得牙痒痒，瞪着齐飞雨骂道，手脚还在不停地挣扎。

“就怕你永远都没有机会了。”齐飞雨在王老急的腿上踢了一脚，对韭芽命令道，“这小子最不老实，重点看住他。”

“放心，有我在，谅他也搞不出什么鬼来。”韭芽在王老急旁边的草地上坐了下来。

“马桶盖，你跟我先进去看看情况。”齐飞雨收起手枪，从背包里摸出一只电筒。

齐飞雨手持电筒走在前面，马桶盖紧跟在后面，弯着腰慢慢地钻进洞口。

洞窟中终年不见阳光，再加上山谷中湿气较重，空气中充满着一股淡淡的霉味和木材腐朽后发出的气味，说不出是好闻还是难闻。

齐飞雨抑制着心中的激动，见洞窟中地面平坦，四壁规则而光滑，一些低矮的部位还架着粗壮的原木作支撑。很明显，这是一处人工挖掘出来的洞穴，至于到底是起什么作用的，暂时不得而知。

齐飞雨试着用手去推了推那些起支撑作用的原木，只见木桩纹丝不动，依然十分坚固。既然环境如此安全，不由得令人更加放心大胆。

“老板，我看有点像矿洞。”马桶盖四下张望着猜测道。

说话声在洞窟的四壁来回碰撞，嗡嗡乱响着听不太清。齐飞雨顾不得回答，自顾自加快了脚步。手电筒射出的光亮照到了前方的一堆乱石，齐飞雨心跳加速，脚下已不知不觉地近乎小跑。

“老板，慢点，我都看不见路了。”落在后面黑暗中的马桶盖越走越慢。

齐飞雨调转手电往后照，以便马桶盖看清地势，但自己的脚步依然没有停止。

就这一瞬间，只听“轰隆”一声巨响。严格点说，这一声巨响是马桶盖听到的。

洞窟中霎时一片漆黑。

“老板……”马桶盖吓得双腿发软，站在原地一动也不敢动。

洞中一片死寂，没人回答。

“老板！”马桶盖提高嗓门又叫道。

依然没人回答。

马桶盖不清楚前面究竟出了什么事，但情知发生了意外，定了定神，不敢再停留，赶紧摸着黑连滚带爬地原路返回。

那一声巨响，洞窟外的几个人也听到了，大家面面相觑，不知道里面究竟发生了什么情况。

“怎么回事？”马桶盖在洞口一露面，韭芽马上迎上去问道。

“不……知道，好像……好像是塌方，老板走在前面，恐怕被压在里面了。”马桶盖脸色发白，气喘如牛。

“那还不赶紧救人！”韭芽叫了起来，“快拿手电筒，你们也来帮忙。”

三人给谷宇清和王老急松了绑，又慌慌张张地再次摸进洞内，在手电光的照射下，眼前看到的，只是一堆散乱的石块，小者如酒坛，大者如水桶，底下压着一些断裂的圆木。再下面，则是齐飞雨那直挺挺的身体。

手电四下照射，仔细观察四周及上方再也没有险象，三人这才胆敢靠近，开始手忙脚乱地搬动石块。很快，每个人都嗅到了一股清晰的血腥味。

石块被一块块搬去。

“老板！老板！”马桶盖高声叫道，与韭芽合力搬掉一块压住齐飞雨后背和后脑勺的大石头。

“别叫了。”九零后手里的光束固定在齐飞雨的头部。

马桶盖“哎呀”一声惊叫，当即跳起身来后退了两步。

雪亮的光束照射下，只见齐飞雨脸面朝下，趴在一片血泊之中，显然已然断了气。马桶盖“嗷”一声怪叫，顿时伸着脖子干呕起来。

“看见没有，是不是有点像机关……”九零后指着那些圆木，嗓音发颤地说道。

2 复仇

没错，机关，是一个机关，嗜血、夺命的机关。

齐松龄要让金窝子成为吴世安或孟得贵这两个奸人的坟墓，这几乎已经成了一个强烈的信念。

但是，齐松龄恐怕又不得不承认，自己所走的每一步，几乎都是错上加错。

毫无悬念，哥萨克骑兵是米洛维奇雇请的帮凶。当然，现在的身份是新疆“归化军”，属于新疆首脑金树仁麾下的一支劲旅。

这批白俄职业军人奉行“有奶便是娘”的原则，再加上米洛维奇出手大方，于是齐松龄瞬间便成了阶下之囚，被押回了布尔津的俄领馆办事处。

米洛维奇对齐松龄说，只要如数归还那笔300万美元的巨款，可以确保所有人的生命安全。

齐松龄的回答是：“呸，恶棍，不如现在就开枪把我打死！”

“亲爱的朋友，我有什么理由要打死你呢？”米洛维奇笑眯眯地说道，“相反，你随时可以走，现在就可以离开这里。”

“什么意思？”齐松龄不解其意。

“你可以走，但你的朋友必须留下。”米洛维奇眨了眨眼。

事情十分简单：韦二宝和两名图瓦汉子成了人质，要救他们，必须用那300万美金来换！

齐松龄单人匹马走上了返回白哈巴的山路。

现在只有两个选择，一是乖乖地就范，二是带着巨款独自远走高飞。前者意味着所有的努力全部化为泡影，后者则将自己摆上了刽子手的位置。

齐松龄孤零零地骑行在山道上，眼前挥之不去的，是临走前韦二宝那惊恐而期盼的眼神。韦家兄弟救过自己两次性命，现在大恩未报不说，竟然还要亲手加害，这不是禽兽不如吗？无辜的图瓦朋友向来与世无争，这次因朋友情谊热诚相助，又怎么忍心令他们莫名其妙地付出生命的代价？

古人云，滴水之恩当涌泉相报，现在暂且不说报答，首先应该做到的，是避免给别人带来致命的灾祸。

谋事在人，成事在天，看来这笔财富命中注定不属于自己，那又何必强求呢?

回到白哈巴住了一夜，第二天一早，齐松龄再次踏上了前往布尔津的路。

韦大宝和孟克布仁知道实情后心急如焚，非要跟着一起去，而且一下子叫来十几名精于骑射的图瓦汉子，齐松龄无论怎么劝都劝不住。

马队浩浩荡荡上了路，但齐松龄心里很清楚，图瓦人的弓箭和哥萨克的枪械比起来，无疑是以卵击石，现在唯一有效的武器是那只装有 300 万美金的大钱夹。

交换的过程非常顺当，交出钱包，人质当场释放，米洛维奇在哥萨克骑兵的簇拥下扬长而去。不出意外的话，老狐狸早就在额尔齐斯河边备好了船，一顿饭的工夫就能上船出发，顺流出境驶向斋桑湖——人总说一江春水向东流，而额尔齐斯河却是向西流的。

垂头丧气地回到白哈巴，齐松龄第一次喝得酩酊大醉。

韦家兄弟和图瓦汉子们反倒更加敬重齐松龄，都说这个口里人是“儿子娃娃”，讲义气、够兄弟，因为这一次完全可以神不知鬼不觉地先回白哈巴，以种种理由把钱夹子拿到手后独自逃离。

齐松龄苦笑着说：“那不跟畜生一个样了？”

白哈巴的春天十分短暂，转眼之间，盛夏就将来临。

当然，这里的夏天再热也热不到哪里去，哪怕你在大太阳下满头大汗，可只要往树荫下一站，马上就会觉得凉飕飕的十分舒畅，晚上睡觉则非盖厚被子不可。

韦家兄弟盘点了一下铺子里的存货，看看已经销得差不多了，山货也已收足，商量着是不是该回吉木萨尔去了。齐松龄暗想，空忙一场，一事无成，自己也该回去见爹娘了，难不成一辈子躲在这深山老林里？再说，那条该死的伤腿也得去迪化医治一下，实在不行的话，该截肢还得截肢。

可是，以后瘸着一条腿的惨样，爹娘和老婆见了还不伤心死？村里人见了还不笑话死？还有，冒冒失失回去以后，会不会给家里带来灾祸呢？孙殿英可不是吃素的。

心里烦闷难熬，齐松龄突然想起了喀纳斯湖。眼下山花烂漫、水草丰美，不知那片神秘的湖泊又是何种面貌，要是长眠于此，是不是一个很好的选择呢？

齐松龄拼尽所有的力气，一瘸一拐地再次去找孟克布仁借马，韦二宝劝了半天都没成功。

孟克布仁笑着说："这次可不要再迷路啦。"说着又顺手给了齐松龄一大把奶疙瘩和一皮囊奶酒。奶疙瘩微酸略甜，带有一股浓烈的腥膻味，吃下肚去十分耐饥。

齐松龄骑着马进山，这次的路没有大雪覆盖，比上次好认得多。

来到喀纳斯湖边，不敢再把马匹拴在湖畔，而是远远地系在草地边的林子里，自己撑着一根韦二宝打制的拐杖一瘸一拐地行走，一路看景一路喝酒，希望还能有机会看到湖怪。

湖怪没有出现，皮囊里的酒倒是不知不觉喝了个精光。奶酒上口清甜，但后劲挺足，齐松龄渐渐地觉得头重脚轻，人也开始晃晃悠悠起来，于是干脆就地坐下，眼望着幽幽的湖水发起呆来。

看看四周风景如画，越发觉得自己活得窝囊。想想这一年多来历尽艰险，几次三番差点丢掉性命，最后却仍是两手空空，还搭上了一条腿，混成这副模样，继续苟活于人世又有什么意义呢？还不如一头扎进湖去，无声无息地就此了结。

据孟克布仁说，喀纳斯湖虽然不大，但深不见底。既然伟大的成吉思汗都以此为陵寝，自己能在这里终结生命，大概也是一桩幸事和难得的荣幸了——想着想着，齐松龄的脸上滚下了心酸和绝望的泪水。

但是，转念一想，这些苦难归根结底全都源于背信弃义的吴世安，自己哪能轻易去死而任其逍遥呢？同样是死，一定要拉上这没良心的当垫背，男子汉大丈夫，有仇必报！这辈子坏蛋见过不少，比方说像孟得贵和米洛维奇这样的恶棍，可这些家伙都没什么可恨的，人为财死、鸟为食亡嘛，而吴世安就不一样了，那可是在关老爷面前八拜为交的异姓兄弟啊！

按吴世安的脾性来分析，这厮断然放不下这么大一笔财富，早晚会再赴新疆尝试探寻。那么，该用什么办法来报仇雪恨呢？

仇恨的烈火借着酒劲越烧越旺，齐松龄恨得牙齿直痒痒，瞬间打消了轻生的念头。

脑筋一转，突然想起了上次躲避狼群时发现的那个金窝子。要是有办法把吴世安骗进那个金窝子，用大石头将其压得粉身碎骨，那该多么痛快！

齐松龄仰面躺在松软的草皮上，眯着眼看那天空中飞移的彩云，脑子渐渐清醒过来，很快便想出了一个“请君入瓮”的思路：

要骗吴世安再入新疆，唯一的前提是必须让其得到另一半地图。这厮有了完整的地图，第一个要去的地方便是火焰山藏宝洞，那么只需编造一个能够自圆其说的理由，在藏宝洞中留下线索。比方说是一封信，一封情真意切的绝命书，让其信以为真后千里迢迢赶赴北疆。不，火焰山离喀纳斯实在太远，就怕吴世安望而生畏，就此放弃，应该把这段路程切分一下，先把他骗进离鄯善不远的准噶尔盆地，以便增强其继续寻宝的信心。

对了，就在如迷魂阵一般的野鬼沟内另留一信，说不定这厮还没来得及到喀纳斯，就已困死在古尔班通古特沙漠中。即使其命大走出沙漠，还有喀纳斯金窝子里的大石块在等着他——除非吴世安永远不来新疆，否则肯定在劫难逃。

这么做还有一个好处，万一孟得贵那厮贼心不死，日后仍想回野鬼沟去寻找财宝的蛛丝马迹，那也很好，找到此图算他的“造化”，一样可以将其砸死在金窝子里。

返回吉木萨尔的途中，仍要穿越古尔班通古特沙漠，到时候只需稍微绕一些路便可经过野鬼沟，在那儿做些记号并留下去喀纳斯的地图即可。问题是，该如何让吴世安得到另半份地图呢？

要完成这桩复仇的心愿，唯一的办法，只有使用苦肉计。

剥皮！

回到鄯善去，去找那位医术高强的维医，等自己自尽后请他帮忙将后背上的那一整块皮肤完整地剥下来，然后由劳达才带回西安去。接下来的事情就好办了，可以让劳达才去找自己在军中的拜把子兄弟石月樵——十二军特务团副官。

由石月樵出面去上海的报纸上刊登广告，以天文数字般的标价出让这半幅地图，这样势必引起收藏界的好奇和议论，甚至是笑话。此时外行看热闹，内行看门道，唯一的知情人吴世安必定上钩。

齐松龄请求韦家兄弟，请他们在离开白哈巴之前再帮自己一个忙，把金窝子里的那个机关重新搭设起来，使其成为吴世安或孟得贵的坟墓。韦家兄弟劝解了一番，看齐松龄决心很大，只得同意照做，忙叫来孟克布仁一同进山，在金窝子里忙了小半天，把致命的机关按原样复原。

机关的构造很简单，只要把圆木和顶棚重新支撑起来，再将石块小心翼翼地搬至棚顶，最后在陷阱表面铺以细树枝和草皮、碎石伪装即可。

齐松龄行走在金窝子的四周，随手画下了一张详细的路线图，并在反面附上比较详细的文字解释。

这张图，将在返回的途中藏到野鬼沟去。可以想见，异日吴世安或孟得贵找到此图后必定大喜过望，以为自己离财宝又近了一步，殊不知等待他们的将是死神的狞笑。

腿伤一天比一天严重，看上去胀鼓鼓、油亮亮的完全发了黑，而且还会让人浑身发烧。韦家兄弟商量说，不能再拖了，得赶紧出山。

告别了孟克布仁和众多相熟的图瓦朋友，韦家兄弟的驼队慢慢走出了美丽而宁静的白哈巴。齐松龄趴在驼背上颠簸摇晃，尽管沐浴着夏季的阳光，身上却依然觉得一阵阵发冷。

走的路线与来的时候一模一样，过喀斯克尔苏以后，韦家兄弟不厌其烦地绕了一些路，去野鬼沟藏下了那份寻宝图，并做好显眼的标记，随后加快行进速度，一鼓作气回到吉木萨尔。

一路艰辛自不必说，关键是齐松龄身体发烧的现象越来越严重，成天迷迷糊糊地连说话的力气都没有，得靠绳子绑在驼背上才能坐稳。

吉木萨尔虽然要比布尔津大一些，但同样找不到能医腿伤的郎中。韦家兄弟急得团团转，合计说，要不就按齐松龄所说的做，送到鄯善去找那位手段高明的维医碰碰运气吧。

来到鄯善，仍然住进老相识的丰裕客栈，劳达才见了奄奄一息的齐松龄十分伤心，赶紧跑去将那位维医请了过来。

维医检查之后同样束手无策，整条伤腿瘀血肿胀，连大腿根部都发了黑，摸上去冰凉冰凉，足背上连脉搏都摸不到了。维医遗憾地说："关键是日子拖得太久，绝无康复的可能。唯一值得庆幸的是当时穿着厚厚的皮裤，石头未曾压破皮肤，否则早就溃烂开来殃及性命，绝不可能拖到今天。"

齐松龄咬着牙问能不能截肢，维医依然摇头，说自己只帮冻伤的人截过脚趾，而整条大腿就没那么简单了，血管经络错综复杂，哪敢随便乱动?

韦大宝又问：“要是送到迪化去有没有办法？”

客栈主人抢着说：“这阵子肯定去不成，因为眼下军阀马仲英在肃州一带集结部队，扬言要在三个月内打败金树仁，迪化城壁垒森严，早已断绝一切对外交通。”

“你们俩……赶紧……赶紧回吉木萨尔去吧，不要……管我了。”齐松龄吃力地对韦家兄弟说道。

“不行，不能扔下你不管。”韦大宝眼中含泪。

“好兄弟……”齐松龄拉着韦大宝的手再也说不出话来。

熬过一夜，喝了些维医调制的药汁，齐松龄清醒了一点，情知生命正在点点滴滴地离自己而去，赶紧开始安排自己的后事。

首先是分配寄存在客栈主人那儿的两百多块银元，分出一半来赠送给韦家兄弟。

“不行，咱们兄弟共处半年，靠的是缘分，怎么能收钱呢？”韦大宝一口拒绝。

“不是收钱不收钱，而是这钱对我来说已经没有任何用处，难道还能白扔了？”齐松龄艰难地笑道，“再说，我还弄丢了孟克布仁的一匹好马，你们帮我赔给他吧。其他帮我出过力的图瓦朋友，也替我报答一下。”

这么一说，韦大宝只能收下。

其次是恪守诺言，给苦命的劳达才赎身。这笔钱其实不多，满打满算也就三四十块银元。

还剩一百出头的银元，齐松龄暂时没说怎么安排，但提出的最后一个要求却让人大吃一惊。

“把那位维医请来，请他把我后背上的皮剥下来！”齐松龄的语气十分平静。

第十三章　镜花水月

可叹齐松龄，其一生就是一个悲剧，出生入死，历经磨难，尝尽了人间的艰辛而魂断西域。更让人扼腕叹息的是：当年的仇恨、宿怨和诅咒，最终竟会投射在自己的后代身上——曾祖父居然亲手设计要了曾孙的性命，而这一宿命的结局，在80年前就已暗暗注定。

1　空空如也

如何处理齐飞雨的尸体，成了一个无法回避的难题。

搬去了所有的石块，大家这才看清，齐飞雨实际上是踩着了陷阱。虽然陷阱很浅，本身并不致命，但会引起数根起支撑作用的圆木倾倒，而圆木的顶端，支撑着一块用白桦木扎成的木排，犹如一层凌空的“顶棚”，上面堆放着大量的石块——任何闯入洞窟的人只要踩陷地面，马上就会引起支柱倾斜，顶棚便会瞬间坍塌，石块随之砸向地面。

所幸致命的机关只有这一处。

更令人欲哭无泪的是，洞窟内空空如也，除了乱石还是乱石，哪里有什么宝藏的踪影！

坑道并不深，王老急一路咒骂着一路搜寻，但一直走到尽头也没发现任何蛛丝马迹。

“这玩笑开大了……”九零后也像掐了头的苍蝇一样到处寻找。

“检查每一道石头缝，注意听声音。”王老急还不死心，拿着一块拳头大的石头在石壁上东敲西打，细听有没有空洞声。

“别找了！”谷宇清垂头丧气地劝王老急，“既然搭着机关，那就意味着根本不想让人找到，唯一的目的是要置人于死地。”

“想要谁的命？”王老急傻乎乎地问。

“天晓得想要谁的命……”谷宇清摇头道，“反正就是咱们都被耍了，完全是竹篮打水一场空啊！”

希望如肥皂泡一样瞬间破裂，而且这还不是最糟的一点，更棘手的是齐飞雨的后事该如何料理。谷宇清想来想去，觉得还是将这只烫手山芋扔给那几名跟班小弟去处理为上策。

“咱们走。”谷宇清一把拉住心有不甘的王老急，快步走出洞窟。

“再找找吧……”王老急还是舍不得放弃。

“找什么找，你还嫌麻烦不够大？”谷宇清没好气地呵斥道，手一指被绑的钟文沛，“赶紧松绑，离开这里。”

王老急拿出小刀，极不情愿地为钟文沛松绑，谷宇清也为钟小彤解开了尼龙绳。

“里面到底发生什么事情了？”钟文沛似乎还不太相信齐飞雨的死讯。

“你自己进去看看吧。”谷宇清说道。

钟文沛进洞去转了一圈，很快便出来了，脸色灰白如纸，只不过手上却拎着那支从齐飞雨身上找回来的手枪。

三个束手无策的跟班小弟也跟了出来，哭丧着脸围在一起继续商量如何料理后事。

“咱们怎么办？”钟文沛看上去比王老急还要不愿离去，“就这么回去？”

“还能怎么样？”谷宇清没好气地哼道，“再说了，要是天黑以前还不回到村子里去，蔡牛一个电话报案，那就谁也脱不开身了。”

“就这么空手回去？”钟文沛的话与其说是在问别人，还不如说是在问自己。

“你要是实在不死心，就留在这里继续寻找吧。”王老急哼哼道。

“那行吧，回去吧，赶紧离开这个鬼地方。”钟文沛对钟小彤说道，想了想又对谷宇清说，“这样吧，我把你们送到阿勒泰机场，你们仨搭飞机走，我们俩把车开回去。”

“行，到机场后咱们分道扬镳。”谷宇清觉得这主意不错，不由自主地看了钟小彤一眼，“等回到上海以后再联系吧。”

“戏都落幕了，还有什么可联系的。”钟文沛不以为然地说道。

“再说吧。”钟小彤对谷宇清轻声说道。

谷宇清心里一阵空落。这话也许可以视作话里有话，就像一阵轻风吹去浮尘，让他的心里稍许轻松了一些。

回到上海后重新找份工作，老老实实过那规规矩矩的良民生活吧，再也别跟那些违法乱纪的事情扯上关系了。通过这些日子的了解，可以很清楚地看到，钟文沛这人不是什么好东西，至少也属于心术不正。而钟小彤总的来说还算不错，以后要不要继续发展那半真半假、捉摸不透的“恋爱关系”呢……

“你们商量好了吗？”王老急扯着嗓子问那三个跟班小弟，“我们可得先走一步了，你们慢慢拿主意吧。”

三个跟班没工夫搭理王老急，一直在讨论到底该将尸体如何处置的问题。

九零后一开始提议报警，但被韭芽一脚踢得差点摔倒。马桶盖说：“要不挖个坑就地掩埋吧。”可是周遭看了一圈，这里除了石头还是石头，土层极薄，在没有工具的前提下根本不可能挖出坑来。

最后韭芽建议说：“人都死了，再整那些没用的毫无意义，不如干脆把尸体留在洞中，让整个山洞成为坟墓。”

“咱们走，随他们怎么折腾吧。”钟文沛脸上的表情极其复杂，既有点失望，又有点幸灾乐祸。

“慢，钟哥，把枪给我。”临行之前，谷宇清突然朝钟文沛伸出手来。

“干什么？”钟文沛本能地警觉起来。

“麻烦已经够多的了，我不想再为这块铁疙瘩惹上麻烦。”谷宇清耐心地解释道，“你从这儿开车回上海，少说也有五六千公里的路，那么长的路程得过多少关卡？这玩意儿带在身上早晚是个祸根，要是出了事，肯定会把大家全部牵连进去。再说，现在有没有枪还有意义吗？”

“嗯，这话也有道理。”钟文沛当然清楚后果，只得极不情愿地交出手枪，“你怎么处理这玩意儿？”

“你把子弹退出来。”谷宇清道。

钟文沛只能照做。

“小谷，你的意思是把枪扔掉？”王老急突然问道。

“对。”谷宇清点点头。

“唉，这辈子还没摸过真枪，既然都要扔了，让我玩几下过把瘾吧？”王老急央求道。

“你小子还有这闲心。”钟文沛苦笑着把枪和子弹拍到王老急手中，“给，玩去吧！”

“这玩意儿怎么弄？”王老急摆弄了一下手枪不得要领。

“瞧仔细了……”钟文沛又将枪和子弹拿回去做起了示范，“装子弹，上弹夹，拉保险……”

“让我试试。”王老急又将枪拿回来再次摆弄，“挺简单嘛，就这么几下而已。”

“好啦，别玩啦，小心走火。”钟文沛警告道。

“好，好，不玩了。”王老急学着样卸下弹夹，将枪和子弹一并交给谷宇清。

谷宇清接过枪和子弹，当着那些跟班小弟的面挥动手臂，使劲将沉甸甸的手枪扔向茂密的白桦林，然后又换了一个方向，将所有的子弹扔入溪流。

“可惜了。”王老急一脸惋惜。

“看到没有？”谷宇清大声喊向看得目瞪口呆的跟班小弟们，“枪和子弹都扔了，咱们这边啥事没有，大家就当从没认识过吧。”

“没错，就当什么事情都没发生过，这样对大家都有好处。”钟文沛也说。

“走吧，蔡牛该等急了。”王老急催促道。

大家抬腿离开，留下依然没商量出结果来的跟班们像木头桩子一样竖立在原地，眼巴巴地看着众人离去的背影发呆。

原路返回，但速度比来的时候慢了不少。

大概十几分钟之后，还没走出多远，王老急突然站住了脚，一拍脑袋。

“又怎么了？”谷宇清吓了一跳。

“忘了一件事，你和蔡牛的手机还在他们手里，刚才忘记要回来了。”王老急对谷宇清说。

“还真是忘了。”谷宇清也记了起来，“蔡牛的手机里据说存着不少买都买不到的好书，对他来说那可是无价之宝。”

“咱们三个现在都没手机，太不方便了，还是去要回来吧。”王老急掉头快步跑去，“我去跑一趟，你们只管慢慢往前走，一会儿我自会跟上来。”

“咱们继续走吧，别耽误时间。”钟文沛说道。

王老急的腿脚确实麻利，这边还没翻过小山坡，他已经气喘吁吁地追上来了，手里拿着谷宇清和蔡牛的手机。

穿过一片又一片的密林，傍晚时分，终于回到村子里。

蔡牛待在客栈的房间里缝好背包等了老半天，早已心急如焚，像热锅上的蚂蚁一样团团打转。

“要是再过一个钟头不回来，我这边说不定就把电话拨出去了！”蔡牛刚刚松了一口气，马上又觉察到了异常，“怎么都空着手？”

“镜花水月，一场空啊！”谷宇清一声长叹。

“啥意思？”蔡牛眼都瞪圆了，“齐飞雨他们几个呢？”

“齐飞雨死了。”王老急压低嗓音说道。

“死了？”蔡牛惊叫起来。

“轻点！”王老急马上给了蔡牛一脚，“想让全世界都知道？”

“开玩笑吧？”蔡牛无论如何不敢相信。

“没开玩笑，是真的。”谷宇清一屁股瘫坐在床铺上。

王老急简短地叙述了一下刚才发生的事情，听得蔡牛立马慌了手脚，连说还是赶紧收拾东西走人吧，留在这里夜长梦多，只会受到牵连。

“一天没吃东西，早饿坏了，还是先吃点东西吧。”钟文沛还算镇静。

晚饭是美味的羊肉抓饭，大家虽然饥肠辘辘，但依然没什么胃口，匆匆忙忙吃完，立即结账、退房。

“这么晚了怎么还退房？”客栈老板有些奇怪。

“家里有点急事得赶回去。”谷宇清随口应付道，“准备今天赶到阿勒泰机场，明天一早坐飞机走。”

黄昏时分，夕阳照耀下的村落分外美丽，摄影爱好者们尤其忙碌，到处抓拍这动人的时刻。钟文沛却发动汽车，满载着失望、惊恐和忧虑，快速驶出了村口。

“去哪里过夜呢？”坐在后座的蔡牛问钟文沛。

“过什么夜，先离开这里，离得越远越好。”钟文沛没好气地答道，“先去机场看看再说。”

“对，离得越远越好！”谷宇清表示赞同，“现在还不知道那三个小子怎么处理齐飞雨的尸体，要是选择报警，我们肯定脱不了干系。”

“就是！”钟文沛点点头，“虽然那是齐飞雨自己撞上的事故，任何人都没有责任，可警察调查起来就不会这么说了。”

“我估摸着，那仨小子也不会自找麻烦……”王老急说道，“最后肯定是把尸首扔在原地，顶多把洞口重新遮盖起来算是交待。”

“人一走茶就凉，别说是命已归天……”钟文沛说道，“流氓就爱假仗义，哪有那么多的义薄云天。再说也是条件限制，没法挖坑掩埋，所以最好的办法只能是让整个洞穴成为坟墓。”

这么一说，大家的心情不免更加沉重。

黄昏时分的道路很空，钟文沛一口气开出两百多公里，始终保持着较快的速度。

车过布尔津，天已经完全黑了下来。

“钟哥，要不要换我来开？”谷宇清问。

“还是我来吧，这车你不熟，路况也不熟，半道上别出点岔子。”钟文沛想了想没同意，“车无所谓，就怕搞出碰碰擦擦的事故把警察招来。”

这话也有道理，这种公路上开夜车和城市里不一样，路边完全没有照明，窗外只有浓稠的黑暗，没走过这种夜路的人还真不习惯。钟文沛将车从上海开进新疆，其间也曾赶过夜路，多少已经有了一些经验。

车过阿拉哈克乡，钟文沛下车稍作休息，抽了根烟提提神，随后朝阿勒泰市方向继续前进。

道路上虽然没有白天那么繁忙，但来往车辆还是很多，而且许多都是加长货车，全都开着明晃晃的大灯，喇叭按响后惊天动地。

听着发动机单调的嗡嗡声，坐在副驾驶座位上的钟小彤第一个打起了瞌睡，其他人受到感染，也开始东倒西歪。

“喂，别打瞌睡啊！”钟文沛回头叫道，“陪我说说话，我要是一打瞌睡就完蛋了。”

“钟哥，这齐飞雨到底是什么人呢？”谷宇清坐直了身体问道，“我看不单是装修公司的老板这么简单，难道真是齐松龄的后代？”

“是啊，都姓齐，哪有那么巧的事情？”王老急也学会了分析。

实际上，谷宇清已经不是第一次打听这件事了，但钟文沛每次都是顾左右而言他，迅速把话题扯开。

“没错，你们猜对了！”钟文沛这次回答得十分爽快，“据齐飞雨自己说，他是齐松龄的第四代后人。”

“齐松龄在新疆遭了许多罪，最后还客死他乡，命运确实悲惨。”钟小彤低声说道。

“你们怎么知道的？”谷宇清问。

“齐飞雨自己说出来的，这是他们家代代相传的家事。”钟小彤答道。

“那么，洞里的机关到底是谁搭建的呢？”蔡牛自言自语道。

“还能是谁，肯定是齐松龄本人呗。”王老急道。

“这可太有意思了，齐松龄亲手害死了自己的后代，而且是在七八十年前下的手。”谷宇清叫了起来，“我明白了，齐松龄一心想向吴世安报仇雪恨，所以才想了那么多的办法，意在将吴世安一步步骗到喀纳斯去，所以才有了火焰山中的那封信和野鬼沟中的那张图。”

这么一归纳，确实让人心里不好受。

可叹齐松龄，其一生就是一个悲剧，出生入死，历经磨难，尝尽了人间的艰辛而魂断西域。更让人扼腕叹息的是：当年的仇恨、宿怨和诅咒，最终竟会投射在自己的后代身上——曾祖父居然亲手设计要了曾孙的性命，而这一宿命的结局，在 80 年前就已暗暗注定。

“都是贪欲惹的祸啊！”谷宇清感叹不已，“就说咱们几个吧，要是没有贪欲，恐怕也不会来到这里，上这么大一个当。”

“人的一生啊，就是一个追求财富的过程，随时得与欲望进行斗争，而贪欲永远都难以战胜！”文艺青年也长吁短叹着进行总结和反省，“这人为财死、鸟为食亡的魔咒，何日才能得到破解啊！”

“那么，你们和齐飞雨又是如何认识的呢？”谷宇清又想到了另外一个问题。

“是啊，齐松龄和吴世安这一对仇家的后人，究竟是怎么联系上的呢？”蔡牛也来了浓厚的兴趣。

“通过网络。”钟小彤答道，说罢看了兄长一眼，似乎是在征询意见。

“没关系，说吧……”钟文沛笑着说道，“事情已经结束了，再藏着掖着还有什么意义。”

“我倒是比较关心齐松龄最后到底是怎么死的、死在哪里的。”蔡牛抢着说道，“先说说这个吧。”

“齐松龄死在鄯善……”钟小彤开始讲故事。

2　宿命

鄯善将是自己的安息之地——这一点齐松龄心里十分清楚。

按齐松龄的设想，起先是指望维医给自己配制一服毒药，服下后可以早日解脱那几乎无法忍受的痛楚，等断气之后旋即让维医将后背上的皮剥下来。

鄯善城内别的没有，鞣制皮革的皮匠多得很，用石灰和芒硝加工一下十分方便。

但是，维医说什么也不肯答应。

劳达才没日没夜地陪伴在齐松龄的床边，端屎端尿、送水喂药，像儿子一样尽心尽力。韦家兄弟看在眼里连夸劳达才是好样的，懂得知恩必报的道理，建议齐松龄干脆将这小鬼收为义子。

“干大。”劳达才毫不含糊，马上双膝跪下。

“别，别！”齐松龄连忙阻止，“我已经是快死的人了，还能做什么干大。不过……”

“不过什么？”韦大宝忙问。

齐松龄显得有些为难。

“是不是想让这小鬼做女婿？”还是韦二宝机灵，马上猜出了齐松龄内心的想法。

齐松龄不置可否，慢吞吞地说开了自己的往事，从当年在西安老家时18岁成亲、19岁生下女儿小莲说起，再说到考入保定陆军讲武堂，后来一直跟着孙殿英东奔西忙，连父母妻女的面都没见过几次。如今算起来，小莲的年纪应该跟劳达才差不多大，按乡下的习俗也该谈婚论嫁了。

可穷人家的女儿有一个麻烦：嫁给差劲的人家吧，肯定是终身受苦；嫁给富裕点的人家吧，又免不得受人欺负。这些日子里，齐松龄最放心不下的就是小莲。家里全是老人和女人，日后总得有根顶梁柱啊，要是劳达才这小鬼日后能做自己的女婿，那真是一桩天大的好事，自己的眼也能闭上了。

说句大实话，这样的想法其实也不是今天才有，上次来鄯善的时候就这么想过，本来一直打算等事情办完后带着这孩子一起回家，可现在……

“小鬼，有这样的好事，还不赶紧叫大？”韦大宝明白过来后当然要力促此事，“你想啊，现成的媳妇，这样的好事去哪儿找？”

“不，不，不要勉强孩子！”齐松龄朝韦大宝摇摇手，看着劳达才说道，“孩子，等我死后，你先去我家里看看，把剩下来的这些钱带给他们。小莲的事，你相得中最好，相不中也不打紧……然后，再帮我做一件事……”

“大，你说啥我都答应！”劳达才哭着叫道，随即磕了三个响头。

“好样的，大没看错你。”齐松龄也改了口。

“齐老弟，你还是再熬一熬吧，咱们兄弟俩送你回口里去。”韦大宝建议道。

“是啊，回西安去，腿留不住了，命还能保下来。”韦二宝叫道。

“不用了，搞成这副模样，除了丢人现眼，没有别的好处，搞不好还给家里人带来危险。”齐松龄悲叹道，“这半年多里边，我给你们兄弟俩带来了多少麻烦，哪能再拖累你们。”

“说啥话呢，你不是也救过我？”韦二宝说道，“要是你带着那笔钱远走高飞，老毛子肯定对我下毒手。”

齐松龄已经没有力气谈论这些话题。

药还在不停地喝，效果多少有一点，至少能让齐松龄保持最后的一丝体力。趁着脑子清醒，他要来纸和笔，一口气写下了三封信。

第一封是留给吴世安的。为了增强可信度，还在银箱里找到一本吴世安遗留下来的“和合版《圣经》”，对照着用密码的方式留下前往野鬼沟的路线。写罢，让劳达才骑马去了一趟火焰山，放入胜金峰下的藏宝洞。

第二封信是留给家中老父的。说自己是个不孝的儿子、不着家的丈夫、不称职的父亲，随后提及了一些不能回家的原因，但重点在于说明劳达才的身份和来历，希望家中能够接纳这个苦命的孩子。

第三封信是写给军中的把兄弟石月樵。粗略说了下自己去新疆的缘由，以及人皮地图的重要性，要其帮忙在南北多地的报纸上刊登广告，辅以清晰的照片，以10万大洋的天价出让此物——意在引起轰动，吸引众人视线，并非真值这么多钱。但自有识货的朋友知悉地图的价值，如果有人前来接洽，可当面商量价格，酌情收取一笔款子，比方说500、1000大洋均可，而这笔钱财全部归石月樵所有。

劳达才不认识字，但对于齐松龄与吴世安的恩怨早就了解，从韦家兄弟的口中，又明白了一些后来在布尔津所发生的事。但是，无论是齐松龄本人，还是韦家兄弟，全都未曾提过野鬼沟里的地图和喀纳斯金窝子里的机关——这一点至关重要。

身后事全部交代完毕，齐松龄彻底放下心来。

一个刮着大风的夜晚，韦家兄弟跟客栈主人喝酒聊事，打听近期有没有商队从鄯善去往口里。劳达才则在厨房里看守灶上熬着的药罐，猛听得客房里一声枪响，赶过去一看，顿时傻了眼。

齐松龄躺在血泊之中，右手紧握着手枪，枪口正对着自己的脑袋。

根据齐松龄再三叮嘱的遗愿，后背上的皮被剥了下来。

丧事由韦家兄弟一手操办，劳达才像真正的儿子一样披麻戴孝，将齐松龄的棺木送入城外一块汉人的墓地。

三天过后，恰好有一支商队要回宁夏去，愿意带着劳达才一起走。韦家兄弟拿出齐松龄所赠的那100块银元，一股脑儿全部交给劳达才，让其带到西安去留给齐松龄的父母。

淳朴而善良的韦家兄弟收拾行李返回吉木萨尔，劳达才则眼泪汪汪地踏上了东归的路途。

鄯善至宁夏的道路走得十分艰辛，所幸一路上并未遇到兵与匪。劳达才携带的银元装在一只不起眼的藤箱里，外面裹以破旧的棉被，谁都猜不到一个半大小子竟会随身携带这么多的钱。

到了宁夏便轻松了不少，劳达才告别商队坐上了汽车，顺着“包宁公路”一口气来到包头。

这条回归的路线，是齐松龄生前为劳达才制定的。按原计划，到包头后应该坐火车先到北平，兜一个圈子再去西安，但劳达才从没坐过火车，搞不清是怎么一回事，而且听人说可以坐汽车经太原直接去西安，所以最后搭上了包头到太原的班车。

运气十分好，一路辗转来到西安，什么意外都没发生。

齐松龄的家位于西安近郊的齐家寨，父母六十来岁，身体还很硬朗；齐妻长相平常，但为人贤惠本分；女儿小莲年纪比劳达才稍小，还未说下人家。

齐家人守着一些祖上传下来的薄产度日，日子虽然过得清苦、拮据，但一家老小和和美美、与世无争。

听到齐松龄的死讯，一家子自然悲痛欲绝。劳达才交出带来的信和银元，就此在齐家落下了根。

劳达才为人敦厚老实，手脚特别勤快，到齐家后恰遇农忙季节，他卷起袖子就下地，天天起早贪黑地干活，出的汗水比雇来的短工都多。齐家人看在眼里无不喜欢，这样守诚信、重情义的孩子上哪里去找？

农忙过后，劳达才再次打点行装出了门。这次要去完成的是齐松龄临终前的最后一项重托——到山西晋城去寻找石月樵。

劳达才一路奔波来到晋城，本想将齐松龄的亲笔信和人皮地图交给石月樵，由其安排去报纸上刊登广告一事，可到驻地一问立即傻了眼：石月樵早在安徽亳州的时候就战死了。

劳达才大字不识一个，也不明白信上到底说了些啥，又不敢随便问人，最后只能不知所措地回到西安。

这事没有办好，劳达才一直耿耿于怀。齐家人反倒劝道，这是没有办法的事情，办不成只能作罢，兴许，办成了反有祸事，办不成却不算坏事呢。

三年以后，劳达才和小莲成了亲。婚后，小莲生下一子，劳达才坚持儿子应该姓齐，最后取名为齐劳。

时光飞逝，世事终究会慢慢沉淀。

人皮地图始终留在劳达才的手中，但财富的故事还是流传了下来。齐劳长大以后像父亲一样老实本分，解放后念了一些书进城去当工人，压根儿就没把人皮地图的事情当真。

再后来，齐劳自然也得结婚，很快便如愿以偿地生下了一个儿子，取名为齐跃进。劳达才一直活到了上世纪70年代末，在家中寿终正寝。

齐跃进这个孩子可不像父亲和祖父那么老实本分，而是打小就调皮捣蛋，天生的胆大妄为。到了改革开放的年代，早早地学着开店做生意，很快便跻身于“万元户”的行列，成天惦记着进货出货，对家里那点陈芝麻烂谷子的事丝毫不感兴趣。

齐跃进的儿子比老子还要厉害，从不好好念书，成天打架滋事，还未成年就进了一回少管所。街坊邻居们都说，这小家伙是个讨债鬼，齐家人的苦日子还在后头。

这个小家伙就是齐飞雨。

街坊邻居们的预言显然不够灵验，成年后的齐飞雨混迹在社会上，不知怎么搞的，三来二去竟然结识了一伙盗墓贼，有滋有味干起了驾枯票的营生。说起来也真点不可思议，尽管当中有过脱节，但盗墓世家的后人，依然阴差阳错走上了祖辈曾经走过的道路，真不知道这是不是就是传说中的宿命？

断断续续的盗墓生涯令齐飞雨发了些财，但是，近年从事这一行当的人越来越多，而古墓不是地里割了一茬又长一茬的韭菜，再加上非法行当总有一天要翻船，所以，渐渐地便感到了前途渺茫。此时，齐飞雨当机立断来了个脑筋急转弯，将目光投向了方兴未艾的房地产市场。

齐飞雨脑子活、胆子大，手上又有盗墓所得的原始积累，于是奋力进军房地产行业，从建筑工地的包工头做起，一步步积蓄实力和人脉，最后竟创办了一家颇具规模的装修公司，令所有人刮目相看。

建筑业突飞猛进的年代里，干装修的企业想不发财都难。齐飞雨有了几千万的身价，开始眼红上游企业大把捞钱的方式，于是跟人合伙拿下一块地皮，试着开发自己的楼盘。但是，不搞不知道，一搞吓一跳，房地产玩的就是资金链，一旦宏观上来个伤风、微观上来个感冒，立马就能让你摔个四脚朝天。

冷空气来袭，资金链断裂，公司账面上的数据立即大幅缩水，虽然还未到人仰马翻的地步，但要是拿不出有效的补救措施来，后果绝对不容乐观。齐飞雨走投无路，突然想起了家里的那张人皮地图。

老故事未必是真，但又未必是假，万一真有一点影子，那可是难得的救命稻草。

齐飞雨请来几位拍卖行里最专业的鉴定师和验皮师，仔细鉴定后得出的结论是：虽然无法肯定是不是人皮，但绝对不是常见的动物皮，甚至可以这么说，这辈子都没见过这样的东西。

这就让人来了兴致，难道说，故事不仅仅是故事?

抱着试试看的态度，齐飞雨开始上网寻找各种收藏论坛，注册后一口气发出多个转让那半张人皮地图的帖子，配以数码相机拍摄的图片——一张模糊的全景加一张清晰的局部，并标价 500 万。

帖子受到了网友们无情的嘲笑，时间一天天地过去，齐飞雨开始心灰意冷。

但是，某一天夜间，齐飞雨正在电脑前呆坐着喝茶听歌，屏幕上 QQ 的图标突然闪动起来。点开一看，是一位陌生人请求加为好友，加进来一看，IP 地址显示为上海。齐飞雨浑身一震，预感到可能有不寻常的事情将要发生，毒蛇终于出洞了。

双方的交谈极为谨慎，与其说是谈生意，不如说是互相揣摩对方的身份和用意。齐飞雨谎称自己是个在工地上干活的民工，某天在拆迁工地上用挖掘机挖地时找到一只铁盒，里边装有这份地图，由于实在无聊，所以在网吧里上网发了些帖子，标价 500 万纯属恶作剧而已。

上海方面自称是位收藏家，而收藏的意义在于“世界上不存在垃圾”，所以为了满足一下好奇心，愿意出价 2000 元收购。

齐飞雨心中狂喜，没跑了，这家伙肯定就是吴世安的后人，而且手中准掌握着确凿的寻宝线索，否则谁会为了一块来路不明的破皮子花2000元?

于是齐飞雨继续装傻，讨价还价说：“要不这样，邮寄容易丢失，不如你付 3000 元，我帮你送到上海去。”

对方一口答应。

齐飞雨带着三个小弟飞往上海，在人民广场的花坛边，双方正式见上了面。

买家就是钟文沛，一见到齐飞雨，马上就明白自己上了当。卖家齐飞雨转眼变成了买家，反而愿意以 10 万元的价格收购钟文沛手上的另半份地图。

双方都是聪明人，更明白对方不是傻瓜，于是干脆把事情摊开来商量，谋求双方合作寻宝的可能性。钟文沛提出一个平分所得利益的方案，但齐飞雨并不同意，谈了几次毫无结果，最后依然是不欢而散。

麻烦由此开始。

齐飞雨哪是肯吃亏的人，再加上手下的小弟又十分能干，于是骗不到就偷，偷不到又抢，哪怕是杀人放火也在所不惜。

还好钟文沛早有防备，竟然出奇招躲进了看守所。越是这样，齐飞雨信心越足，而且小弟们很快又查到了另一条线索：钟文沛还有一个妹妹名叫钟小彤!

这样事情就简单了，只要盯住钟小彤就行，钟文沛还能在看守所里待一辈子?

可是，谁也没料到，中途又杀出了一个普通青年谷宇清、一个文艺青年蔡牛、一个二愣青年王老急……

第十四章　因祸得福

在中原地带找墓，靠的是风水堪舆和辨山识川、相土尝水的基本功，但是这套本领在阿尔泰山中却派不上多少用场。更主要的是，大山面积广阔，地形复杂，想靠两条腿去踏勘的话简直是不可能的事，大吉大利与时俱进，将目光转到了现代科技手段之上。

1　车祸

“我觉得吧，回上海还是坐火车算了。”去机场的路上，王老急突然开口跟谷宇清和蔡牛商量，“稍微多花点时间罢了，钱倒能省下不少，咱们还是直奔乌鲁木齐吧。”

“没事，我身上还有钱，还是坐飞机吧。”谷宇清说道。

“不是这意思……我就是不喜欢坐飞机。”王老急吞吞吐吐地说道。

“还是快点回家吧！”蔡牛也表了态，“我身上还有点私房钱，不用担心。”

“真不是钱的事……”王老急没法再反对，但欲言又止。

钟文沛和钟小彤不参与这一讨论，车辆朝着阿勒泰市奔驰。

谷宇清开始觉得奇怪：王老急今天怎么回事，怎么一说坐飞机就心事重重的样子？

赶到机场一问，发现阿勒泰机场规模极小，根本无法直飞上海，只有每天上午一班通过乌鲁木齐中转的航班。

“那就买明天上午的票吧，今晚就在机场打个盹算了。”钟文沛提议道。

“不行，这种中转航班太耗时间！”王老急又开始表示反对，理由更加充足，“你看，上午十点起飞，一小时后到乌鲁木齐，然后得等到晚上七点再起飞，到上海都半夜了。还不如直接到乌鲁木齐去上飞机，或者干脆坐火车，票价还能便宜点。”

“没事，机票由我来买，我也坐飞机走。”钟小彤突然说道，“这次让大家空手而归，当中还出了那么一档子事，我确实挺不好意思的，就算表示一下歉意吧。”

“你怎么不跟我一起走？”钟文沛一愣。

“我跟他们一起走。”钟小彤答道。

谷宇清注意到，钟小彤说这话时的眼神和语气有些特别，隐隐流露出对钟文沛的冷淡、不满，甚至是厌恶。

“行吧，随你便吧。”看得出钟文沛有些恼火。

“那好，我去买机票。”钟小彤打算掏钱包。

“不是钱的问题，不用你买。”王老急却认了真，一把拉住钟小彤，“我的意思是，一晚上耗在这里太难受了，明天还得在乌鲁木齐的机场再耗大半天，还不如同车去乌鲁木齐，一路上大家还能聊天解闷。”

“随便，你们自己决定，对我来说，反正也是顺道。”钟文沛无所谓。

“行，那就去乌鲁木齐。”王老急态度十分坚决。

谷宇清更加奇怪了：王老急这是怎么了，按其脾气来说，不至于真是算计那几个钱啊，到底是什么原因呢？难道是有着某种难以言说的隐衷，或是暗打着什么算盘？

出机场的时候，钟文沛顺便找了个保安问路，询问有没有近道——不然的话得先走北屯镇绕一个直角 90 度的圈子。保安是本地人，对道路自然比较熟悉，出主意说，要想少绕一个圈子的话，可以顺着 230 省道走，到萨尔布拉克再转乡道，从斜刺里驶上 216 国道。

省道虽然窄了一些，但依然是平坦的柏油路。车过萨尔布拉克后转入乡道，路况就比较差劲了，宽度约在三四米间，由于柏油铺得较薄，路面未免不够平整，车辆也就颠簸得比较厉害。

“过十二点了吧？”钟文沛打着哈欠问。

“早过了。”钟小彤摸出手机看了一眼，“都快两点了。”

“钟哥，要不你歇会儿吧，我来开一段路。”谷宇清提议道，“你看这大半夜的路上一辆车也没有，我开慢点绝对没事。”

“好，你来开吧。”钟文沛答应道，“开了这老半天，我的腰和脖子都快断了。”

俩人对调座位，谷宇清小心翼翼地开始驾驶。

四周一片漆黑，路又颠簸不平，再加上车速明显放慢，后座上的王老急第一个打起了呼噜。

被这高一声低一声的呼噜感染，钟文沛和蔡牛也歪着脑袋开始迷糊。

谷宇清没多久便熟悉了车辆的特性，车速不知不觉间快了起来。

“当心！”钟小彤突然提醒道，“对面来车了。”

前方突然出现了一道光亮，应该是一辆摩托车正在驶来。

谷宇清一面减速一面靠右，同时关闭远光灯准备会车。

空旷地带的那种浓黑真让人不习惯，灯光照射出去显得有气无力，像水被海绵吸干了一样迅速衰减，只剩下眼前那一小团光晕，稍远处依然是无边无际的漆黑。

更讨厌的是对面那辆摩托车依旧打着远光灯，而且前进的速度还不慢。

“缺德鬼，也不知道变光。”谷宇清低声骂了一句。

话音未落，两车已经接近，谷宇清定睛一看，一颗心马上堵到了嗓子眼：黑暗中冒出的是一道灰白色的影子，像一堵墙一样挡住了去路——哪里是什么摩托车，而是一辆半旧的面包车！

这辆该死的车简直太坑人了：左侧的大灯坏了，所以远看会被误认为是摩托车。更可恨的是，驾驶员会车时除了不变光、不减速，甚至丝毫不知靠右避让，如同根本没有看到前方来车一样。

这一瞬间，谷宇清虽然已经观察到异常，并且迅速采取减速、靠边的措施，无奈第一次接触这辆劲力十足的越野车，尚未形成人车一体的“车感”，动作还是慢了一拍。更麻烦的是对方似乎也开始手忙脚乱，车头莫名其妙地扭了一下，竟然不偏不倚地一头撞来。

“咣当”一声巨响，两车结结实实撞在了一起。

越野车的气囊全部打了开来，可见撞击的力度非同小可，好在没人受伤——前座的谷宇清和钟小彤全系着安全带，只有坐在后座中间位置的王老急，鼻子被碰破后脸上鲜血淋漓。再看车况，只见车头的左侧已被撞烂，破裂的水箱冒着热气，地上淌满黑色的机油……

对面是一辆半旧的金杯面包车，车头的左侧同样被撞得稀烂，但并没人跳下车来。

“怎么开的车？车头大灯坏了也不知道修……”谷宇清怒吼着扑向面包车，打算一把拉开车门把驾驶员拖下来。

可是，门被撞得变了形，并没那么容易打开。

“揍死他！”王老急也怒吼着跑过来帮忙。

俩人一同用力，车门终于被拉了开来，一股浓烈的酒味迅速散发出来。

驾驶员摇摇晃晃地跳下车来，是个二十七八岁的壮实男子，眼神有些迷离，满嘴喷着酒气，一手捂住前胸，显然是撞击时被方向盘伤到了胸部。

“喝成这样还开车，这不是害人嘛！”王老急一把掐住对方的脖子，抡起拳头准备动手。

“别打，别打，有话好说。”面包车的中门打开，一个胖墩墩的身影费力地迈腿下车，一口河南话。

“就是，千万别动手，车坏了我们管修、管赔。”车里又跳下一个精瘦的汉子。

两辆车虽然全都趴下了，但仍然各自亮着右侧的大灯。借着灯光，谷宇清仔细打量面包车内，发现车上一共就这三人，而这一胖一瘦俩人，四五十岁的模样，看样子同样喝过不少酒，说话全都大着舌头，但幸运的是并未受伤。

“倒霉，遇着一群醉鬼了。”钟文沛沮丧地骂道。

“兄弟，撞也撞了，咱们私了吧。”瘦汉子被夜风一吹，看样子清醒了不少，拉着谷宇清的胳膊央求道。

“不行，得报警处理。”钟文沛高叫道。

谷宇清心里很清楚，钟文沛肯定是故意这么说，其实同样不愿意报警。

“别，别……”瘦汉子着了慌，一个劲地解释，“咱们是喝了点酒，可谁想得到这半夜三更的，在这么荒野的路上还会遇到来车……”

“没啥好说的，咱们负全责，该怎么赔就怎么赔。”胖汉子自知理亏，马上表态。

“赔什么赔，他们也有责任。”驾驶面包车的年轻人却不买账。

年轻人长着一副大身架，四肢健壮，身板厚实，扁平的四方脸上长着一对目光炯炯有神的暴眼，浑身上下透着强悍和阴沉，看上去应该属于勇猛好斗的类型。此刻他两眼直勾勾地盯着刚才掐其脖子的王老急，随时准备大干一场，同时也表明其伤得并不严重。

“给我闭嘴！”胖汉子一脚踢向年轻人。年轻人还算听话，翻着白眼不再吭声。

“说说吧，怎么个赔法呢？”钟文沛问。

“按全新的车价赔，怎么样？”瘦汉子围着越野车转了一圈后提议道，“伤得挺厉害，估计也很难修好了，再说这鬼地方也没个修车的地方。”

这话说得十分诚恳，但立即引起了谷宇清的好奇和疑问：这三个家伙穿着平常，貌不惊人，又开着这么一辆旧面包车，怎么看都不像是有钱人，可口气咋就那么大呢？几十万的车说全赔就全赔，有这个实力吗？

钟文沛不置可否，走到面包车的中门边往车厢里张望，马上心里同样存在着跟谷宇清一样的疑问。

车厢的后排座位上堆放着成箱的矿泉水和几只大纸盒，依稀可辨是方便面、饼干、牛肉干之类的速食品，外加一些金属的锅碗瓢盆，甚至还有一桶压缩饼干。座位的底下，塞满了卷拢起来的牛津布制品，看得出是帐篷和睡袋之类的户外用品……瞧这模样，难道是这三个家伙长期过着野外生活？

“乱七八糟的东西真多。”蔡牛也好奇地凑了过去。

“呵呵，我们是地质队的。”瘦汉子走过来打算关上车门。

“地质队？”蔡牛动手翻弄着座位底下的一堆工具。

那是几把外观粗陋但质地精良的自制折叠工具，平时可当工兵铲用，铲头 90 度弯折后又可当锄头用，翻个身，又变成了锤子，而另一头，又是现成的撬棍……旁边还有一只脏兮兮的帆布口袋，看上去有点像装钓鱼竿或三脚架的包，由于开口处没有扎紧，更由于刚才的撞击，里面装着的几根铁管露出了头。

“没啥好看的，都是些地质工具。”瘦汉子赶紧将那只帆布口袋往座位底下推。

“商量一下吧，车子到底怎么个赔法！”钟文沛催促道，“我这辆车是进口的，上路的价格是 50 万还冒点头，你们大概也知道，上海的牌照要拍卖……”

“没问题，就按 50 万算。”胖汉子毫不含糊地一口应承。

钟文沛心里难免一阵窃喜：从这里开到上海，少说也有 5000 公里的路程，正为这事犯愁呢，这倒好，有人来买单了，这下可以舒舒服服坐飞机回去了。

“行，车子归你们了。”钟文沛从口袋里拿出行驶证递过去，“有能耐你们就把它修好吧。”

“不过……不过，我们现在身上没有那么多的现金……”胖汉子开始吞吞吐吐。

“没钱？”钟文沛叫了起来，“没钱开什么玩笑？”

“兄弟，别误会，不是没钱，是现在身上没那么多。”瘦汉子连忙说道，“你想啊，谁会身上带着几十万现金在野外到处跑啊！”

“这倒也是……”钟文沛点点头，“那你们说吧，怎么个付法？”

“这样吧……”瘦汉子想了想说道，“明天一起搭车去阿勒泰市，到银行里去办，直接走卡上转账。”

“行，就这么办。”钟文沛马上同意，“明天白天这里能搭到车？”

“能，有乡镇小公交。”瘦汉子答道。

“那好，咱们就等天亮吧。”钟文沛说道。

“兄弟，还有一件小事商量一下……”瘦汉子打量着横在路上的两堆废铁，又向钟文沛说道，“这车拦在这里不是个事，还是全部推走吧。”

这一要求合情合理，但瘦汉子的意思并不是说把车推下路基便完事，而是要一直推到半公里以外去。据说那边的小山坡脚下有片白杨林，把车藏进林子比较“妥当”。

钟文沛忙把谷宇清和王老急、蔡牛拉到一边去商量，低声说这几个家伙肯定心中有鬼，否则何必一定要把车子藏起来。王老急说那也不怕，就这几个醉鬼，谅他也掀不起什么大风浪来。谷宇清也说，只要明天50万照付，随他们怎么折腾都无所谓，推就推呗。倒是钟小彤留了个心眼，说明天他们酒醒了以后会不会有麻烦，到时候要赖不承认酒后驾驶怎么办。

这话提醒了大家，最后商量决定，只有让对方现在先写下一纸书面证据，这样就不怕明天扯皮了。

把这事提出来一说，对方一口答应，瘦汉子当下找出纸笔，白纸黑字写下字据：“因我方酒后驾驶，负有事故全责，愿赔付50万自行解决。”并且郑重其事地用手指蘸了些地上黑色的机油，在纸上摁了个手印。

不管这三个家伙到底是什么原因而导致的心虚，以至于现在如此百依百顺，但应该可以看出，确实具有了结此事的诚意，于是双方各自推车，朝着东北方向慢慢前行。

2 盗墓贼

毫无疑问，三位新朋友对这一带的地貌非常熟悉，半公里外的小山坡下，果然有片茂密的白杨树林，而且是人迹罕至，把车往里面一塞，兴许一年半载都不会被人发觉。

瘦汉子从金杯车里找出一盏马灯点亮，大家在草地上席地而坐，闲聊着等候天亮，气氛倒也十分融洽。越野车上的人说自己是从喀纳斯出来的旅游者，从阿勒泰机场抄近道来到这里的；金杯车上的人则说自己是地质队的勘探人员，准备去阿勒泰市采购物资，因为队里要得急，所以才赶夜路……

夜间的气温很低，简直跟内地的冬季差不多，嘴里吐出来的尽是白气。

钟小彤受不得冻，穿上了厚实的冲锋衣还是瑟瑟发抖，谷宇清见了暗想，这不正是献殷勤的好机会？忙去林子里折来几段干枯的树枝，在空地上烧起了一堆篝火。

“折腾了一夜，肚子真是饿得不行！”蔡牛一边烤火一边喊饿，“哥几个，我看你们车里有一箱压缩饼干，我还从没尝过这玩意儿，能不能拿出来分享一下？”

“不能吃，过保质期了！”瘦汉子不假思索地一口拒绝，“要不，拿点饼干吃吧。”

“压缩饼干还有保质期？”蔡牛站起来走向金杯车，“我不是没吃过嘛，就想尝尝什么味道。”说话间，他钻进车厢，拎起了那装有压缩饼干的金属桶。

“快放下！”没想到胖汉子早已快步走来，很不客气地夺过饼干桶。

“压缩饼干没什么好吃的，过期货容易吃坏肚子。”瘦汉子也走了过来，从纸盒里拿起几包普通饼干往蔡牛手里一塞，“吃这个吧。”

装有压缩饼干的金属桶被小心翼翼地塞到了后排座位的底下。

这一幕看在眼里，未免令人觉得纳闷：不就是一桶饼干，不至于这么小气吧？50万说赔就赔，眼都不眨一下，一桶饼干反倒神经过敏，难道里边装着不同寻常的东西？

越是这样的反应，越是令人好奇。谷宇清站起身来，嘴里嚷嚷着口渴，走到大开着的中门跟前，先拿了几瓶矿泉水，随后装出漫不经心的样子，仔细打量了几眼车厢内的情形，顺便用手去拨弄那只脏兮兮的帆布袋。

袋口没有扎紧，谷宇清抓住露头的铁管顺手一抽，将其中的一根拔了出来。

很奇怪的东西，看上去就是一根常见的自来水管，但头部焊接着一段50厘米长的半圆、中空金属头，喙部打磨得十分锋利，从截面看类似一个“U”形。再看另一头，明显被加工着内螺纹，只要加个连接件，水管的长度还能加长——不知道这玩意儿是用来干什么的。

“洛阳铲！”没想到蔡牛倒是识货，随口叫了起来。

“不是，就是一般的勘探工具……”胖汉子说道，神态明显有些慌乱。

“什么一般工具，就是大名鼎鼎的洛阳铲呗，这年头谁没看过两本盗墓小说？”蔡牛得意扬扬地宣布道，随后又笑嘻嘻地问，“我说，哥几个不会是盗墓贼吧？”

这本是一句有口无心的玩笑话，但话一出口，那三个汉子顿时鸦雀无声。

谷宇清一下明白了。难怪这帮家伙会深更半夜出现在如此荒僻的地方，而且会这么害怕报警，原来还不单是因为酒后驾驶，所以愿意花钱消灾。

“不要误会，真不是盗墓的！”胖汉子依然坚决否认，“说实话吧，我们是淘金的，那些都是淘金的工具，只是看上去跟洛阳铲有点差不多罢了。”

“行啦，这些跟我们毫无关系。”钟文沛先给对方吃颗定心丸，“不过我这本行驶证不能留下了，天亮以后还得把车子的前后牌照拆掉，车架上的编码也得磨掉，咱们就当没遇见过。”

“没问题。”胖汉子毫无意见。

看来，对方也明白这帮半夜里突然冒出来的“旅游者”有点蹊跷，特别是其中三人的冲锋衣全都怪模怪样没有袖子，一望便知有些不寻常。

彼此已经心照不宣，反倒没什么好聊的了，胖汉子第一个去车里取出睡袋，在草地上铺好，和衣钻进去后就呼呼大睡。那个年轻的驾驶员见了，虽然不敢学样钻睡袋，但也悄悄躲进金杯车中打起了盹。

瘦汉子依然守着篝火，一根接着一根地抽烟，两眼盯着火焰似乎在想着什么心事。

紧靠着暖融融的火堆，谷宇清的眼皮开始发黏，于是背靠着蔡牛的后背，开始打起了瞌睡。

也不知过了多久，篝火中的树枝被烧得“啪”一声响，谷宇清微微睁开眼来，只见旁边的瘦汉子依然坐在那儿发呆，只是手上多了一本笔记本，似乎是在研究那上面的问题。

看看篝火没刚才那么旺了，谷宇清起身去树林边又捡来几段枯木，扔入火堆后顺便扫了一眼那本笔记本，只见上面画着一些奇怪的圆点，规则、整齐，但又无序，不知道是什么名堂。

“啥玩意儿啊，研究得那么认真？”谷宇清随口问道。

“没什么，一段盲文，没事看看解闷呗。”瘦汉子随意敷衍了一句。

“别逗了，这哪是盲文！”谷宇清说道，“我有个表弟是盲人，所以我知道一点大概，依我看，这玩意儿倒有点像纸带钢琴谱。”

这句脱口而出的话，竟让瘦汉子目瞪口呆，像被雷击中了一样久久说不出话来。

“兄弟，啥叫纸带钢琴谱？”隔了许久，瘦汉子终于缓过神来，急切而诚恳地问道。

“这可说来话长……”谷宇清来了点精神，“反正闲着没事，我就简单说说吧。”

谷宇清说，在唱机被发明之前，人们欣赏钢琴的方式要么是自己弹，要么是听别人弹，反正都不是容易事。后来有人发明了机械钢琴，可以用一种预先打过孔的纸带来进行演奏。

这种打孔的纸带，打孔的位置与钢琴谱相符，控制机械系统击键而奏出音乐，也就是说，你只要买一卷某一曲目的纸带，就能在家里的机械钢琴上欣赏到名家的演奏。后来，唱机兴起，这玩意儿遭到了淘汰，不过，现在还能在礼品店之类的地方买到这种仿古的玩具……

“你咋懂这冷门玩意儿呢？”瘦汉子的眼神里既有着崇敬，又透着怀疑。

“呵呵，我正好是吃这碗饭的，撞我枪口上了。”谷宇清不免有点得意，“听说过电脑音乐吗？我就是干这个的，以前在游戏公司天天跟这打交道。”

“怎么又跟电脑音乐扯上关系了？”蔡牛也被这话题吸引了过来。

“电脑音乐制作的最基本原理，其实就来自纸带钢琴的思路，不过换了个名目，叫钢琴卷帘和MIDI事件。”谷宇清继续解释道，“当然，电脑制作软件中的钢琴卷帘要更加完善、更加先进，当然也更加复杂。”

“兄弟，你能肯定这就是刚才说的那什么钢琴谱？”瘦汉子听不懂谷宇清到底在说什么，但大体意思还能明白，“快帮我看看，这是什么意思呢？”

“我不敢太肯定。”谷宇清接过笔记本仔细看了会儿，“应该是这个思路，但又有点不对头。”

“咋不对头了？”瘦汉子忙问，“兄弟，千万帮忙，这是要紧事，一定要弄清楚。”

“学过点音乐知识的人都知道，近代和现代音乐是建立在十二平均律的基础之上的，或者是中国传统的五声音阶，当然，还有泰国的七平均律等非主流体系，这里就不谈了……”谷宇清滔滔不绝地说道，随后指着笔记本断言，“总而言之，这上面如果代表着音符的话，却又不符合我所了解的任何一种音阶体系。对了，你得先告诉我，这是什么东西、从哪里弄来的、想派什么用场，这样我才能帮你。”

瘦汉子不再说话，眼珠子乱转着打量着谷宇清，似乎正在进行着某种思想斗争。隔了半分钟依然拿不定主意，站起身来走到稍远处蒙头大睡中的胖汉子身边，将其推醒后低声商量起来。

“这帮家伙到底是干什么的？”谷宇清对蔡牛低声说道，“怎么会对这事如此重视？”

“反正不像是搞地质的，更不像淘金的。”一直在旁边听着的钟文沛插嘴道，“不过跟咱们没关系，大路朝天，各走一边。”

“我看啊，百分之百是盗墓的。”蔡牛斩钉截铁地说，“可能遇到了什么难题。”

说话间，一胖一瘦俩汉子同时回来了。

“兄弟，今天遇着你也是有缘，这个忙看来只能找你帮了。”胖汉子异常客气地摸出香烟先敬了一圈，“放心，不会让你白忙活，肯定有你的好处。”

“不是不帮，是没法帮。”谷宇清说道，“我都不知道你们是干什么的，用这到底想干什么……”

“兄弟，不瞒你说，我们是摸金的穿山甲，呵呵。”胖汉子扭扭捏捏地吐了口，“这个摸金，跟淘金的意思不大一样，各位大概早就心知肚明了吧？”

“摸金校尉、发丘中郎将、走地仙呗……”学富五车、才高八斗的蔡牛在旁边进行注释，“其实我们早就猜到了。”

“有学问！”瘦汉子朝蔡牛竖了竖大拇指，“好吧，真人面前不说假话，今天就摊个底牌吧，没错，咱们就是干那营生的！”

“我说呢，这么财大气粗，深更半夜还在这野外逛荡。”钟文沛笑呵呵地说道。

“也是赶巧，本来遇到了难题，估摸着一时半会儿解不开，正准备先撤回老家去，傍晚遇到一户好客的牧民，一起喝了点酒又匆匆忙忙赶路。这不，因祸得福，遇到贵人了。”瘦汉子说道。

“本打算晚上赶到阿勒泰，把金杯车存放起来，然后坐早晨的飞机走，回家先找人把这玩意儿整明白。”胖汉子补充道，“主要是这儿的天气说冷就冷，10 月份就下大雪，冷起来要人性命，所以打算明年开春后再来。”

“我们一直以为这是盲文，看来是离题千里了。”瘦汉子说道，“得，我先自我介绍一下吧。”

胖汉子名叫洪福，开车的年轻人是其外甥，名叫尹腾军，而瘦汉子则是尹腾军的表叔，大名叫廖始业，外号“大吉大利”——盗墓团伙的人数贵精不贵多，最佳组合是彼此沾亲带故，不用担心被下黑手。三人多年来通常都在每年的 5 月份开始进山，专找杳无人烟的荒僻山谷搜寻墓葬，到 10 月份满载而归，这几年确实弄了不少钱。

说到这里，蔡牛来了疑问：“这里向来是游牧民族的地盘，从未建立过先进、辉煌的文明社会，你们挖来挖去能挖到什么值钱的宝贝？”

“呵呵，兄弟，你这就不懂了……”大吉大利解释道，“阿尔泰山的意思就是金山，自古便盛产黄金，那句‘阿尔泰山七十二沟，沟沟有黄金’的民谚，想必你们也听说过。据说早在原始社会，斯基泰人就开始在这里开采黄金，那时铜、铁之类的金属还根本没影儿呢，所以把阿尔泰称为黄金故里，真是一点也不夸张。千万年来，中亚地区的各个民族都崇尚黄金，喜欢在墓葬中以金器来显示财富和地位，哪怕是再普通的人，通常也有金器随葬。所以说，在这里你只要找到墓葬，多少总会有一些收获。”

“这么说来，还真跟淘金差不多。”谷宇清点头道。

谷宇清觉得，大吉大利说起话来文绉绉的很有水平，跟印象中的盗墓贼似乎对不上号，不由得开始对其刮目相看。

由于长期奔波在野外，大吉大利的皮色枯干、黝黑，但面相平和，眉眼间颇有几分书卷气，再加上戴着一副眼镜，所以看上去有点像个土气的乡镇小学教师。

“你们可别小看大吉大利，他可不是一般的人哪！”洪福看出谷宇清的心思，微笑着提醒道，“大吉大利的肚子里全是学问不说，还会看山看水，一双入地眼比医院里的 X 光都厉害呢。”

洪福跟大吉大利完全不是同一类人，脸相粗蠢，举止愚钝，矮墩墩的从头到脚都是痴肥疯长的赘肉，唯独眼神尖锐，看起人来似乎带着钩，活像建筑工地上的包工头或者暴发户。

“不行，不行，知识太陈旧，遇到难题一点办法都没有。”大吉大利十分谦逊。

“那么，这玩意儿到底是怎么一回事呢？”谷宇清指指笔记本。

大吉大利略一思索，跟洪福交换了一下眼色，一股脑儿把事情讲了出来。

在中原地带找墓，靠的是风水堪舆和辨山识川、相土尝水的基本功，但是这套本领在阿尔泰山中却派不上多少用场。更主要的是，大山面积广阔，地形复杂，想靠两条腿去踏勘的话简直是不可能的事，大吉大利与时俱进，将目光转到了现代科技手段之上。

为此，洪福以钱财开道，有意结识了一位常年在此地活动的地质队技术员，经常可以搞来一些航拍资料，从中判断、筛选、物色行动目标，这样有的放矢，可以少走不少冤枉路。

一个星期前，地质队为寻找矿脉而从北京请来一家航拍公司，动用一架价值一百多万元的无人航拍器在高空作业，共拍摄了一千多张高清照片。事后，洪福弄到了其中的一部分照片，像往常一样，马上让大吉大利放到笔记本电脑上去仔细分辨。

大部分的照片都没有价值，但其中的一张引起了大吉大利的注意。

那是群山怀抱之中的一片谷地。

但是，说是谷地，实际上面积极大，几乎像平原一般广阔。在这四野茫茫的草甸上，依稀可见一些由规则的线条形成的图案——这张图片对地质队来说完全没有价值，可能看一眼后就被扔到一边，但民间非法考古工作者大吉大利则立即嗅到了不寻常的气味。

大吉大利将照片放大，屏幕上赫然出现了一张人脸。

没错，是一张人脸。把照片放到最大，依稀可见所有的线条深凹于地面，勾勒出人脸的基本轮廓和五官的位置，按周边树木做参照物来计算的话，整个面积差不多有一个足球场那么大，而每条凹线又起码有两三米宽，活像上帝用巨指在大地上“画”出的一张面具。更奇怪的是，这张面具上只有一只眼睛，而且大张着这只诡异的独目，“眼珠子”直瞪苍穹。

一言以蔽之，这绝对不是天然形成的结果，但这荒僻的山谷中绝无人烟，缺水、少草，而且多见雷暴现象，逐水草而生的牧民平时根本不敢去那儿，谁会耗费浩大的人力去“画”这莫名其妙的面具？更不可思议的是，谁又有能力去做这事？还有，是派什么用场的呢？

人脸照片令人觉得匪夷所思，而接下来发生的一件事就更让人瞠目结舌了。

数天以后，三位非法考古工作者在山谷间的草场上遇到一户哈萨克牧民，当时天色已晚，牧民一家以酒肉盛情款待“勘探队”的来客，宾主双方一直喝到天黑仍然兴致勃勃。席间，大吉大利因不胜酒力而首先退席，半躺在一旁眯着眼听洪福与精通汉话的哈萨克汉子加尔肯有一搭没一搭地谈天说地。大吉大利觉得无聊，于是翻出手机中那张人脸照片来瞎琢磨。没想到，加尔肯一眼瞄到照片，马上大惊小怪地惊呼着跳起身来。

“这照片是哪里来的？”加尔肯酒量极好，喝到现在依然面不改色。

“没什么，航拍的勘探资料呗。”大吉大利随口敷衍着将手机塞回口袋。

“我有一张图，上面也有这样的一张鬼脸！”加尔肯急不可耐地打断大吉大利的话。

“什么图？”这次轮到大吉大利吃惊了。

加尔肯走进毡房去翻找一番后，拿来了一张浅褐色的兽皮。

这是一块年代久远的驼皮，上面画满了纵横交叉的线条和奇奇怪怪的标记，显然是一幅简单的地图。令人诧异的是，在地图左上角的部位上，清清楚楚画着一个人脸的标记，仔细分辨的话，竟与大吉大利手上的照片毫无二致：人脸上同样是诡异的独目！

“这是哪儿来的？”大吉大利头皮一麻，脑袋清醒了不少，但尽量使表情和语气显得漫不经心。

哈萨克汉子大都生性爽直，加尔肯没过多留意客人的神色，心里也没有太多的弯弯绕，当下把自己所知道的一切来了个竹筒倒豆子，说起了一个打小就听在耳里的故事——据说，那是一个从祖父一辈流传下来的、真假难辨的传说了。

当年，加尔肯的祖父在草场上接待过几名来自远方、素不相识的客人——就像今天一样，同样属于偶遇——不同之处在于，那是三名从属于“归化军”的哥萨克士兵，全都骑着高头大马，随身携有刀枪及两口大木箱。

三名士兵吃饱喝足，随即向主人打听，问附近这一带哪些地方人迹罕至。加尔肯的祖父回答说，要论没人去的地方，这一带首推东北方向的“雷区”。

所谓雷区，指的是其处常年无论白天黑夜，常有电闪雷鸣降临，加之地理位置偏僻，所以这一带的牧民对那片区域向来敬而远之。

这些信息居然正中三位不速之客的下怀，虽然看上去已经疲惫不堪，但他们似乎身后有着追兵一般不敢久留，当下向主人要了大量的干粮和水，问清楚雷区的具体方向，马不停蹄地上了路。

没错，这三名士兵的身后，确实紧跟着如狼似虎的追兵。第二天的下午，加尔肯的祖父又迎来了另一批哥萨克士兵，人数多达十余名，直言不讳地声称是在追杀前面的那三名“逃兵”。

加尔肯的祖父动了恻隐之心，没有告诉追兵们那三名士兵的具体去向。但是追兵们并不罢休，自此在这一带扎下了根，十余人分成几股，天天骑着马分头在草场和森林、荒原中搜寻，似乎一定要找到那几名逃兵。

哈萨克人逐水草而生，加尔肯的祖父在随后的几个月里不停地转换牧场，但奇怪地发现，那十余名追兵竟然一直没有离开过这片地域，始终没有放弃搜寻和追捕。

春夏转眼即逝，秋日又是那么短暂，那三名逃兵始终杳无音信。冬季来临之前，加尔肯的祖父开始“转场”迁往冬窝子，但在迁徙途中，竟然再次遇到了那三名逃兵中的一人。

在一片密林的边缘，那名衣衫褴褛、身患重病的逃兵挣扎着寻至毡房讨要食物。加尔肯的祖父将其收留下来悉心照料，无奈逃兵早已奄奄一息，生命已经进入了倒计时。

逃兵名唤普拉托夫，临终之前吐露了实情。原来包括他在内的所有哥萨克士兵都是一名名唤米洛维奇的俄国商人手下的雇佣兵，开春的时候前往布尔津进行一桩收购财宝的交易。那批财宝据说来自中国皇帝和皇太后的陪葬，价值大得无法想象，所以自己起了贪心，途中伙同两名关系最好的伙伴将那两大箱财宝偷了出来。

当时，所有的人马乘坐一艘大型货驳船，由蒸汽牵引艇拖拉着顺额尔齐斯河前往斋桑湖。三名伙伴灌醉他人，乘夜色将马匹和宝箱移到牵引艇上，割断与驳船的连接，掉头朝额尔齐斯河的上游逆流而上。驳船失去动力，自然无法逆流追赶，等到天明以后再去另租汽船，前面的牵引艇早已逃之夭夭。

两只宝箱被藏进了大山深处的雷区，因为害怕日后遗忘，又在驼皮上画下一幅详细的地图，以备风平浪静后再来起取。只可惜米洛维奇穷追不舍，把守住附近一带的各处牧场，日日派人穿梭搜寻。三名伙伴在大山里东躲西藏，天天过着食不果腹的生活，终于相继病倒、死去，最后只剩下普拉托夫一人。

冬天来临之前，心有不甘的米洛维奇只能带着所有的士兵匆匆离去。普拉托夫同样没能熬过多久，第一场大雪降临之际，终于一命呜呼。断气之前，普拉托夫将驼皮地图交给了好心肠的加尔肯的祖父，声称那两大箱宝物就埋藏在雷区深处的某个石窟中，说那儿有一片平坦的谷地，如果站在山巅上用望远镜观察，可以看到谷底的地面上有个独目人脸的图案。但是很可惜，那架望远镜已经摔坏了……

一辈子没走出过大山的加尔肯的祖父并不明白“中国皇帝和皇太后的陪葬”究竟意味着什么，也不明白拥有了它们又有什么用。再说虎视眈眈的哥萨克士兵们又不是好惹的，米洛维奇说不准什么时候又会重返此地，这些麻烦事还是少沾边为好，搞不好会惹上杀身之祸。

于是，驼皮地图虽然保存了下来，宝物的故事也流传了下来，但宝物却依然沉睡在大山的深处……加尔肯承认，自己的父亲年轻时曾经带着干粮前往雷区去寻找过两次，但始终没能找到那独目人脸的确切位置。到了自己这一代，对此就更不抱信心了，很多时候甚至不是将此事当故事来说，而是当笑话来谈。

“是啊，几十年前的故事了，信不得，信不得。”大吉大利听完此事赶紧下结论。

“那是，皇帝和皇太后的宝物都在北京故宫里头放着呢，怎么会跑到这儿来？”洪福连忙附和，同时与大吉大利偷偷对接了一下眼神，“天晓得那个叫普拉托夫的家伙在扯些什么鬼话。”

“不过这张皮子很独特，拍张照片留个纪念吧。”大吉大利装出很随意的样子用手机对准驼皮，迅速摁下了拍摄按钮。

“咯嚓”一声响，地图留在了大吉大利的手机里。

第十五章　黄金故里

如果从较低的角度和较近的距离看，这些石沟和石球都没什么特别之处，只有在高空俯瞰，或者是参考大吉大利手上那张放大到极限的照片，才能辨出由其构成的脸谱酷似人类：独目向天、龇牙咧嘴、头顶布满直发、双耳又尖又长，散发着说不出来的诡异和神秘气息，自然也带有一丝阴森和恐怖的氛围。

1　人面图案

洪福和大吉大利虽然都听说过孙殿英盗挖东陵陪葬物的故事，但万万没想到这笔巨大的宝藏竟然远在天边、近在眼前，会与自己扯上干系。

琢磨着手机里的驼皮地图和独目鬼脸照片，大吉大利最后得出的结论是：加尔肯家的传说未必全部属真，但又绝对不是全假，无论如何，值得花费些力气前去探寻一番。

认准了大致的方位，三个盗墓者不动声色地与加尔肯告别，旋即一头扎进了大山。

金杯车只开了半天，前方就没了路。经过三天的艰苦跋涉，在驼皮地图和望远镜的帮助下，三个盗墓者踏遍了无数个山头，终于鸿运当头，找到了那片神秘的、居然确实存在的谷地。

经初步分析，大吉大利认为这里不光是哥萨克士兵的藏宝地，同时很有可能是一个特大型的墓葬，而墓道的入口，就是那只独目中的眼珠。

但是，在谷地里盘桓了数天，藏宝毫无线索可寻，而墓道也不是想进就能进的。

对大吉大利口中所称的那个“特大型墓葬”，谷宇清并无任何兴趣，但是哥萨克士兵藏宝的故事中所透露出来的信息，却未免令人大跌眼镜——他简直不敢相信人世间竟有如此的巧合。

看看这些关键词吧：中国皇帝和皇太后的宝物、名唤米洛维奇的俄国商人、在布尔津进行的财宝交易、从属于“归化军”的哥萨克雇佣兵、两口大木箱……原属踏破铁鞋无觅处的东陵宝藏，在喀纳斯如风筝断线，没想到在这里又浮出了水面！

现在最好的办法就是与盗墓贼们合作，到达目的地后各取所需。

“你们认为那箱子就藏在墓道的里面？”谷宇清问洪福，不动声色地把话题往最可能的藏宝点上引。

“没错，我们仨在谷地里找了个遍，没发现别的蛛丝马迹。”洪福答道。

“不，依我看肯定不在墓道里。”大吉大利摇摇头立即否定，“就凭那几个老毛子，绝对不可能打开那颗眼珠子。”

“打开眼珠子？”蔡牛没听明白。

大吉大利解释说，人脸图案上那颗硕大无比的眼珠由大量经过雕琢、带有弧度的石构件组成，相互交结、咬合，自己花了一天的时间寻找拆分的办法，总算将其分解开来，露出下面的墓道。

这个过程中，需要动用许多独门功夫，而哥萨克士兵绝不可能具备这样的本事。

“慢，这相互咬合的石构件是什么意思，没听懂。”钟文沛听得十分仔细。

“是人工加工出来的石制品？”钟小彤也问。

“现在有点说不清，你们还是到现场后自己看吧。”洪福抓耳挠腮，似乎确实形容不出来，“那颗眼珠子，要不是大吉大利有点本事，一般人还真打不开。”

“那么，何以见得下面一定是个特大型的墓穴呢？”谷宇清又问洪福。

“大吉大利有这个本事，能靠耳朵听出来。”洪福得意地说道，“回头再慢慢告诉你们是怎么回事。”

“墓道是通向地下的？”王老急兴致勃勃地问。

“没错，就像通向地下室的阶梯一样，斜着伸到地面十几米以下。下面还有一道石门，就是现在遇到的难题，凭我的能耐再也想不出打开石门的办法，唯一的钥匙，可能就是那位大兄弟所说的什么音阶。”大吉大利指着谷宇清说道，“唉，具体细节现在确实没法描述，你们一定得亲赴现场才行。”

“那么，要是真帮你们打开这道门，我们能有什么好处呢？”钟文沛用半开玩笑的口吻问道。

“没说的，算你们入伙，支锅一起干，到时候每人一份，平分！”洪福不假思索地答道。

谷宇清等的就是这句话。

两股原本风马牛不相及的人马在此合流，居然还是为了同一个目标，真是造化弄人、世事如戏哪！

“那还愣着干什么，赶紧出发吧。”王老急已经跃跃欲试。

出发之前，大吉大利和尹腾军先鬼头鬼脑地去了一趟白杨林的深处，带着两把折叠式的自制工具和那只压缩饼干铁桶，应该是找地方将铁桶掩埋起来。

蔡牛偷偷地跟谷宇清嘀咕道，怪不得那桶饼干碰都不让碰，估计里头装着好东西呢，搞不好全是从古墓里头弄来的金货和古董，或者是雷管之类的违禁品。

“不用问，肯定是值钱的东西。”王老急斜着眼猜测道，“你想啊，他们仨在这里转悠了小半年，还能没点收获？”

天色开始透亮，大家吃了点饼干，喝了点矿泉水，踏上了通往东北方向的山路。

据大吉大利说，要去的地方得有两到三天的路程，已经靠近中蒙边界，唯一的便利之处是不必携带饮用水，途中会遇到河流和海子——小型的高山湖泊。实在不行还能喝桦树液应急，所以只需随身带上干粮和帐篷、睡袋就可以了。

金杯车里还有不少饼干和牛肉干，大家略作分配，各自装进背包随身携带。

整理背包的时候，谷宇清踌躇了许久是否该把笔记本电脑带上，最后犹豫再三还是将其放入了包内——事后证明，这是一个明智的决定。

谷宇清计算了一下，八个人来回走一趟，至少需要四五天的时间，随身携带的这点干粮实在不足以维持所需，这么冒冒失失地闯入大山，是不是有点冒险?

“别担心，路上会遇到转场的牧民，可以补充肉食和干粮。”大吉大利看出了谷宇清的担忧。

整整一天的翻山越岭，把人累得几乎骨头散架，虽然沿途的风光极其壮美，但谁也没有欣赏的闲心。

傍晚时分，终于遇上了一户准备转往冬牧场去的蒙古族牧民。

蒙古族的毡房由红柳木条和厚实的羊毛毡组成，顶部呈圆形，与哈萨克族的尖顶毡房稍有不同，看上去既简单牢固，又易于拆装，御寒性能也很好。

男主人会说一些简单的汉语，看上去非常欢迎客人的到来，立即动起手来准备酒肉款待。但是对客人们将去往何方非常好奇，因为再往东北方向走，水与草将越来越少，根本不适合放牧，所以从来没有牧民往里边跑。

洪福依然谎称是地质勘探队，男主人听懂后确信无疑，同时双手比画着再三强调一个“雷”字。

“他这是在提醒我们，前面那一片区域雷暴特别多，需要多加小心。”洪福明白那是什么意思，朝大家传达道，“呵呵，其实恰好是因为那里边雷暴天气特别多，牧民们轻易不敢进去，所以那个独目面具才至今没被发现。”

“按说这一带各种各样的勘探队挺多的，怎么多年来始终无人提起呢？”钟文沛自言自语般问道。

“如果不是在高空俯瞰，即使有人走进山谷，哪怕就是站在石沟旁边，可能也不会过多留意，顶多就是觉得有些奇怪罢了。”大吉大利补充道，“搞地质勘探的人，关心的是矿脉之类，对其他现象和信息通常不感兴趣，所以这些年来，外界始终对此一无所知。”

毡房外的简易炉灶上，一大锅牛奶正“咕噜咕噜”冒着泡，一个六七岁的男孩追着自家的牧羊犬在草坡上飞奔，不远处的木架子上晒着奶疙瘩和肉干，以及一张刚剥好的动物毛皮。

毛皮引起了大家的好奇，纷纷询问那是什么动物，但男主人比画了半天没有一个人听懂。

大吉大利解释道：“不要以为牧民动不动就杀羊宰牛，其实他们一般舍不得吃自家的牲口，而山里旱獭很多，顺理成章就成了最佳的肉食来源。”

“他们一般是下套子逮旱獭，运气好的话一天能弄好几只。旱獭皮剥下来晾干后还能卖给毛皮贩子，也能值个几十块钱一张。”洪福也笑嘻嘻地说道，“这玩意儿，在咱们老家都叫钻地鼠，一般没人敢吃。”

大家讨论得非常热烈，只有尹腾军一声不吭，坐在草地上直眼观看西天血红的晚霞，似乎对交谈和沟通没有任何兴趣。这小子也许天生就是沉默寡言的性格，这漫长的一天里边，几乎没听他开过口，要不是昨夜跟王老急争执的时候说过话，简直会让人误认为他是一个哑巴。

旱獭很壮，一只就装了半铁桶，已经被男主人切成块儿收拾干净，一块块放入煮沸的开水。二十分钟以后，肉已煮熟，蘸着盐巴就着马奶子酒，就是一顿丰盛的大餐。

大家看着那质地细嫩的肉块久久不敢下手，只有尹腾军，毫不迟疑地拿起一条腿啃吃起来。

“跟你们说吧，城里好多高级餐馆和野味馆里卖的驼峰肉，其实就是这玩意儿。”大吉大利对大伙说道，也抓起一块肉来。

“味道真不错。”洪福吃得津津有味。

这么一说，谷宇清打破了一点心理障碍，试着挑了一块较小的肉咬了一口，顿觉滋味十分鲜美，大体上有点像鸡肉，但口感更加嫩滑。王老急吃了一块后也说，味道确实有点像鸡肉。

“滋味还行。”钟文沛也是小口尝试。

只有钟小彤和蔡牛说什么也不肯吃。

吃完晚饭，洪福付给男主人一些钱，让其再准备一些便于携带的干粮。然后大家七手八脚地在毡房旁边纷纷搭起帐篷，早早地躺下歇息，只有女主人还在炉灶边忙活，用圆煎锅烙制大量类似干馕的面饼。

酒后的营地鼾声一片。

半夜里，谷宇清肚子发胀起来小便，一睁眼，发现钟文沛居然还没睡觉，正凑在充电式马灯前专心致志地捣鼓着什么。

“钟哥，怎么还不睡觉？”谷宇清奇怪地问道。

“没事，电筒出了点毛病，我修一下。”钟文沛一边回答，一边飞快地将什么东西塞进了口袋。

强光电筒被拆了开来，部件散落一地，使用的工具是一把折叠的多功能瑞士刀。但谷宇清还是觉得有些奇怪：半夜三更的修什么电筒，而且钟文沛的神情多少有些不自然，慌慌张张塞进口袋的又是什么东西?

第二天清晨，吃过奶茶加炒米的早餐，告别了好客的男女主人，队伍再次踏上漫漫长路。

地貌在悄悄地发生变化，草甸和森林渐渐稀少，裸露的山石越来越多。

中午时分，队伍来到一处遍布怪石的山谷。洪福得意扬扬地宣称，这里名叫黑石沟，但是你在任何地图上都找不到这名，因为那是他命名的。

怪石全部呈现为黑色，雄奇险幽，极似各类动物的造型，好些平整的岩体上画有大量岩画，内容大都为舞蹈中的人形及动物造型，风格幼稚而朴拙，接近于抽象的符号，看来这一带远古时期便有人类活动。

蔡牛不愧为地质系教授的儿子，当下判断说，这些阴森恐怖的怪石实际上是因为远古时期的火山爆发，由火山口喷射出的岩浆冷凝而成，历经风吹雨打和冰川侵蚀，这才成了现在的模样。

“简直如同来到了另一星球。”钟小彤禁不住啧啧称奇。

“这还不算什么稀奇事，前边还有更奇怪的地方呢。”大吉大利说道，“再走两个小时，应该能到怪石坡了。”

“也是我给起的名。”洪福得意地说道，“过了怪石坡再走一个小时左右，就能到达目的地了。”

“怎么个怪法呢？”谷宇清问。

“别问了，到地方你就知道了。”洪福还卖了个关子。

两个小时以后，队伍来到一座坡度不大的山坡前，洪福喘着气宣布：“到了！”

山坡比较平坦，除了光秃秃不见任何草木，其他并无特别之处。大家纷纷议论说，这里何怪之有？

“你们把矿泉水瓶横放在地上看看。”洪福对谷宇清说道。

谷宇清从口袋里抽出还剩小半瓶水的矿泉水瓶，莫名其妙地往地上一放。说也奇怪，横放着的瓶体立即开始滚动起来。

山坡带有坡度，圆形的物体当然会滚动——问题在于，它不是往下滚，而是往上滚！

“你再倒点水看看。”洪福又提示道。

谷宇清拧开矿泉水瓶盖，在一块光洁的巨石表面慢慢倒水，只见水流依然顽强地朝上直淌，留下一道笔直的水痕。

“怎么会这样？”谷宇清傻眼了，“牛顿的万有引力跑哪里去了？要真是这样，科学常识岂不是要推翻一半，所有关于力学、物理学的教科书都得重写？”

“啥重写不重写，没那么邪门。”只有蔡牛不以为然，“没什么稀奇的，这种现象世界各地都有，咱们中国也有不少，我看过一期电视节目，就是专门揭秘这一现象的。”

“我也看过。”钟小彤说道，“说是经过专家的研究，主要是由视差错觉造成的。”

“话又说回来了，所谓的专家其实也是盲人摸象。”蔡牛说道，“一会儿说是重力异常，一会儿说是磁场效应，一会儿又说是四维交错，还有什么黑暗物质的强大引力等，反正众说纷纭，没有特别令人信服的证据。”

“呵呵，你说是视觉造成的错觉，对不？”大吉大利问钟小彤，从口袋里摸出手机来打开电源，“行，我倒可以证明给你看。”

大吉大利的苹果手机上装有一个水平仪软件，启动后往地上一放，只见图形界面上的“气泡”毫不含糊地偏向上坡的一头。

“瞧瞧，跟那什么视差错觉有什么关系？”洪福嚷嚷道。

“咱们再看看指南针。”大吉大利又打开一个指南针软件。

指南针的指针一直转个不停，就是停不下来。

“我来看看。”谷宇清忙去口袋中寻找自己的指南针。

那只买冲锋衣时搭来的实体指南针同样犯病，指针只会疯狂乱转。

“舅，别耽误时间了，还是赶路吧。”一旁难得开口的尹腾军朝洪福催促道。

“行，不研究了，上路。”大吉大利收起手机关闭电源。

翻过这道怪坡，地形渐渐开始变得平坦起来，要不是周围仍然层峦叠嶂，简直会令人以为是来到了平原地区。

继续走了一个多小时以后，队伍转出一个低矮的山谷，旋即开始了一轮非常可怕的登高。

说可怕，不单是指山的高度，更是指攀爬的难度。陡直的山坡上怪石嶙峋，而且许多石块异常松散，稍不留神便会形成滑坡或坍塌。众人一路行去，脚下时不时会蹬落一些碎石，引得山坡上噼里啪啦滚石乱响。

“干脆叫‘稀里哗啦山’算了。”尹腾军哼哼着说道。

“呵呵，这名起得好，大俗即大雅也。”蔡牛深表赞同。

队伍呈蛇形缓慢上行，花了整整两个小时才攀至峰顶。

眼前豁然开朗，山脚下出其不意地出现了一个底部平坦如砥的盆地。

“看！”洪福指着盆地中央叫道。

其实根本不用提醒，谁都能一眼看到脚下的这块盆地。但是，洪福所指的盆地中央空空荡荡，并无任何特别。

“给，用望远镜看。”大吉大利从背包里拿出一架军用望远镜塞给谷宇清。

通过望远镜来观察，结果就大不一样了，谷宇清一眼望去，只觉得头皮一阵发麻。

镜头下，盆地中央的地表上出现了一个清晰、确切的脸谱图案，正是航拍照片和驼皮地图所呈现的那个独目鬼脸。千百年来，即使有本地牧民闯入此地，在没有望远镜的帮助下什么都不会发现；而那三名哥萨克士兵，正是因为拥有望远镜，才偶然发现了这个秘密。

“走，下山。”王老急已经按捺不住。

下得山去，只见盆地中的地表平整得如同经过人工加工一样，许多地方寸草不生，在空中及山顶被看成是人脸的长圆形轮廓，走近细看后才发现，实际上是一道道宽约 3 米、深约 1 米的石沟，规整、深深地镌刻在大地上。而石沟中每隔 50 米左右便置有一只白色的石球，不知是什么意思，起什么作用。

再看面具的口鼻部分，同样由大量这样的石球密密麻麻堆积、摆设而成——这些石球大者如圆台面，直径将近两米，小者也比西瓜大许多，表面光洁，弧度精准，酷似经过机械设备的切削打磨。

如果从较低的角度和较近的距离看，这些石沟和石球都没什么特别之处，只有在高空俯瞰，或者是参考大吉大利手上那张放大到极限的照片，才能辨出由其构成的脸谱酷似人类：独目向天、龇牙咧嘴、头顶布满直发、双耳又尖又长，散发着说不出来的诡异和神秘气息，自然也带有一丝阴森和恐怖的氛围。

"我管这儿叫独目人山谷。"命名专家洪福得意地宣布道。

"这让我联想起了大名鼎鼎的麦田怪圈和纳斯卡巨画。"蔡牛喃喃自语道。

"啥意思？"洪福问道。

蔡牛只得先做一场科普讲座，解释说：麦田怪圈是农作物依一定方向倾倒而在田野上形成的巨型图案，而且农作物的生长速度变快，圈内的泥土中含有非天然放射性同位素微量辐射。

这一奇怪的现象在世界各地都有发现，在新疆昭苏的油菜地里也曾出现过，其成因一直存在争议，很多人坚信这是外星人的杰作。

纳斯卡巨画位于秘鲁南部的纳斯卡地区，绵延数公里的线条，构成各种生动的图案镌刻在大地上，至今无人能够破解，被列入世界十大谜团。

"单说这些沟槽吧，也许上古时期的人类还有能力挖掘，可那些石球就不是这么一回事了，没有精良的大型设备，绝不可能凭手工加工出来。"谷宇清指着远方的石球说道，"而且，这种白色的石料又是哪儿来的呢？"

"我记得看过一本杂书，提到过一种白色的球石，在新疆奇台县的北塔山发现过，最后主要成分被确认为石英。"蔡牛回忆道，"依我猜测，这里的石球很可能也是这种石英石。"

“是什么成分对我们来说不重要，关键是这玩意儿体积这么大，古人，或者说是史前的原始人，哪有这样的加工能力？”钟文沛也是疑问重重。

“除非是大人国里的巨人。”钟小彤开玩笑说道。

闻听此言，“大百科全书”蔡牛先生突然一拍大腿，似乎恍然大悟。

“天哪，难道我们来到了独目人的故乡？”蔡牛一边自问，又一边自答，“对啊，阿尔泰山本来就是黄金故里，南麓更是独目人部落的地盘，难怪面具图案中只有独眼！”

“快说来听听。”王老急现在对蔡牛越来越佩服。

“我手机里好像存着一本这方面的书。”蔡牛摸出手机打开电源，“我来找找看。”

“太好了！”闻听此言，大吉大利显得特别兴奋，“搞清楚这里的背景资料大有好处。”

2 莫奈何

手指在触摸屏上划来划去找了一会儿，蔡牛清清嗓子，开始了长篇大论：

“先说西方，早在公元前7世纪，希腊诗人亚里斯底阿斯漫游中亚的时候，已经在长诗《独目人》中提及独目族的存在，将这一奇特的种族称为‘阿里马斯普人’，也就是说，仅仅在三千年以前，独目人还是这片土地的主人。”

“历史学鼻祖希罗多德，在《历史》中也曾有过详细的记述，称阿尔泰山北麓的格里芬人和南麓的独目人经常发生战争，目的就是争夺黄金。”

“在荷马史诗《奥德赛》中，也描写过有关情节，说奥德赛用酒灌醉巨人，戳瞎其仅有的一只眼睛而逃生。类似的传说，在欧洲各国史籍中，以及《一千零一夜》和中国的《太平广记》等书籍中均有记述。有些就描述得更具体了，比如《印度志》中也说：‘独目人，狗耳，一只眼长在额正中，头发直立……’”

“无独有偶，中国的上古奇书《山海经》对此也有过记载，称一目国、一目民，位置同样锁定于如今的阿尔泰山。更有意思的是，在整个阿尔泰语系的各民族中，包括蒙古在内，都有英雄勇斗独目巨人的神话故事，至今维吾尔族、哈萨克族、柯尔克孜族、乌孜别克族等，都有‘独目人’的故事流传，在图瓦人的史诗中，独目巨人被描绘成口中喷火、鼻冒浓烟、前额独目闪闪放光的异类；在哈萨克人的神话中，则是深山中力大无比、刀枪不入的金刚不坏之身；《大荒北经》中‘有人一目，当面中生’的‘聻目’，据说是少昊的儿子，也就是黄帝的孙子，其部落‘鬼方部’居于西北……”

“难道这些仅仅只是巧合吗？有人推论，所谓的独眼人只是戴着面具的正常人，为了在作战时恐吓敌人罢了。但是，中亚各民族中记述的英雄们杀死独目巨人的方式几乎一致，都是戳瞎巨人唯一的眼睛后再结果其性命，显然这又与面具无关。”

“按现代生物学规律来说，脊椎生物无论是动物还是人，对称器官是由一个‘原基’分裂而成，独眼的形成就是眼的原基向左右两侧分离时因某种因素影响而失败，最后形成一只眼睛，出现比率为十六万分之一。独目生物通常带有另一种严重缺陷，即大脑的两半球融合一体成为畸形，因此体格异常发育，成为‘巨人’的可能性极大。但又难免智力低下，大多活不长久，所以终成被淘汰的物种。”

“目前有关专家的共识是：独眼巨人确实真实存在过，但又突然神秘消失了，考古发掘中从未找到过可做定论的头骨，难道他们是地外文明带来的生命体？美国宇航局把搜寻地外文明的行动命名为‘独目人计划’，不知道是否可以作为一个注解……”

“行啦，别叽里咕噜个没完！”尹腾军早已听得不耐烦，毫不客气地打断了蔡牛的“学术报告”。

“腾军，别这么没礼貌！”大吉大利呵斥道，继而对大家说道，“要不，先下去看看再说？”

“这就下地道？”钟文沛问。

“没错，从眼珠子那儿下去。”洪福说道。

“我有个疑问还是没搞清楚，你们当初到底是通过什么办法确定地下是空的？”谷宇清问大吉大利，“会不会搞错呢？”

“不是告诉过你们吗？大吉大利的一双耳朵就是探测仪器。”洪福回答道，“唯一需要的条件就是必须遇到雷雨天气，恰好这阿尔泰山区里头，夏秋两季里雷雨挺多。”

“怎么个听法？”蔡牛饶有兴致地问道。

“行，一边走一边给你们说说吧。”大吉大利迈开了步子。

大吉大利朝着面具图案中眼部的位置直线走去，用平淡的口吻开始了讲述。

数天之前，第一次踏入山谷的三个人，与其说是被大地上镌刻的面具震撼，还不如说是为即将到来的雷暴天气担忧。

那天的黄昏来临得特别早，天空阴沉、晦暗，大团黑压压的浮云飞速奔腾，远方的天际边已隐隐传来一声声闷雷，预示着一场雷雨即将来临。

洪福和尹腾军顾不上研究面具的细节，赶紧趁着天光还算明亮，寻找避风的地方把帐篷搭起来。大吉大利则难以抑制心头的兴奋，在山谷中四处走动，寻找当年哥萨克士兵掩埋财宝的蛛丝马迹。

勘察得到的结果比较令人沮丧，眼之所及，并无任何可以遮风避雨的石窟、洞穴，而且谷地中土层极薄，毫无挖掘掩埋的可能。须知可供隐藏大木箱的所在，其迹象应该是比较醒目的。

“看来是白来一趟了。”洪福不免有些懊悔。

“别急，再等等，等打雷的时候我再仔细听听，他们会不会把宝箱藏到地下去了。”大吉大利仍然抱有一丝希望。

一刻钟后，雷雨如期而至，伴随着刺眼的枝状闪电，苍穹似被瞬间撕裂，雷接二连三地在头顶上炸开。

粗壮的雨丝像鞭子一样猛抽着大地，在蓝白色的电光映衬下，空谷中的景象雄伟壮观而又令人生畏。

大吉大利并没躲进帐篷避雨，反而脱光衣裤跑到面具的圆圈之内，卧倒在地将耳朵紧紧地贴在地面，仔细听辨雷声传入大地后再反射出来的声音信息。

众所周知，盗墓人一般都会看山看水，掌握基本的分辨土质、土色的本领，只需将“分土剑[10]”插入土层，便能根据手上的感觉去感应地底下是否有墓，或是依据铲头上带出来的泥土，判定墓的形状、深度、年代、墓门位置等。但是，靠耳朵来找墓，那就属于更高一层的功夫了。

要说“听墓”的科学道理，其实也很简单。打个比方，有经验的花匠

10　盗墓人工具，金属制探针、探条。

要知道花盆里的泥土是干还是湿，根本不必用眼看，也不必用手摸，单用手指轻磕花盆便能探知。因为湿土的声音混沌，干土的声音清脆。

同样的道理，有墓葬的地底下肯定是空的，恰好形成了一个共振腔，雷声传入后就会形成共鸣，反馈出来的声音必定与众不同。再打个比方，你用棍子分别敲击一只空纸箱和一只装满东西的纸箱，敲出来的声音就绝不一样。

乘着每次打雷的间隙，大吉大利跳起身来狂奔一段距离，换个地点再次趴在地上侧耳倾听。

二十分钟以后，暴雨和雷电戛然而止，天色也完全黑了下来。大吉大利回到帐篷里擦干身体穿上衣裤，脸上满是难以抑制的喜色。

“下面有坑？”洪福已经猜到了七八分。

“有，还不小，估计那一大片全是。”大吉大利指着外面答道。

“我的妈呀，那得多大的坑啊？”洪福惊得嘴都合不拢，但马上又有了新的疑问，“那三个家伙单单为了掩埋两只木箱，去挖那么大一个坑？”

“我也正在纳闷呢，遍地都是石头，他们哪来这么大的本事？”大吉大利哼哼道，突然眼睛一亮，“我说，下面会不会有墓？”

“不会吧，这儿又没什么帝王将相，哪来这么大规模的墓地？”尹腾军有点不以为然。

“这倒不一定，”大吉大利摇摇头，“出发之前，我曾经查过不少资料，都说阿尔泰山南麓这一片，古时候是什么塞人和斯基泰人的天下。他们是今天哈萨克族的祖先之一，属印欧人种，出了名地喜欢黄金，据说他们的盔甲和武器是用黄金打造的，连马具上都镶着金子。”

“守着这座金山，随便挖点石子筛一筛就能找到金块，所以当时的黄金肯定一点都不稀奇啊。”洪福说道。

“是啊，这不比炼铁，得找矿、冶炼，技术上要复杂得多。”大吉大利说道，“我敢担保，这里当时要是有铁，肯定得比黄金更值钱。”

“坑里真有黄金？”尹腾军问道。

“你想啊，那么强盛的部落，不是也得有部落首领吗？”大吉大利说道，“首领下葬的规格肯定不小，陪葬的黄金还能少？”

“看这墓的规模，里边躺着的绝不可能是一般人。”洪福说道，“真是老天有眼，要真是王墓，那两只木箱只能算是小儿科了。”

“呵呵，用句文绉绉的话来说，这叫塞翁失马，焉知非福啊！”大吉大利脸上乐开了花，“那两只木箱先扔一边去吧。”

“可发大财了，这辈子终于干了票大买卖。”尹腾军摩拳擦掌，恨不得现在就动手。

“别说了，吃点东西早点睡觉，明天一大早开工。”大吉大利说道。

怀抱着满腔的希望，三人胡乱吃了些干粮，钻进睡袋一觉睡到天亮。

第二天清晨，大吉大利啃了一块压缩饼干便走出帐篷，迈腿直奔面具中间那只独目的位置。直觉告诉他，墓道的入口应该就在那里。

独目的面积比一辆旅游大巴还要大，鱼形的眼眶中间放置着一只奇怪的石球代表眼珠。

石球通体白色，足有一张能坐十个人的圆形餐桌那么大。仔细观察，你会发现它其实不是一个完整的整体，而是由六块经过雕琢、带有弧度的石构件相互咬合组成，与木匠们的榫卯结构异曲同工，又与现代的益智玩具“魔方”有点类似，不同之处在于魔方是方的，而它是圆的。

如果说墓道的入口就在石球下面，那么首先要做的必定是拆卸、分解，打开这只奇怪的球体，但是洪福和尹腾军围着石球转了好几圈，丝毫不知该从何处下手。

大吉大利并没乱转圈，而是手托下巴轻轻嘀咕了这么一句：“难道这就是江湖上所说的莫奈何？”

“啥意思？”尹腾军忙问。

大吉大利并没有正经上学念过书，但并不代表没有文化，作为合格的盗墓人，这些年来收集、研究过不少与风水堪舆、探穴识墓有关的典籍，包括各个朝代的丧葬习俗、造墓手段、随葬喜好、机关阵法等，其他一些普通人闻所未闻的奇技淫巧、江湖秘术，他也有所了解。眼前的这只石球，令大吉大利迅速想到了曾经翻阅过的一本晚清读本——《鹅幻汇编》。

书的作者名叫唐芸洲，详细介绍过一种名唤“莫奈何”的锁具，此物又名“别闷棍”、“六子联芳”、“难人木”等，材质一般是木、竹、象牙和黄铜，通过六块咬合在一起的构件组成一个稳固的立体结构，在没有任何钉子、绳子的前提下彼此交叉固定。

此物演变开来后又有了许多新的形式，被称为“孔明锁”或“鲁班锁”，但这显然是人们的穿凿附会，将这一类智巧的发明硬安在名人身上。

不管此物的外观和形式如何千姿百态，其核心原理总是万变不离其宗，无非是构件中各有凹凸，彼此穿插在一起时方能咬合，而且通常会有一根最后插入的构件，起关键“锁”住的作用。

这玩意儿看似简单，但无论是拼接还是解开，都需要一定的空间思维能力，好在现在有了思路，也就有了希望。

大吉大利回到帐篷，从背包里找出一把锋利的小刀和六块像洗衣皂一样厚实的压缩饼干，耐着性子慢条斯理地切割、雕琢起来。

年轻的时候，大吉大利为了谋生在乡下学过一点木匠活，对常见的“托角榫”、“长短榫”、“抱肩榫”、“粽角榫”等并不陌生，现在这点本事正好派上了大用场。六块饼干先被切成半圆形，然后在其直边上刻出可供榫卯的各种凹缺来，尺寸未必精细、匹配，但已将抽象的逻辑关系转化为直观的物理模型。

经过个把小时的摆弄和不厌其烦的修正，终于找到了破解难题的钥匙。大吉大利来到石球边，开始用一支大号的记号笔给六个模块编号，分别写上六个阿拉伯数字。

“关键是 6 号，那是锁件，来，往里推。”大吉大利对尹腾军吩咐道。

尹腾军将信将疑，双臂搭在 6 号构件上使劲往垂直方向推。

构件似有松动的迹象，洪福见状连忙上前帮忙，俩人叫声“一二三”一起发力，只听“喀”一声响，构件果然开始慢慢前移。

“动了，动了！”洪福兴奋地大叫道。

但是，又是“喀”一声响，6 号构件像被卡死了一样再也不肯前行。

“把 5 号往右边移！”大吉大利蹲在地上摆弄那一堆压缩饼干模型。

洪福和尹腾军照做。

“4 号向前推！”

“3 号往左移！”

……

事实证明，模型完全正确，不到十分钟的工夫，整个石球完全分离，构件分成六块“轰隆”一声散落开来，露出了下面一个黑沉沉的圆形洞口。

“我的妈呀，这么大、这么沉的玩意儿，当初是怎么拼装起来的呢？”洪福不停嘴地啧啧称奇，“古时候又没有吊装设备，全靠两只手硬干，得花费多少人力啊！”

“这就是墓道了？”尹腾军趴在地上，将手电探入洞中乱照。

“八成是墓道。”大吉大利也趴在地上探头观察。

灯光扫射之处，可以清楚地看到，洞中是一道呈45度角往下延伸的阶梯，看得出是在岩体上直接开凿出来的，而且加工得非常精细。唯一奇怪的是，每一级台阶之间的距离都极大，目测足有七八十公分的高度，如此陡峭，似乎不太适合行走。

“我先下去看看再说。”尹腾军实在按捺不住心中激动，跳起身来叫道。

话刚说罢，抬腿便跳入了洞中，但是，一马当先的尹腾军完全没法逐级往下走，而是顺着石阶一级一级地往下跳。

“给我回来！”洪福急白了脸，冲尹腾军的后脑勺大吼道，“咋这么冒失，不要命了？”

第十六章　芝麻开门

我只知道，独目人暴躁、好斗、喜欢黄金，经常对邻居发动战争，尤其是常年跟阿尔泰山北麓的格里芬人对掐，打起仗来喜欢拿石块砸人，还喜欢吃人，其他的就不知道了。关键是独目人像恐龙一样突然消失，而且至今没有直接、有力的证据来证实其存在，似乎有点不太靠谱。

1　墓道

“呵呵，一激动忘了规矩。”尹腾军自知犯了错，赶紧三窜两窜回到地面。

洪福也不继续责怪，而是蹲下身从背包里拿出一包线香，抽出三支用打火机点燃，然后小心翼翼地插在地上的石缝里。

“后土娘娘多多保佑！后土娘娘多多保佑！”洪福跪倒在香前，口中念念有词。

尹腾军和大吉大利也忙跪倒，恭恭敬敬地连连磕头。

后土娘娘在神灵中的级别很高，几乎与天帝比肩，所谓“皇天后土”是也。在民间信仰当中，“后土”更被看做“司土”，掌管土地，所以也往往被认作“守墓神”。

基于这一原因，在土里刨食的盗墓贼先得摆平这层关系，烧点香搞一搞感情贿赂，以便守墓神睁一眼闭一眼，令盗墓行动安全、顺利、成功。

静静地等待三支香烧完，三人还不立即行动，而是再次抽出四支香来点着。

这次敬拜的是墓主，请求其原谅、饶恕自己，毕竟这是缺德的盗贼行径，换谁遇到都不会乐意。你去邻居家借瓶酱油也得赔个笑脸吧？闹这么大的动静，不事先打个招呼就太不讲究了，你客客气气的，鬼也不好意思翻脸作祟。这里有个说法，叫做“神三鬼四”，也就是说敬神用三支香，敬鬼用四支香。

当然，在墓前烧香，也不光是为了场面上的人情往来，更有另外一层实际意义。

墓穴被密封了千百年之久，里面的空气质量可想而知，先不说氧气含量的高低，要是富含毒性或可燃气体，你冒冒失失闯下去，后果自然不堪设想，所以打开入口后正好趁烧香的工夫通风、排毒。要是操作再规范一点，最好是先扔一只鸡或一笼鸟下去测试一下。

“差不多了，下吧。”大吉大利戴上头灯，抄起了沉甸甸的自制工具。

尹腾军依然走在第一个，非但头上戴着头灯，腰里别着电筒，手里还捏着一根蜡烛，以便观察洞内是否缺氧。

三人相继走入圆形的洞口，顺着那斜挖的台阶一路来到洞穴的底部，凭感觉测算，应该已离地面至少一二十米。

蜡烛燃烧得相当正常，空气中也无任何异味，但是地下的温度似乎特别低。尹腾军拿着电筒往四周照射，这才发现眼前出现的是一间四四方方、空空荡荡的石屋，面积大概有一百多平方米，打个不恰当的比喻，大概有点客厅的意思。

石屋的尽头，是一扇巨大的石门，门边蹲守着两尊巨大的石像。

往前走去，地面相当平坦，甚至可以说是平坦得十分怪异，如同经过了石匠们的切削、錾凿；抬头望去，顶部的情形差不多也是这样，但距离地面至少有五六米之高；再看四壁，依然是那种令人毛骨悚然的平整和光滑，即使凑近后细看、触摸，也找不到任何堆砌、拼接的痕迹。

谁都看得出来，这里绝非天然所形成，但也极有可能是在天然洞穴的基础上加工而成的。但是，这里并非中原地区，所以石屋不是在松软的泥土中挖掘出，而是在坚硬的岩体中活生生硬“抠”出来的！

“啥也不用说了，这坑绝不一般！”洪福激动得声音都发了颤。

“没错，我估计，墓主至少也是当时的部落首领。”大吉大利同样激动。

“这次算是发财了，干完这票，以后啥都不用干了，肯定几辈子都吃不完。”尹腾军嚷嚷道。

“别高兴得太早，小心机关。”大吉大利连忙提醒。

大型墓葬，尤其是帝王墓内设有机关，几乎已经成为人所共知的常识，什么伏弩暗弓、翻板陷阱、流沙悬石，或者是水银、毒气之类的名堂，无不传说得神乎其神。更由于电影与小说的刻意渲染，这些机关往往被描述得杀伤力巨大且异常华丽。

但是，只要仔细分析一下便不难得出结论，这些描述其实并不可靠。

比方说，弓弩的弦大多采用动物的筋腱或植物原料制成，历经千百年之久还不腐坏？再比如喷火、喷毒之类，其实无非是密闭空间内的有机物分解而形成的可燃性沼气或真菌、尸毒，并非刻意设置的防盗措施。

但是，小心一点总归没错。

尹腾军走在最前面，半步半步地试探着往石门方向走，头灯直射地面，生怕遇到传说中的“翻板陷阱”；大吉大利紧随其后，用手电照射着头顶上方的“屋顶”，防止悬石之类的设施；洪福走在最后，手电光左右扫射，密切监视四周有无异常。

还好，并无任何意外发生。

走近之后才发现，石门两边的石像，原来是一对雕刻风格粗犷、简约、古拙的石狮子。威风凛凛的雄狮通体白色，一足抓地，一足抬起后搭在一堆圆形的黑色物体上，似乎准备随时腾跃捕猎。

这就奇怪了，谁都知道狮子原产于非洲，在这冬季严寒的中亚地区从未、也不可能存有，远古时期的人们，不可能像现代人那样建造动物园而从非洲引进狮子，也就是说，他们压根儿就不可能见过狮子的样子。那么，这一雄狮的形象难道是凭空想象出来的？而且，在门旁一左一右蹲守着，简直与中原地区官府衙门的做派如出一辙。

石门异常高大，宽约 5 米，高约 4 米，表面刻有简单、古朴，并且稍具抽象风格的动物图形，不难看出牛、马、骆驼、鹿、豹、狼、熊、鹰等动物的特征。

大门两侧的岩体上，各有一只巨大的、周边带有齿轮的石质转盘，直径约在一米五左右，配合一根粗壮的“十”字形横杆，看上去有点像船上的驾驶舵。

转盘、齿轮和横杆的材质十分奇怪，颜色呈亮锃锃的灰黑色，看上去有点像石头，但敲上去却发出类似金属的声音。不难看出，这一左一右两套转盘装置，应该是用来打开大门的。尹腾军抓住横杆往下拉，尽管使出了吃奶的力气，转盘依然纹丝不动。

“别瞎费劲，没看见周围的梅花形空当？”大吉大利连忙喝住尹腾军。

转盘的周围，也就是上下左右四个角上，各有一个圆形的凹陷，直径约有 80 厘米，中心位置带有一根垂直的定位柱。

“瞧这意思，还得把四个小齿轮装配上去。”洪福也看出了门道。

“快找找。”大吉大利用手电四下照射。

“什么眼神啊，那不就在石狮子的脚下？”洪福一下子便发现了目标。

两只石狮子抬起的那条腿下面，各压着一堆圆形的物体，仔细分辨，原来正是叠在一起的四只齿轮，两边加起来正好八只。狮腿看似死死地压在上面，其实只是虚压，将其一只一只抽出来并不难。

八只小齿轮同样是那种灰黑色类似金属的石料，但每只上面都有一个镌刻出来的三角形标记，外加一个鸡蛋般大小的圆点，圆点中镶嵌着一种色彩奇异的宝石——将小齿轮装到转盘周围的凹陷位置上之后，与大齿轮严丝合缝，完全吻合。

“再转一下试试。”洪福朝尹腾军命令道。

这一次，转盘确已松动，大小齿轮相互啮合开始转动，但很快又发出“喀”的一声卡死了。

“别试了，肯定是位置不对。”大吉大利用灯光照着小齿轮，终于发现了问题。

“什么毛病？”尹腾军喘着粗气问道。

“仔细看这小齿轮上面的标记。”大吉大利提示道。

仔细观察八只小齿轮，很快便能发现彼此之间存在着差异。

如果将齿轮横截面上那个三角形看成是12点钟的位置，那么圆形宝石的位置各不相同又存在着规律：有的在左上，有的在右上，有的在左下，有的在右下——毫无疑问，只有将它们各自摆放到正确的位置上之后，大小齿轮才能有效转动。

可是，天晓得怎么摆放才是正确的？

这扇门没有钥匙，唯一的开启手段便是这样的组合方式，简直相当于现代的密码锁。

“完了，遇到密码锁了。”洪福也明白了这一道理，“运气真差！”

“怎么这么冷？冷得头都有点痛了。”大吉大利还算镇定，“太冷了，实在吃不消，还是先上去再说吧，回头我再想想办法。我咋觉得，这一个点一个点地搁一起看，好像有点像盲文。”

“想办法？”洪福也不知哪儿来的火气，突然大吼大叫起来，“想个屁，就算是盲文，你又能认得出来？”

在石屋里待得越久，越觉得温度低得有些离谱，简直跟来到了冷库中差不多。不过这还能够忍受，麻烦之处在于，不知道是不是由于氧气稀薄的原因，三人不约而同地开始觉得胸口发闷和四肢疲乏。

“我咋觉得有点喘不过气来。”洪福大口大口地吐气。

“是有点，我也觉得不太好受。”大吉大利附和道，“按说洞口敞开着，空气是流通的，不可能缺氧啊，会不会是心理作用？”

“不是心理作用！”尹腾军忙说，“我也觉出来了，胸口是有点闷得慌。”

“你们看，蜡烛烧得挺正常。”洪福指着竖立在地上的蜡烛说道。

“是啊，根本不是缺氧。”大吉大利说道，“真让人纳闷，有点邪门啊，会不会是毒气？”

蜡烛的火焰大小始终十分稳定，颜色也很正常，但令人不适的情况越发明显，洪福第一个嚷嚷说脑袋有些“晕晕乎乎”，继而又说心跳加快，似乎“直往嗓子口蹦”。

“头晕！”尹腾军大口大口地喘气，“还有点恶心，就跟喝了一斤白酒一样。”

“这里不能再待，赶紧上去。”大吉大利强忍着眩晕感叫道。

“要不先坐下歇一会儿，兴许歇一会儿就好。”洪福还是舍不得离开，“会不会是刚才吃的压缩饼干有问题？”

“压缩饼干有什么问题？”尹腾军突然大吼起来。

“你小子吃枪药了？”洪福不明白一向对自己十分尊敬的外甥怎么会有那么大的脾气。

“少废话！”尹腾军瞪着眼继续大吼。

“这小子中邪了？”洪福问大吉大利，又举着手电照亮尹腾军的脸，“喂，腾军，咋回事？”

“去你的！”尹腾军显得越发奇怪，伸手就是一拳。

拳头打在洪福的胸口，还好分量不重。

“小兔崽子，反了你了？”洪福顿时变得狂躁起来，扑上前去一把揪住外甥的衣服。

“松开，松开！”大吉大利赶紧拉住洪福，“要打架到上面去打，我陪你们一起打。”

洪福松开手，骂骂咧咧地朝台阶方向走去。

“腾军，还愣着干什么？赶紧走！”大吉大利朝尹腾军一声猛吼。

回到地面，吹着小风稍微休息了一会儿，一切不适的症状迅速缓解。

“奇怪，绝对不是缺氧。”缓过神来的大吉大利先仔细观察自己的手指甲。

指甲的颜色是正常的白中泛红，再抓过洪福和尹腾军的双手查看，颜色同样正常，包括嘴唇和耳廓的颜色，也没有发白或发紫。

“腾军，你刚才怎么回事？”洪福想起刚才挨的那一拳，心里还有点来气。

“老舅，对不起啊，我也不知道到底是怎么回事，就是心里急，控制不住，莫名其妙就拔了拳头。”尹腾军垂头丧气地说道。

“也不能怪他，你刚才的火气也不小。”大吉大利对洪福说道，“似乎都有些丧失理智了。”

“是啊，也不知道是哪儿来的火气。”洪福说道。

“其实我刚才也有这样的感觉，就想大吼大叫着跟谁干一架才爽快。”大吉大利说道，“邪门，真邪门，好像全变精神病了。”

讨论了半天，依然下不了结论。要知道，那扇门绝对不是一扇普通的石门，铁定是一道通向财富的大门，不管里面是不是墓穴，其价值仍将是空前绝后，今生不可能再遇，干完这票，完全可以金盆洗手，就此安享富贵。

缓过神来，三人再次深入地洞，重点研究石门的相关细节。

“越看越像是盲文。”大吉大利在自己的笔记本上又是写又是画。

“我看不像。”尹腾军并不认同。

“那你说像什么？”大吉大利气冲冲地问道。

“什么都像，就是不像盲文！”尹腾军吼叫道。

“行了，又要发毛病了，赶紧回地面去！”洪福看看情况又有失控的趋势，连忙喝住双方。

一时半会儿不可能想出招来，干粮已经不多，而且山里的冬季说来就来，10 月份就将大雪纷飞，到时候大雪封山，想走都走不掉。阿尔泰山区每年都有淘金客被困在山里，最后不是饿死就是冻死，现在已是 9 月底，不抓紧时间离开这无比幽深的山谷，大雪一到麻烦就大了。

小齿轮上那鸡蛋般大小的宝石，不知道究竟是什么货色，每一粒都有着各不相同的颜色，有的呈蔚蓝色，有点呈鲜玫瑰红色，有的竟然是红色加绿色两色共存，但无不晶莹通透、鲜艳夺目。

尹腾军说，管它是什么宝石，先撬下来再说，带回去多少也值几个钱。

说来也是奇怪，那八块宝石看似轻轻地镶在石面上，但任由你用小刀去挖、去抠、去撬，愣是纹丝不动，似乎背面被某种神奇的“强力胶”粘死了。

“腾军，别撬了。”大吉大利预感到这玩意儿没那么简单，“留着吧，留得青山在，不怕没柴烧。先回去再说吧，到家后找懂盲文的人慢慢破解难题，待明年春暖花开之后再重返阿尔泰吧。”

铩羽而归，难免有些无精打采。

三人按原路返回，走了一天，身上携带的干粮全部耗尽。第二天强打精神继续行走，在饿了一天的情况下，终于走出大山，在黄昏时分遇到了一户转场的哈萨克牧民。

好客的牧民以酒肉款待客人，宾主双方痛饮一场，一直喝到天色全黑。

吃饱喝足以后，大吉大利建议连夜赶路——此处离乡道还有十几公里路，要是取了车直奔阿勒泰，明天一早便能搭飞机离开。

都说归心如箭，真是一点不假。三人告别牧民，跌跌撞撞摸黑赶路，幸好月色明亮，路也不算难走，半夜时分赶到紧挨着乡道的那座山坡，将存放在白杨林中的金杯车开上路，朝着阿勒泰市方向中速前进。

车速虽然不快，但驾车的尹腾军一则劳累，二则酒劲冲头，三则洪福与大吉大利全在打瞌睡，四则半夜三更路上不见任何车辆，于是醉眼蒙眬、放心大胆，车速不免越来越快。

瞎了一只车头大灯的金杯车在空旷的乡道上横冲直撞，等到尹腾军依稀发现前方出现来车的时候，大脑的反应还是慢了数拍，一直等到两车靠近，这才开始手忙脚乱，又是踩刹车又是打方向盘，但车头全不听话，扭了一扭还是“咣”的一声撞上来车……

2 碧玺石

谷宇清第一眼看到被打开为六瓣的“莫奈何”之石，立即对大吉大利大感佩服，暗说要是换了自己，恐怕在这里琢磨一个月都未必能想出招来，看来盗墓人的能耐确实小瞧不得。

石球的构件如此巨大，当初要是没有得力的吊装、起重设备，根本不可能拼合起来，而且拼合比拆分的难度更大，那些精准奇妙的榫卯简直巧夺天工。如果这是上古人类的杰作，那他们的智商和生产力、文明程度该有多高?

“我估摸着，应该是塞人或斯基泰人的王墓，或者是祭忌的场所，也可能是储藏黄金和财宝的地方。”蔡牛已经激动得满脸通红，“这可是一个伟大的发现，很可能是本世纪内最伟大的发现，简直能与埃及金字塔和玛雅遗迹媲美。”

“要真是这么一回事，那两箱东陵宝藏，相比之下还真就没什么分量了。”谷宇清也激动得嗓子发哑。

“没错，一个是芝麻，一个是西瓜。”钟小彤连连点头。

“呵呵，依我看，一个终究还有价格，一个是根本无法估算。”王老急深表赞同。

“真是失之东隅，收之桑榆哪！”蔡牛仰天长啸，“不虚此行，不虚此行！”

“蔡大师，你不是说这里是独目阿里马斯普人的故乡？”钟文沛没忘记蔡牛说过的话。

“传说中的独目人吧，似乎还没开化，应该没有这样的能力。”蔡牛的回答有点东摇西摆，“我只知道，独目人暴躁、好斗、喜欢黄金，经常对邻居发动战争，尤其是常年跟阿尔泰山北麓的格里芬人对掐，打起仗来喜欢拿石块砸人，还喜欢吃人，其他的就不知道了。关键是独目人像恐龙一样突然消失，而且至今没有直接、有力的证据来证实其存在，似乎有点不太靠谱。你想啊，连恐龙都找到化石了，可独目人呢，除了一些雕像、岩画和零零碎碎的文字资料之外还有什么？”

“别急，说不定一会儿打开大门，一大堆的独目人在等着我们呢。”王老急拍着蔡牛的肩膀开玩笑。

自打在喀纳斯劫后余生，并且了解到钟小彤和谷宇清之间原来已有那么一层限定版的“情侣”关系，王老急对蔡牛友好了许多。

这边还在围着石球议论纷纷，尹腾军已经一声不吭地走下墓道。

“走，快跟上。”钟小彤提醒大家。

众人接踵而行，先后来到石室的底部，未免又是一阵长吁短叹，纷纷猜测转盘到底是用什么材质制成的，为什么六分像金属，四分像石头。蔡牛认为，这种奇特的类金属物质有点像陨铁，敲击后会发出清脆悦耳的铮铮声，说不定真不是一般的矿石，而是神秘的天外来客。

随后，大家的注意力全部集中到小齿轮的身上——严格点说，是被镶嵌在上面的那一块块晶莹剔透的宝石上。

“碧玺石！”蔡牛一声惊呼。

“你认得？”尹腾军问。

“当然认得！”见多识广的收藏家激动得两眼放光，“碧玺石又名电气石，非但是一种漂亮的宝石，而且是一种强力的灵石，具有凝聚能量的特性。”

“灵石是什么意思？”钟小彤问。

“说白了就是具有独特的物理特性，否则也不会被叫做电气石了。”蔡牛很高兴有一个卖弄的机会，“据说，若经冷热交替或施加压力，或者经过丝毛皮革之类的物体摩擦，碧玺结晶将会成为带电体，这一点甚至连肉眼都能看见，比如说可以吸附灰尘之类。另外，它的压电性和热电性使其可以产生强劲的自由能量，能吸收辐射，对人体的磁场、新陈代谢、内分泌等具有调节作用，甚至对人体疾病会产生神奇的疗效……”

“到底值不值钱？”尹腾军打断蔡牛的话问道。

“碧玺是仅次于钻石、红宝、蓝宝、祖母绿的有色宝石之一，清朝一品官员的帽顶上就用它做装饰。”蔡牛答道，“现在到底值多少钱我不知道，但我可以告诉你一个参考价格，当年慈禧的殉葬品里头，有一朵用碧玺雕琢的莲花，重量大约为5公斤，当时的价值为80万两白银。”

“乖乖，看来还不是便宜货。”洪福抚摸着光洁而坚硬的宝石感叹道。

这边在兴致勃勃地讨论宝石，谷宇清却打着手电在专心致志地研究那些小齿轮的异同之处，很快便发现了问题。

表面看来，仅仅只是碧玺石所镶嵌的位置不同，实则上，齿轮本身也有异常。

“变位齿轮！”谷宇清自言自语道，语气里全是无法掩饰的惊讶，“八只齿轮里面，有两只属于变位齿轮。”

“变位齿轮是什么意思？”大吉大利忙问。

谷宇清解释说：“一般常见的齿轮属于‘渐开线齿轮’，比较容易制造，在公元前三百多年的中国古代已经出现，山西曾经出土过青铜齿轮，是迄今发现的最古老齿轮。但‘变位齿轮’的出现仅仅只有一百多年，是由一名德国工程师发明的，通过改变标准刀具对齿轮毛坯的径向位置切制齿形，为非标准渐开线齿形的齿轮，它非但能避免轮齿根切，减少损耗，还可以提高齿轮的承载能力。”

“我倒有点奇怪了，你一个‘挨踢业’的小白领，怎么这般了解齿轮？”蔡牛非常奇怪地问道。

“呵呵，只许你有一个地质系教授的爸爸，就不许我有一个机械工程师的爸爸？”谷宇清得意地反问道。

“我倒是比较奇怪，为什么仅仅只有百余年历史的工业技术发明成果，竟然出现在这蛮荒之地的洞窟之中？”还是钟文沛比较冷静，马上看到了问题的关键，“难道近代工程师的发明，只不过是偶然重拾远古文明的残羹剩饭？”

“小谷，闲话少说，还是研究怎么开门吧。”洪福不客气地打断大家。

“这不已经研究出来了？”谷宇清有点不高兴，“上次没打开，关键在于你们没把变位齿轮的位置放对。”

“小谷，我也明白肯定是位置的问题……”大吉大利的口气是一种刻意的客气，“但是，八只齿轮，我们总不能一只一只换着位置全部试一遍吧？”

“是啊，那得产生多少种排列组合方式？”尹腾军说道，“就是试上三天三夜也试不过来啊！”

“未必！”谷宇清微微一笑，“不错，你也知道这个排列组合方式的问题，那么我们就从这里着手。”

“不可能！”钟文沛首先叫了起来，“小谷，那可是一个天文数字！”

“是啊，如果我们将八只齿轮编号，号码为1到8，那么结果确实是惊人的……”谷宇清用胳膊捅了捅大吉大利，“纸和笔借来用一下。”

大吉大利连忙递上自己的笔记本和签字笔。

谷宇清抓起笔来，开始在笔记本上边写公式，边喃喃自语：“A（8，8）=8！=8×7×6×5×4×3×2×1，那么将产生40320种各不相同的排列方式，确实是一个难以尝试的天文数字。”

“阿哥，有没有‘但是’呢？”蔡牛问道。

“有，这就来了，但是——”谷宇清指着地上的齿轮说道，“八只齿轮其实正好是四对，无非是左右两边各对应四只。好了，这就简单多了，变成了4×3×2×1，总共只有24种结果了。”

“才24种，那我们全部试一遍不就行了？”洪福急不可耐地叫了起来。

“没错，按对与错各占一半的概率来说，试个十来次就成功了。”蔡牛叫道。

“那还等什么，赶紧动手啊！”王老急朝尹腾军叫道。

四只各不相同的齿轮被编上了号成为一组，分别装上大转盘周边的梅花形凹陷位置，但结果和上次一样，转动大齿轮后依然是“喀”一声卡死。

“换位置。”洪福指挥道。

位置换了一次又一次，但运气似乎不是太好，一直换到超过半数的12次，依然还是听到那恼人的“喀”声。

“你算的到底对不对？”累得半死的尹腾军突然变得焦躁起来，瞪着眼对谷宇清吼道。

“你说话客气点！”王老急跟尹腾军来了个针尖对麦芒。

“客气个屁！”尹腾军吼叫道，“咋的，瞪着老子干吗？不服气咱们干一架怎么样？”

“干一架就干一架，老子早就看你不顺眼了。”王老急也是暴躁得有点不大对劲。

“腾军，不许撒野！”大吉大利赶紧拦住尹腾军。

“算了，算了，大家都和气一点。”蔡牛也去抱住王老急的腰，“和为贵，和为贵！”

“滚开！”王老急冲着蔡牛发起了脾气。

“你真是狗咬吕洞宾，不识好人心！”蔡牛一反常态，竟也敢朝着王老急骂起来。

“慢，都别嚷嚷！”洪福突然大叫道，又转脸问大家，“各位，现在是不是都有一种莫名其妙的难受感觉？”

“没错，心跳得厉害，像晕车的感觉，想吐。”钟小彤第一个响应，随即竟然呜呜地哭了起来。

“我也是，有眩晕感，像醉酒的感觉，可是比醉酒还难受。”钟文沛也这么说。

这么一说，王老急和蔡牛也相继承认早就有了不舒服的感觉，尤其是心跳异常，甚至眼前有点发黑，开始还以为是饥饿和疲劳所致。

谷宇清顿时明白，自己刚才一阵阵的眩晕心慌和内心涌动的狂躁感，原来是有原因的——在这个奇怪的地下空间里，除了心跳加快、呼吸紊乱和眼前发黑之外，耳朵还像被棉花塞住了一样，高频全部被滤去，听别人说话全都闷声闷气。

更令人匪夷所思的是，内心充满了前所未有的悲哀，脑海里飞速浮现的场景和片段通通令人沮丧、悲哀、自责，包括最近发生的被公司辞退和失恋，以及寻宝行动的失败和钟小彤的不冷不热……日后何以面对那巨大的经济压力和生存压力呢？眼下走投无路，前途又是一片渺茫，这样一个连工作和爱情都没有的废物，活在这个世界上还有什么意义……

“按说空气已经流通了这么久，绝对不可能是缺氧。”大吉大利费力地对洪福说道，“我说这地方不对劲吧，上次的老毛病又犯了。”

“行了，这儿确实有点邪门，大家都忍着点脾气，相互体谅一下吧。腾军，赶紧再试。”洪福苦着一张肥脸，声音有气无力，但态度十分诚恳。

尹腾军还算听话，强打起精神来，继续与王老急合力将齿轮调换位置。

这次的运气不错，左边的大转盘发出一串连续的“喀、喀”声，终于顺利地转动起来，继而石门的后面发出一声“喀啦”的钝响，像是一根巨大的插销松脱。

“这边按照一模一样的位置摆放。”谷宇清指着右边的转盘叫道。

随着一连串的声响，石门的后面又是“喀啦”一声钝响，似乎另一根巨大的插销再次松脱。

“推门试试！”谷宇清高叫着扑向大门。

“芝麻开门！”蔡牛神经兮兮地祈祷道。

众人一起使劲推门，只听“哗啦”一声响，高大而沉重的石门缓缓松动，沿着顺时针方向开始转动，转眼间彻底洞开。

原来，这扇门有点类似现代宾馆、商场门前的那种转门，可以沿着中轴旋转 90 度开启。

说也奇怪，门一打开，谷宇清马上就觉得头脑清醒、身心舒坦，刚才的那种眩晕、狂躁、自责、悲哀、愤懑感奇迹般荡然无存。再问别人，居然大同小异，都说极似从噩梦中醒来的状态，但心底里另有一种欢欣愉悦的感觉油然而生。

“小谷，兜了一个大圈子，现在才发现其实并没那么复杂，跟你说的那什么钢琴谱完全没关系嘛。”洪福说道，口气里竟带有一种说不出的遗憾。

这话虽然只是信口那么一说，但透出的心理活动很明白：财宝当前，贪欲躁动，早知如此简单，何必与他人分享呢！

“后悔了？”钟文沛尖刻地问道，“没有我们，你们进得来？”

“好啦，先进去看看再说。”大吉大利忙把话题岔开。

各种光源不约而同地射进黑洞洞的石门，众人的眼前霎时出现一片蓝色的反光。

借助那片朦胧的折射光，大家定睛看去，只见眼前仍是一个宽广的石室，但面积比外室更大，地上堆放着大量蓝莹莹的物体，粗一看去甚至有杂乱无章之感。

发出蓝光的，是散乱放在地上的大块碧玺石，以及一种连蔡牛都不认识的蓝色宝石。比较奇怪的是，四周的墙面上同样到处镶嵌着这两种大如西瓜的宝石，而且排列得十分有规律，全部是每隔 5 米左右的距离组成一个梅花形，似乎曾经精心测量、计算过一样。

“天哪，塞人和斯基泰的文明绝对没有这样的高度，更别说是尚未开化的独目人了，这究竟是谁干的？”自打走进石屋，蔡牛大张着的嘴巴就没合拢过。

第十七章　独目人的宝藏

在远古时期的中亚游牧民族观念里，一般认为要是生前杀死一个人，这个流尽鲜血死去的人在阴间仍可供其驱使。这么说来，那扇门的后面极有可能是独目人部落首领的陵寝，这些武士，是他生前亲手杀死的，目的是要让他们永远陪伴自己、保护自己。

1　开棺

蓝色的宝石究竟为何物？如此摆放是基于什么目的？为什么门一开人就清醒过来了呢？

“这玩意儿，会不会是一种比碧玺石放射性更强的矿物质？”谷宇清指着那些紫蓝色的、晶体内带有一种雾状物质的宝石问蔡牛。

“很有可能。”蔡牛点点头，“可别小瞧矿物质的放射性，它的厉害有时候是一般人根本意料不到的。举个例子吧，我有个朋友是收藏石头的，家里装修后请人来检测污染，结果人家用仪器检测放射性，接近那些藏品时马上报警，查下来的结果是其中有几块指数特别高，吓得他赶紧把那几块石头转移到地下室去了。”

“这么邪乎？”王老急还有点不相信。

“回家以后你可以做个实验。”蔡牛谆谆教导道，“就拿一块常见的硅化木好了，你打手机时或者听收音机时将石头靠近，听听有没有干扰。”

说得兴起，蔡牛干脆侃侃而谈，说碧玺石的晶体两端都带有正、负电核，表面流动有0.06mA的微电流，可以释放负离子和远红外线，调节和补充人体的生物电，甚至具有抗辐射的作用。现在保健市场上流行的托玛琳制品，什么养生杯、护腰带之类，其实就是利用碧玺石加工而成的，根据能量守恒定律，只要宇宙存在，它所形成的电磁场就能循环不息。而眼下这种紫蓝色的宝石，极有可能比碧玺石更厉害，它们如此规整地排列着，很可能是人为地形成了一个强大的电磁场。

“难怪刚才在门外的时候人会那么难受！”谷宇清有点开窍，“会不会是外面的石英石在起作用？比方说释放出某种能起催眠作用或干扰脑波的电磁波。”

“有道理……”钟文沛似乎也有点明白过来，“很可能这座地宫的营建者不想让他人接近和进入，所以采取了一些既原始又先进的措施。”

“对啦，一旦有外人闯入，在很短的时间里就会感到身体不适、精神错乱，从而不得不尽快退出。”谷宇清开始推测，“但是他们自己就不一样了，完全可以在短时间内打开石门，利用室内的正能量抵御外面的干扰，说起来就像是打了一个时间差。”

“这么一说就全清楚了！”蔡牛一拍脑门，“石英石能存储及产生电流，产生与次声波相近的低频振动。众所周知，次声波对人体有害，甚至会引发癫痫病，我们的古代朋友可能就是利用这一点来防盗。”

“阿尔泰山区多雷电天气，这么说来，每次的雷击就相当于给石英石充电？”大吉大利问道，紧接着又自己回答，“没错，就是这么个原理，看来数量那么多的石球摆在那儿是有道理的，包括门口的那对白狮子，也不单是为了好看。”

“还记得从地面通往地下的台阶吗？这个圆形的45度通道实际上相当于一个聚焦超声波束的辐射器。”谷宇清开始在记忆中翻寻数据，“有一个公式，我一下子记不起来了，反正是将石屋的宽、高及屋顶的斜度，还有圆洞直径之类的数据放在一起运算，可以产生23赫兹的定向超声波。对了，屋顶的斜度好像是95度。”

“我去看看外面的屋顶是不是斜的。”王老急自告奋勇走出门去。

不多一会儿，王老急兴冲冲地跑回来报告说：“预计得完全正确，屋顶真是朝着同一方向微斜的！”

“看来真不是巧合。”钟小彤说道，“太厉害了，居然可以使人意志涣散，瞬息之间将人引导至精神崩溃的边缘。”

“小谷，你的意思是说，外面的那什么波会让人发神经？”洪福听得半懂不懂，刚才一直不敢插嘴。

“就是这个意思，只要门一打开，这些蓝宝石发出的好玩意儿就能镇住外面的坏玩意儿。”大吉大利来了个通俗版的总结。

这边刚讨论出一点眉目，可以说是聊得意犹未尽，而早就听得不耐烦的尹腾军已经独自一人慢慢摸向石屋的深处，朝尽头的又一扇大门靠近。

“老舅，快过来，这里有棺材！”尹腾军突然在黑暗中叫道。

一听到“棺材”俩字，洪福和大吉大利马上兴奋起来——作为资深盗墓人，如果对棺材不感兴趣，那简直就是不务正业。

所有人全都朝尹腾军所在的位置跑去。

棺材同样是石质的，一共八口棺材，整整齐齐摆放在大门的两边。再看大门，形制和尺寸跟第一扇门差不多，但两侧并无用于开启的转盘或其他任何传动装置。仔细观察可见，石门的表面分两排四行排列着八个形状各异的凹陷，不知是起什么作用的。

八口棺材和八个凹陷，其中有着什么样的关联呢？

“这门没法开了，根本就没地儿下手啊！”洪福绝望地叫道。

“应该是在棺材上想办法。”谷宇清琢磨了一会儿说道，“咱们先得打开棺材。”

“我看这也不大像是棺材。”王老急看了一圈后连连摇头，“哪有这么大的棺材，而且是就这么放着的？”

石棺的外形比较大，长度至少有4米，难道里边真的躺着独目巨人？再看棺盖的表面，有着一个正方形凹陷下去的石框，面积约有一张八仙桌那么大。而石棺四周的地面上，散落着一些奇形怪状的石条，不知是派什么用场的。

“来，一起动手，打开看看再说。”洪福提议道。

大家站成一排，合力朝一个方向横向推动棺盖。

棺盖纹丝不动。

这就奇怪了，八个成年人所产生的水平推力，至少能达到半吨以上，何以丝毫不起作用？

“会不会是滑槽式的？”还是大吉大利有经验，“来，换个方向。”

棺盖与棺体之间有着一道一指宽的缝隙，纵向再推，似乎有点见效，棺盖稍有松动的迹象，但并不如期望般滑行，可见方法有可能是对头的，但里边像被卡住了一样，就是不肯再动。

“这又是什么鬼机关！”尹腾军开始骂骂咧咧。

这话提醒了谷宇清，他不由自主地蹲下身来，开始研究散落在石棺四周的那些奇怪石条。

石条一共十二块，每一块的形状各不相同，但全都具有一个规律：都是由五个正立方体组成的，有的呈一字形，有的呈字母T和L形，有的呈十字形……

“这玩意儿倒有点像小时候玩过的游戏机上的俄罗斯方块，那里面不也是这样的方块？”钟小彤低声道。

这话提醒了谷宇清，他立即将目光投向棺盖上的那个石框。

石框呈精确的正方形，但正方形的当中有着一个镌刻出来的圆点，上面镶嵌着一块红色的碧玺石，但是它在各具棺盖上的位置各不相同——似乎与前面那镶嵌着碧玺石的小齿轮基于同一“设计理念”。

“这是要玩拼图游戏？”蔡牛指着那四个标记点自言自语道。

“不，俄罗斯方块是四连块，也就是说，每个大块是由四个小块组成的。”谷宇清现在已经有了数分把握，“这个则是每个大块由五个小块组成的，属于五连块，学名应该叫做‘潘多米诺’，这在数学中是有说法的，涉及几何学、拓扑学、运筹学、逻辑学等多门学科，并不是你想象的那么简单，许多数学家就靠研究这个扬名立万。”

“瞧这意思，是得把这十二块石块拼放到这里头去？”蔡牛指着棺盖上的石框问道。

谷宇清稍一分析，马上得出了结论，问大家有没有发现，这个框是正方形的，如果在上面打上虚拟的网格，那么就将产生 8×8=64 个网格。如果使每块“潘多米诺”不重叠而拼满整个方框，那就是 5×12=60，正好还多余四格，似乎正对应框中的那四个点，难道这是偶然的吗？

“照这么说，我们应该将所有的石条拼入框中，但又不能占用、遮挡标记点，是不是这意思？”钟文沛首先明白过来，“难道是石块正确分布以后，产生的重量正好作用于棺盖下的某种装置，靠一个平面上的配重来触发机关？如果真是基于这一原理，我只能说，实在太精妙了，绝不可能是原始人类想得出来的。”

“来，拼拼试试吧。”王老急首先从地上抱起一块石条。

大家纷纷动手，将十二块石块搬上棺盖，试着移来移去地搭配、组合，但很快便发现事情没有想象中那么简单，绞尽脑汁忙活了半个钟头，依然没法正确归位。

这太可怕了，一具棺材尚且这么难解决，要把八具棺材统统打开，需要试到猴年马月？

“不行，用笨办法硬试的话效率太低，还没等试出来，咱们全都饿死在这里了。”谷宇清早就放弃了尝试，一直站在旁边动脑筋，“看来还是得用数学建模的手段来解决。”

“怎么弄？”已经绝望的洪福像落水人见到了稻草。

“用电脑。”谷宇清从背包里拿出笔记本电脑，“希望电池还有足够的电力。”

打开电脑，电量已经不多，谷宇清将电脑放在棺盖上，开始了紧张的操作。

谷宇清虽然不是专业的程序员，但在游戏开发公司浸淫了那么久，那简单的三斧头还是会砍的，尤其是对简单而强大的、“面向对象”的 Java 语言并不陌生，现炒现卖一个百行代码的程序还不算难事。

了解一些编程知识的人都知道，“面向对象”其实是现实世界模型的自然延伸，现实世界中的任何实体都可以看做对象，而对象之间可以通过“消息”来相互作用……眼前这道题目，实际上是个优化问题，每个方块含有各自的状态，完全可以用数组来实现，就那八个图形而言，能否拼得上，可以用奇偶性来检验：用奇偶数不相等的图形，无法拼接奇偶数相等的图形；反证：奇偶数可以以起始不同而异，而奇偶数之差便是关键所在……

时间在一分一秒地流逝，最让人担心的，是电池的电量不够而突然关机。

谷宇清的手指在键盘上如飞般跳动，一行行代码欢畅地流淌着，一个多小时以后，结果出来了。

“快，按着这个拼法摆放！”谷宇清叫道，将电脑屏幕转向大家。

大家按图索骥，七手八脚地按照屏幕上显示的图形调整石条，顺利地全部拼入方框而又正好露出那块碧玺石。

就在最后一块石条到位之际，棺体内“嗒”一声响，整块棺盖突然下落，原本存在于棺体与棺盖之间的那道缝隙彻底消失。

“再推推看！”谷宇清命令道。

尹腾军和王老急站在棺首纵向一推，石材马上发出悦耳的摩擦声，棺盖果然顺利地开始滑动。

“慢！”大吉大利突然按住棺盖大叫道，“通通散开！”

这么一叫，尹腾军和王老急连忙松手，像猴子一样灵活地跳离，这才听到已经松开了一道细缝的棺盖下竟然嗞嗞作响，似有一股凉丝丝的气体正从棺材中喷发出来。

2 神奇的琶音

按大吉大利的说法，开启古棺，首先须防“伏火”。

所谓的伏火，其实就是棺材中尸体腐烂后产生的可燃性气体，说白了就是沼气，一旦遇到明火便会燃烧，甚至还有可能自燃。当然，也不能排除是古人为了防止盗墓而有意设置的可能性，不过对盗墓人来说，遇上这样的“火筒子”反而值得高兴，因为有伏火则足以证明此棺从未被盗过。

毒气散尽后再推，轻轻松松便将整块棺盖如滑盖一样推了开来。

光源急不可耐地射进棺内，只见里面躺着的，是一具巨大的骨骸！

虽然大家早有心理准备，但打眼猛地一看，还是惊得目瞪口呆：骨骸的特征与人类一模一样，但长度足有三米多，也就是说，比正常人类整整高出一倍。

“我的妈啊，真……真有……真有巨人！”王老急话都不会讲了。

“快看看是不是独眼。”谷宇清艰难地说道。

钟小彤始终躲在别人身后，没有勇气靠近细看，连大气都不敢出。

尸骸的面部罩着一副金质的面具，但这副面具上面并无眼睛和口鼻的特征，与其说是面具，还不如说是一个圆盖，似乎当时仅仅只是用来遮挡一下面部而已。看轮廓和尺寸，应该和门上的凹陷相符。

尹腾军探手在棺内轻轻拿起金面具，露出了下面那巨大的头骨。

骷髅头比一般的面盆还要大上一圈，让人毛骨悚然的是，眼窟窿仅仅只有一只，约与成年人的拳头差不多大小，而且位置靠上，几乎位于额头的中央。骨架保存得比较完整，整体呈灰白色，局部发黑、枯朽，粗壮如树干的大腿骨上，嵌着一枚两寸来长、用石头磨制出来的箭镞，深深地钉进了坚硬的骨头，看来应该是在某次战争中负的伤，而箭镞一直没有取出。再看棺材内部，并无任何随葬品，只有一把看上去刀不像刀、剑不像剑，把柄上镶着大量宝石，装饰性大于实用性的金质武器。

黑洞洞的独眼窟窿阴沉沉地瞪着大家，似乎对此时此地充满了疑问。

“他们是什么人呢？”蔡牛围着棺材打转，“会不会是守护王墓的卫士？按说大腿上中箭不应该致命啊！”

“待会儿再研究这些，电池快没电了，赶紧把其他棺材先打开。”谷宇清顾不得细看，又在电脑上算出了第二口棺材的拼法。

依次打开八口棺材，情况完全一样，都是一具骨骸加一副金面具。

电池还算争气，并未完全耗尽。

“好了，来对我们的新朋友说声你好吧。”谷宇清合上电脑舒了口气。

“我觉得，这八位新朋友好像死得不太寻常，有点像是被集体砍了头……”大吉大利拨弄着棺材里的骨骸，还想寻找有可能遗漏的随葬品，“你们看，颈椎部分全都断裂，连断裂的位置都一样，如果是战死的勇士，怎么可能伤口的位置完全一致？”

“难道是殉葬？”蔡牛有些恍然大悟，“在远古时期的中亚游牧民族观念里，一般认为要是生前杀死一个人，这个流尽鲜血死去的人在阴间仍可供其驱使。这么说来，那扇门的后面极有可能是独目人部落首领的陵寝，这些武士，是他生前亲手杀死的，目的是要让他们永远陪伴自己、保护自己。”

“能不能别说这些了？”钟小彤小声哀求道，“听得人浑身发冷。”

“唠叨这些有什么用！”尹腾军也不爱听，低着头只管翻弄那八副面具。

面具呈拱形，看上去有些黯淡，呈现出一种类似棕红色的颜色，并不像常见的黄金制品那样光灿夺目。但大吉大利颇有经验，说墓里出来的东西就是这样，因为黄金本身虽然不受腐蚀，但是它与硫化物的亲和力非常强，容易吸附酸性气体，表面就会呈现这样的颜色。

仔细再看又会发现，八副面具的轮廓和尺寸虽然完全一致，但厚薄却不一样，包括曲面上的图案也各不相同，有的是三角形，有的是圆形，有的是正方形，有的是十字形，有的是六角星，有的是太阳纹……几乎不用考虑，这八副面具对应着门上那八个凹陷，将它们全部安装到门上去准保没错。

金面具和凹陷之间的尺寸加工得极为严密、精细，使劲往里一按便牢牢地嵌在里面固定住了。但石门实在太高，高处的几个位置，王老急和尹腾军不得不靠叠罗汉的方式来解决。

可是，什么动静也没有，石门依然纹丝不动，即使好几个人使劲手推、腿蹬，也不起任何作用。

“咋办？”大吉大利忙问谷宇清，“小谷，这道门一定得打开啊，里头铁定葬着大王，金银财宝还能少得了？”

“是啊，小谷，这辈子吃香喝辣的全指望你了。”洪福无意识地用手指弹了弹装配在门上的金面具。

金面具发出“叮”一声响，声音清亮透彻，带着长长的余音在石室内回荡。

“会不会跟你说的那什么纸带钢琴有关。”钟小彤提醒道。

这话令人眼前一亮。

“继续敲！”谷宇清对洪福说道，“用工具敲，全都敲一遍。”

尹腾军和王老急依然使用叠罗汉的方式，用一把小刀的刀柄开始逐一敲击高处的面具，“叮叮当当”的声音顿时此起彼伏，听上去虽然杂乱无章，却也相当悦耳。

谁都听得出来，由于面具的厚薄和图案不同，音高也有所不同。难道说，这扇门需要用正确的音阶来开启锁定装置?

“我来试试看吧。”谷宇清再次拿出笔记本电脑。

电脑上装有一个名为Nuendo的音序器软件，以前在游戏公司的时候，谷宇清经常需要把来不及在公司干的活带回家去做，就靠这个软件来制作、编辑一些音频素材。

打开软件，马上进入钢琴卷帘的编辑模式，谷宇清交替使用“笔”和“橡皮”的功能，在“时间轴”上试着“画”入音符。

钢琴卷帘窗口看上去有点像物理实验中的坐标纸，横轴是时间，纵轴是音高，输入进去的音符完全呈图形化，专业的说法是“MIDI事件”——大吉大利的笔记本上的那一页图形，因为是从镶着碧玺石的小齿轮上照抄下来的，由于未经排列组合，所以毫无规律可循——如果把这些位置不同的标记点转化为时间轴上的MIDI事件，那么一个圆点霎时就成了一个有着固有音高的音符。输入四个音符，点击播放按钮，笔记本的扬声器里马上传出一串乐音，严格点说是软件默认的钢琴音色。

“琶音！”谷宇清马上反应过来。

懂点乐理的人都知道，琶音是指一串和弦音从低到高或从高到低依次连续奏出的结果，可视为分解和弦的一种，声音的结构和谐、均衡、稳定，通俗点说就是符合人类的听觉特性。假设现在的排列方式为现代乐理中的C大调音阶1、2、3、4、5、6、7、 i ，那么它的1、3、5、 i 就是一组会让耳朵觉得舒服的琶音，如果你随意乱搭，那么不和谐的声音将会使人无法忍受。

比方说学校里的上课铃声，就是一组琵琶音。

现在电脑里出来的这个琶音，听上去就与“上课铃声”基本一样——当然也不是完全一致，细微处依然有些差别，但还是能依此看出，人类对美好的事物都有着共性化的追求，哪怕是远古时期的独目人，他们探寻到的结果竟也与现代人大同小异。

笔记本的电池终于耗尽。

“再敲一遍让我听听。”谷宇清合上电脑对王老急吩咐道。

王老急再次爬上尹腾军的肩头，依次敲响那四副面具。

没错，四副面具果然具有固定的音高，只要敲击的顺序对头，就能发出准确的“上课铃声”来。

“按正确的顺序敲敲看，注意每个音之间间隔的时间不要太长！”谷宇清看到了希望，并唱起了起示范作用的“哆、米、索、哆”。

王老急按照一定的节奏和速度一一敲击，清亮而微弱的四个音首尾相接，叠成了一个现代音乐学上所称的“和弦”，似涟漪般向四周扩散。

声音激荡起来，迅速引起了巨大的共鸣，只听门后传来“嗒啦”一声巨响，石门随之开始微微抖动起来。

“就按这样的节奏和速度，再敲另一边。”谷宇清忙叫道。

王老急和尹腾军换到门的右边，先试敲一遍确定音高，然后再按正确的顺序正式敲响，随着“嗡嗡”的震荡和共鸣，又一声“嗒啦”声起，似乎由于声波的振动频率触发了最后的锁紧机构，整扇石门像一座“吊桥”那样慢慢地往后倒去。

等到石门彻底放平，多道光束齐刷刷地射过去，大家这才看清，石门被两道粗大的金属链牵引着，放平后的桥面另一端正好搭在对面的岩壁上。桥下，竟然是一条深不可测的地下河。

粗大的金属链看上去既不像铁又不像铜，颜色呈奇怪的暗红色，看来独目人的冶炼和锻造技术相当高超，已完全超出了现代人的想象。再看黑暗的地下河，水面虽不宽广，但阴沉沉不知其深浅，令人生发出无尽的恐惧感来。

“看，灯光！”钟小彤尖叫起来。

其实不用提醒，谁都看到了，吊桥的对面，竟然亮着数处星星点点的火光。

这下所有人都被吓住了。

但是怔在原地等了好几分钟，周围并无任何异常。

“老子先过去看看再说。”尹腾军的胆量确实大，带头上吊桥朝对面走去。

对面的空间似乎更大，因为手电的光束射过去根本照不到头，但凭借那些火光，可以看清吊桥的对面是一面半岛状的岩体，或者说，是地下河将整个洞窟切成了两半。

“黄金！”走在最前面的尹腾军一声惊叫。

“老天爷啊，全是黄金！”紧随其后的王老急嗓音发抖。

借助散淡而朦胧的光线，大家定睛看去，只见洞窟的深处漫射出大片金灿灿的光亮来，不由得纷纷加快了脚步。

靠近后一看，原来反射出金光的物体是无数具由纯金打造而成的动物模型，虽然看上去造型简略、工艺粗糙，但比例完全仿真，像标本一样摆放在通道的两侧。粗略浏览，可见狮虎、大象、牛马、骆驼、狼、熊、豹、鹿等等大型动物的身影，其中还夹杂着一些大家从没见过的，甚至是闻所未闻的形象，不知是不是地球上已经消失的物种，或者是古人想象出来的神兽。

钟文沛边看边嘀咕，连说实在是太奇怪了，阿尔泰山区不可能生存过狮子和大象之类的动物，独目人是依据什么来塑造形象的呢？他们这么做的目的是什么呢？如果属于通常意义上的守墓兽，又有什么必要把品种搞得这般齐全？

“这些黄货全部加在一起，我看几百吨都不止。”洪福看得两眼发直，“我的妈呀，这回发财发大了。”

“在地里刨了小半辈子的食，以后真的可以洗手不干了。”大吉大利喃喃自语道。

“日后就是成天享福啦！”平时不苟言笑的尹腾军也有点情绪失控。

“是啊，飞机都买得起啦！”王老急也喊道。

“看看，看看，就这点出息！”蔡牛痛心疾首地对大伙说，“眼里只有庸俗的黄金，完全忽视了我们这次发现的意义，那是人类文明的重大发现啊，甚至可以说是本世纪最伟大的考古奇迹！”

“呵呵，不过也不要忘记，文化的价值也是可以用金钱来进行量化的。”钟文沛在一旁说道，“比方说古董，要是不值钱的话，哪会有那么多人趋之若鹜？”

但是，眼前这个石室，到底是派什么用场的？这么多的黄金制品，没有一样是可以随身带走的，难道古人制造这些动物模型，本意是作为储备之用？而宽广的石室，就是一间现代意义中的仓库？

这个问题，谁也回答不上来。

“古人在矿藏开采和金属冶炼，包括艺术加工方面的能力完全超出现代人的想象，真是不容小觑啊，简直令人叹为观止。”钟小彤感叹道。

相比于那些巨量的黄金，谷宇清倒是对四周岩壁上的照明光源更感兴趣。

难道世界上真有长明灯?

这些灯具全部由一种黑乎乎的不明金属制成，“灯座”无一例外地紧贴岩壁，就像寄生在树身上的一只只蘑菇，“灯头”部分则带着伞状罩盖，控制着燃烧的火焰始终不大不小。再看火焰，颜色微微发蓝，但又看不到任何燃料及其他能源。

古墓中常有长明灯，这在世界各地都有记载，虽然全都言之凿凿，但始终不见实物面世。《史记》中就有记载，说秦始皇陵墓中安置着长明灯，以“鲛油”作为燃料，可以千年不熄。这个鲛油，据说是一种用鱼尾人身的“鲛人”熬成的油，那么即便真有鲛人，长明灯明显违背能量守恒定律，怎能当成真事?

“其实没什么神秘的，可能就是地质学上所称的永明火罢了。”蔡牛仔细观察了一番，并未大惊小怪。

“永明火？”谷宇清还是第一次听说，“是什么道理呢？”

蔡牛解释道，地下数百米深处的页岩中，如果蕴藏着甲烷、乙烷和丙烷之类的天然气，就会通过地下岩层向地面渗透，为永明火提供永远不竭的燃料。当年的独目人如果理解这个道理，而且找到这些渗漏点，就能设法建成长明灯加以利用。

“这么一说，古墓中的所谓长明灯，可能都是基于这一原理。”谷宇清说道，“看来这里应该还有一个空气循环系统，能与地表进行换气，否则燃烧了千年之久，氧气早就耗尽了。”

“看！前面是不是还有一扇门？”钟小彤突然喊道。

大家光顾着注意黄金和长明灯，没看到黑暗的最深处果然还有一道门。

环顾四周，奇大无比的半岛上除了那些黄金模型，并无棺椁之类的物体，那么这里到底是不是独目人的王墓呢，还是仅仅只是一座储备黄金的仓库?

“我看这里真有可能是一座独目人部落中用来存储黄金和宝石，避免遭受敌人劫掠的仓库。”谷宇清分析道，“否则前面的那两道门，包括地面洞口的那只石球，没必要设计成可以多次开启的类型，直接封死不就完事了？”

“有道理！”钟文沛完全赞同，“所以机关的开启方式设计得既简单又复杂，对知晓原理的人来说极其简单，对敌人来说却无比艰难，甚至根本无法破解，就像现代的保险箱一样，主人只需按几个密码就行。”

“独目人的死对头格里芬人，是个骁勇善战、异常凶猛的种族，传说中甚至是鹰头狮身，背上还有双翼。”蔡牛描绘得有声有色，“看来格里芬人确实不好对付，连身高如此高度的巨人都感到头疼。”

“看来神话和传说都有源头，不完全都是凭空想象的结果。”钟小彤说道。

“独目人和格里芬人有可能是与人类平行进化的灵长类物种，但是三四千年前突然绝迹，这一点有点奇怪。”蔡牛自言自语道，“难道他们来自外星球，最后自己回去了？按说他们体形那么大，应该十分强大才对，哪会被异族轻易灭绝。”

“可能正因为是体形过大，独目人无法利用马匹来作战，流动性和灵活性就差，甚至经常处于被动挨打的局面。”谷宇清说道，“如此看来，对于珍贵的黄金和宝石，独目人只能采取守和藏的战略。”

“呵呵，要不是这样，独目巨人早就纵横天下，没其他民族什么事了。”钟文沛笑道。

“但是这样的设计需要极其高超的文明程度，独目人真能做到？”钟小彤不解地问道，“要知道三四千年前，中原地区的商周还处于青铜时代，独目人这种明显更先进的文明是从哪里来的呢？”

这话问住了大家。

“先去看看那又是一扇什么鬼门吧。”大吉大利建议道，“说不定还会有惊人的发现。”

“是啊，没准还有更好的宝贝。”尹腾军再次抢在最前面朝大门走去。

第十八章 冰 葬

“我猜啊，至少也是外星的高等智慧生物乘坐飞行器时绘制的，后来又经过地球人类的临摹、复制，然后流传至今。”谷宇清说道，“独目人足不出户，可能一辈子都没走出过阿尔泰山，他们打哪儿来的高级知识？照我看来，独目人的文明水平很奇怪，有的地方很落后，有的地方却高度发达，就像一个连鞋带都系不好的幼儿，却能理解高等数学，这有点不正常，而且跟玛雅人的情况很相似。”

1 过河拆桥

眼前的这道大门，让谷宇清也摸不着头脑了。

大门的材质依然是石料，但是明显比前面几扇门打造得考究，门楣和门框上错彩镂金，装饰着一些奇异而怪诞的图案，大致可以看出是动物的造型，风格依然简略古拙，近似符号。

门的两侧，蹲有一对看上去似麒麟而又非麒麟、似狮子而又非狮子的金质巨兽，暴眼大张，鼻端长着一只夸张的独角，气势怪诞而雄壮。

“大百科全书”蔡牛先生为大家免费授道解惑：“这种独角兽是一种名叫‘角端’的守墓兽，有时又被称为‘角端’。据说这种神兽能驱邪，日行万里，通晓四方语言，乃沟通神界与人间的桥梁，在中原文化中，角端只有遇到明君才肯护守——这就奇怪了，怎么跟中原文明如出一辙呢？”

“照你这么说，这道大门的后面一定就是王墓了。”谷宇清分析道，同时打了个寒战，“我说，你们有没有觉得这里特别冷？”

这么一说，大家都说确实是冷，至少是比外面要冷得多。

“看，门缝下在流水。”大吉大利有了发现。

果然，石门下面的门缝中，正在点点滴滴地淌出水来，数量虽然极少，但依然令人觉得无比诡异，而且越是靠近门边，越寒气逼人，犹如靠近一座冰窖。

“冰凉，像冰水。”尹腾军用手指试了下水滴。

最奇特的，仍在于石门本身。

实际上，那一整块石板就是一幅精细的浮雕，刻制着一些莫名其妙的形状和线条，但看不出是什么意思。

“世界地图！”钟小彤打着手电仔细端详，突然惊叫起来。

所有的灯光全部聚集到浮雕上，有了整体的视觉画面和明暗对比，这幅浮雕就好认多了：果然是一幅真真切切的世界地图。

地图由两个半球拼接而成，不仅显示了几大洲的轮廓，连南极洲都能找到，但可以看出那竟是尚未被冰层覆盖的南极洲海岸，也就是说，是今天已无法看到的“冰层下的地形”。

南极洲是在19世纪初被欧洲人首次发现的，绘成地图的时间更晚，这“原始”的海岸，古人是怎么看出来的？也就是意味着，这幅地图，居然是在冰川汇集两极之前产生的。

“注意看这里。”蔡牛的手电光停留在一个地方。

那是一条像桥梁一样的狭长地带，将亚洲的西伯利亚与美洲的阿拉斯加连接在一起。

“什么意思？”王老急没看懂。

“亚洲和美洲原先是相通的，印第安人其实就是咱们中国的殷人，正是通过那儿迁徙过去的。”蔡牛答道，“但是地质学上早就有了定论，这条桥梁一样的通道，至少已经消失了一万年，成了现在的白令海峡。”

“两大洲还能说断就断？”钟小彤不敢相信。

“什么叫沧海桑田呢，变迁确实是厉害啊！”蔡牛说道，“就说咱们上海吧，春秋以前还是一片汪洋，鲸鱼还能遨游，直到秦时才逐渐冲积成陆。还有咱们的邻居苏州，我在苏州博物馆里看到过一张太平天国的地图，上面的东山跟西山一样，还是一个独立的小岛，现在呢，早跟大陆连成一体啦，你说这才经过多少年啊？”

“我发现几大洲的形状和现在也不大一样，特别靠近地图边缘的部分，陆地的形状有点歪斜，海岸线歪得尤其厉害。”钟文沛说道。

“这让我想起了有名的土耳其古地图。”蔡牛越来越像学者，“土耳其曾经发现过一张古地图，后来被送往美国鉴别真伪和年代，最终被美国军方认定，至少距今有两三千年，采用的是正矩方位作图法，跟现代军用地图类似。因为空军的空中作图法是从高空看地面，就会产生陆地和海岸线歪斜的现象，包括登月飞船上看到的地球陆地和海岸线，也是这样的情况。”

“照你这么说，独目人上过天？”洪福觉得挺有意思。

“上没上过天我不知道，反正美国人在宇宙飞船上拍的照，八千公里的范围一切正常，边缘部分同样失真。”蔡牛说得兴起，有些滔滔不绝，“那是因为镜头下的地球是个球体，远离中心点的地方都会给人往下沉的感觉，就像用广角镜拍摄的照片。你说要是没有高空观察的经验，这玩意儿仅仅只是巧合？”

“要不就是外星人干的。”钟小彤一本正经地说道，“没准独目人本身就是来自外太空的物种。”

“我猜啊，至少也是外星的高等智慧生物乘坐飞行器时绘制的，后来又经过地球人类的临摹、复制，然后流传至今。”谷宇清说道，“独目人足不出户，可能一辈子都没走出过阿尔泰山，他们打哪儿来的高级知识？照我看来，独目人的文明水平很奇怪，有的地方很落后，有的地方却高度发达，就像一个连鞋带都系不好的幼儿，却能理解高等数学，这有点不正常，而且跟玛雅人的情况很相似。”

“玛雅人怎么了？”钟小彤问。

“玛雅文明的天文、历法、数学和建筑技术全都达到很高的成就，但又不是逐步进化而来的，因为他们居然并不掌握青铜冶炼技术，甚至不懂使用圆形的车轮和畜力，始终过着刀耕火种的生活，”谷宇清回答道，“这个文明似乎是从天而降，但在最为辉煌之时却又戛然而止，一下子神秘消失，所以只能认为是外星人教会了他们这些知识，可能最终也是外星人带走或灭绝了他们。”

“地外文明这事吧，现在还是死无对证，我倒是觉得，独目人的文明，很像是来自一个已经毁灭了的史前文明。”蔡牛说道，“听说过奥帕茨现象吗？”

“没听说过，是什么意思？”钟小彤饶有兴致地问道。

这边讨论得热火朝天，尹腾军却丝毫没有兴趣，转来转去实在忍无可忍，终于毫不客气地进行干涉：“我说，你们回家以后再讨论行不行，咱们现在是贼，是来偷东西的，不要学人家专家教授做报告行不行？”

“腾军，说话注意点！”洪福假意呵斥道，其实也有点不耐烦，“小谷，你看电池的电力有限，咱们得抓紧点时间。”

这话完全在理，原本白晃晃的灯光，现在已经开始有点发黄。

“小谷，你仔细看看这扇门，咱们到底该如何下手。”大吉大利和颜悦色地问道。

谷宇清将注意力重新集中到门的结构上来，但再三观察，依然毫无头绪。

抛开那些装饰图案和地图不说，整座大门光秃秃的并无下手之处，甚至连任何线索都没有。

“这些水到底是哪儿来的呢？”钟文沛蹲在门边，观察着水渍自言自语。

水流虽然极细极小，但在地面上汇聚起来后依然不屈不挠地往低处流淌。谷宇清用手电光追踪着细流往前走，这才发现，原来水流全部流向了悬崖下的地下河。

“这水流了几千年还没流完，难道是里面有一个补水系统？”蔡牛也凑了过来，“会不会里面也有一个磁场翻转的区域，能够产生水往高处流的怪象，就像我们在来的路上见识过的那样？”

“那么独目人这么设计的目的是什么呢？”谷宇清苦苦思索，脑子里突然灵光一现，“会不会是冰葬，利用厚厚的冰层来冷藏尸体？”

“这得问大吉大利，他见多识广。”钟文沛说道。

“没有，我只听说过水葬、沙葬、悬葬，没有什么冰葬。”大吉大利答道，“冰葬不太可能，冰还能千年不化？”

“不能这么说，我就知道有个大名鼎鼎的冰人奥兹。”蔡牛说道，“上世纪 90 年代在阿尔卑斯山发现过一具干尸，死后被冰雪掩埋，尸体迅速冻结而得以保存，经鉴定年代在距今五千年以前。”

“此地一年中有大半年属于冬季，常有零下四十几度的低温，只要能够得到补水，冰窖内的冰块完全可以长年保持。”谷宇清说道，“中国人自古就会储存窖冰，冬季把冰块放入地窖密封起来，夏天再打开取出，直到民国的时候还是这么干的。”

“也许独目人之王是想通过冷冻来保存肉身，如果灵魂不灭，日后还能有机会复活。”蔡牛越说越当真，快要手舞足蹈了，“老天爷啊，也许门里边就是一具独目大王的遗体，人类终于有机会见到完整的独目人实体了，这个发现绝对比登上火星还要令人震惊！”

“里面甚至有可能不单是一位独目大王，甚至是一群独目人！”谷宇清也被感染得激动起来，“你想啊，所有的门都被设计成可以重复开启的，这是为何？我分析里面可能不单是一座被冰雪裹封的王墓，甚至还有可能是独目族的公共墓地。”

“按这里的气候条件及地底下相对稳定的温度来说，完全有可能形成亘古不化的永冻层。”蔡牛说道。

“现在的问题是，这门到底能不能开？”尹腾军冷冷地问道。

“这需要时间。”谷宇清很不高兴地答道。

“问题在于我们没多少时间了。”尹腾军晃晃手电筒。

“那就只能放弃了。”谷宇清生硬地说道。

“不可能，来都来了，不可能放弃。”尹腾军扭头便走，“你没办法，我倒有办法。”

“你有办法？”王老急不太相信。

“是啊，我有宝贝。”尹腾军伸出大拇指指向自己的背包，“老子带着炸药和雷管，就不信炸不开它！”

谷宇清彻底呆住了。

尹腾军的话可不像是开玩笑，盗墓贼经常使用炸药，早就不是什么新鲜事。回想起那天晚上出车祸的时候，金杯车里那只铁皮的压缩饼干桶，神秘兮兮碰都不让碰，说不定就是用来装炸药和雷管的。

“不行，说什么也不能炸！”蔡牛毕竟是文化人，价值观自然跟盗墓贼不同，“你知道你在干什么吗？那是对人类文明的犯罪！”

“滚开，你以为你是谁啊？”尹腾军破口大骂，“你以为你自己就那么干净？我今天可以告诉你，这里所有人都脱不了干系，自打我们打开第一道门起，咱们就算坐上了同一条船。”

“呵呵，小蔡同志，信不信由你，要是吃官司的话，咱们肯定是手挽着手一块儿去蹲班房。”洪福一改平时的和善大度，阴阳怪气地为外甥帮腔，“我这是友情提醒，你自个儿掂量着办吧。”

“外面那么多的黄金，随便弄点回去不就发财了？”谷宇清无力地抵抗。

“黄金都是大件，眼下没有切割和熔化工具，实在没法带走。”大吉大利的态度还算耐心，“要是弄到一点价值连城的小玩意儿该多好，这一趟就可以随身带走，以后出手也方便。”

“这倒也是，以后能不能再来还是一个未知数，这次空手而归确实可惜。”钟文沛暗自点头，“马上就是漫长的冬季了，到时候大雪封山，人根本进不来，还得等到明年约好了再来。”

“那也不能破坏性掠夺。”蔡牛壮着胆子反驳道，“你们根本不明白这么做的性质是什么。”

“性质？真以为我们不懂？”洪福一脸的狞笑，“我可以告诉你，这就是枪毙的性质！”

蔡牛当即被吓住了。

这次和上次的寻宝活动性质不同，属于实实在在的犯罪，而且是重罪、死罪。

“不行，我绝不同意！”谷宇清高叫起来，心里早已一万个后悔来到这里。

“小谷，事情得办利索才好，否则不太吉利啊！横竖是最后一票，怎么也得翻它个底朝天，否则日后想起来会后悔。”平时还算通情达理的大吉大利也变了脸，“用炸药整一下有什么不好呢？就算满足一下好奇心也好啊！”

“外面那么多的黄金和宝石你们居然还嫌不够！”王老急也看不惯盗墓贼那可怕的贪婪，“也许炸开来后，除了一具尸体，什么值钱的东西都没有。”

“那也得试了再说！”尹腾军态度坚决，蹲在地上准备解开背包。

“你们简直比狼还贪！”王老急怒冲冲地骂道。

“废话，谁还嫌钱多，你不是让我买飞机吗？老子买两架行不行，单日双日换着开。”尹腾军回击道。

“我宣布，从现在起我正式退出！”谷宇清看尹腾军像是准备往外掏炸药，心里一急，最后通牒出了口，“炸药一响，要是引起塌方或其他难以预料的后果怎么办？你让大家为独目人殉葬？”

“我也退出！”蔡牛当即响应，又用胳膊捅捅王老急。

“我……我……我也退出！”王老急艰难地说道，看得出一小半是出于道义，一大半是被谷宇清有关塌方的预言给吓住的。

“退出就退出，反正你们也开不了这门，在这里早就失去了意义。”洪福阴沉沉地说道。

“呵呵，少几个人分东西，对咱们来说也算好事啊！”大吉大利的话貌似轻松说笑，实则带着威胁，“就怕到时候你们有嘴说不清。”

“过河拆桥！”王老急愤愤地喊道。

钟家兄妹始终没有表态。

“钟大哥，你怎么看？”谷宇清催问道。

钟文沛没有任何回答。

“我们……我们也退出。”钟小彤迟疑着说道。

“闭嘴！”钟文沛朝钟小彤粗暴地呵斥道。

“没看出来事情不像我们原先想象得那么简单吗？”钟小彤没被吓住，“想没想过，照这么发展下去会是什么后果？别说是坐牢，连枪毙都是轻的！”

“叫你闭嘴没听到？”钟文沛竟然朝着妹子挥手就是一个耳光。

虽说事态的发展急转直下，瞬间形成了两个对立的阵营，仅此一点已经有点让人想不通，但钟文沛的举动，可以说是更加令人瞠目结舌。

“流氓！恶棍！”钟小彤边哭边骂。

虽然骂人总没好话，但这两句话出自一向温顺的钟小彤之口，还是让人觉得有些说不出来的蹊跷。

“钟哥，你这是干什么？”谷宇清觉得自己没法保持沉默。

“你，也给我闭嘴！”钟文沛指着谷宇清的鼻子喝道。

“好吧，我们离开这里！”谷宇清一愣，但随即横下心来。

“对，离开这里。”蔡牛附和道。

“走，咱们走，你们爱干吗就干吗吧，老子不蹚这浑水。”王老急态度鲜明。

“小彤，跟我们走吧。”谷宇清朝钟小彤伸出手来。

“走？往哪儿走？出去找到有手机信号的地方把号码一拨，咱们不是白忙乎了？”洪福拦住了去路，“通通给老子留下，套用句电影台词，这叫‘一个都不能少’。”

2 真相大白

谷宇清实在搞不明白，周围并没有奇奇怪怪的物体，自己的生理和心理感觉也挺正常，可见环境并没有构成任何干扰，那几个盗墓贼咋就这般贪得无厌、利令智昏？钟文沛怎会一下子变得如此狂躁、凶暴，甚至对自己的亲妹子施以暴力？

看来要对付这帮翻脸比翻书还快的混蛋，不使出撒手锏来不行。

“你说得没错，我就打算打电话举报！”谷宇清掂着分量使出最后的绝招。

但是，这一招显然使错了。

“行啊，除非你能走出这里！”在开始变得昏黄的手电光的映照下，洪福的脸容显得异常狠毒。

谷宇清心里一阵后悔：刚才的话非但没有任何威慑力，反倒令这帮混蛋破罐子破摔了！

“姓洪的，你这话什么意思？”王老急听出了异常，大声吼叫道。

“很简单的意思呗……”尹腾军不慌不忙地说道，“你们这几个傻蛋现在不起什么作用了，完全就是累赘，是累赘就得扔！”

“怎么扔？”蔡牛傻乎乎地问道。

“呵呵，看来你那些书都白读了！”大吉大利阴笑道，“没听说过盗墓最忌临时拉帮结伙吗？不明底细的人凑在一起，会产生什么样的后果？好吧，我可以告诉你，这样做的后果八成是黑吃黑。”

“你们到底想怎么样？”谷宇清扯着嗓门高叫，但腿脚已经发软。

“自己跳下去吧！”洪福手里的光束射向悬崖下漆黑的地下河，“其实自打那天晚上答应带你们来，已经注定了这个结局，只不过是时间早晚的问题。”

谷宇清头皮一阵发麻，没想到盗墓贼的心肠真不是一般的狠毒，说不定自打出车祸的那一晚起，他们就已经起了杀心，毕竟 50 万的车价也不算小数，能赖为什么不赖？现在哪是扔累赘啊，而是切切实实的杀人灭口。

地下河不知有多深，更不知流向哪里，说不定水中还有古怪，跳下去还有活命的机会？这里气温奇低，即使没被淹死，也会被活活冻死，哪怕侥幸上得岸去，恐怕也难以逃出生天——这帮家伙离去时只要封死洞口，留在地下同样是死路一条。

身边刚刚止住啼哭的钟小彤，被吓得再次号啕大哭起来。

八个人，两大阵营，正好是四对四，但是若论动武，形势明显属于一边倒。

除非能说服钟文沛转变立场，局面还能出现转机。

“钟哥，我就不明白了，你怎么比他们还贪、还急呢？”谷宇清确实是想不明白。

“我倒是十分清楚。”钟小彤呜咽着说道，“他是狗急跳墙，要是没钱救急，回家也是一个死字。”

这番话，谷宇清现在还听不明白。

“也欠高利贷了？”蔡牛忍不住脱口而出。

“他们刚才说的话你也听见了，你就不怕过河拆桥？”谷宇清拿出苦口婆心的架势继续说服钟文沛，“他们自己都说不明底细的人凑在一起八成会发生黑吃黑的后果，你一个人，他们三个人，你靠什么制衡他们？”

“这个不用你担心，我早就有了准备。”钟文沛从口袋里摸出一只强光电筒扬了扬，“这里头装着两只雷管，电筒已经被我改装过了，成了一个电起爆的装置，要是再次翻脸，大不了来个同归于尽呗。”

谷宇清一惊，马上想起钟文沛自打进洞以后，一直靠头戴式的照明灯照明，从未用过强光电筒。

“你哪来的雷管？”洪福同样吃惊，连忙问道。

“不好意思，我早就看出你们那只饼干桶里有猫腻，找机会偷拿了两只。”钟文沛得意地说道。

尹腾军连忙蹲在地上检查背包，大家这才看清，原来所谓的雷管十分小巧，是一节一节的金属管，看上去比铅笔稍粗，比五号电池稍长。

“数量是不是少了？”洪福厉声问道。

“少……少了两只。”尹腾军答道。

“臭小子，叫你看紧点，还是这么不小心。”大吉大利埋怨道。

“谁想到这家伙会偷……”尹腾军十分委屈。

“电筒改装得十分成功，只要一拨开关就能实现电起爆。”这番话，钟文沛主要是说给三个盗墓贼听的，“据我所知，两只雷管爆炸后产生的能量足以炸碎一块200公斤的大石头，金属碎片飞迸出来更是致命。”

谷宇清想起来了，那天晚上钟文沛在帐篷中放着好好的觉不睡，将电筒拆开来、装上去折腾了大半夜，原来是在鼓捣这玩意儿——看来这家伙非但是心机重，而且还有未雨绸缪、走一步看三步的能耐。

“没事，没事，防人之心不可无嘛。”大吉大利大度地挥挥手。

“看见没有，我和他们之间虽然是一比三，但只要自己小心，力量还是均衡的。”钟文沛对谷宇清说道。

“钟哥，我知道你是个有胆量的人，可你即使不考虑自己的安危，也得为自己的亲妹妹着想吧？”谷宇清摆出推心置腹的态度继续努力。

“什么亲妹妹，你们全被蒙在鼓里了……”钟小彤边哭边尖厉地高声叫道。

“小彤，你先别哭。”谷宇清以为钟小彤的话仅仅只是一句气话，“不管怎么说，你们都是亲兄妹，钟哥不可能……”

“我刚才已经说过了，他就是个狼心狗肺的无赖、流氓、恶棍！”钟小彤泣不成声，“你们全都上当受骗了，他根本不是我哥！”

谷宇清以为自己听错了，或者是钟小彤被吓糊涂了。

“没错，你们这几个傻瓜，全都被老子耍得不轻……”钟文沛自己倒先承认了，“告诉你们吧，她是我的老婆，严格点说是前妻，听明白了没有？是我梁文沛的前妻！记住，我的真名叫梁文沛。不过有一点倒是真的，钟小彤确实是吴世安的后代。”

“怎么回事？”王老急看看钟小彤，依然没怎么明白。

手电光越来越弱，而且对盗墓贼来说，钟文沛姓钟还是姓梁、与钟小彤是兄妹还是夫妻，这些都不值得关心，所以没等这边弄清楚缘由，尹腾军已经操起了手里的折叠式自制工具。

“少啰唆，快跳！”昏黄的光线下，尹腾军的面目狰狞得犹如地狱恶鬼，“否则别怪老子不客气。”

钟小彤被吓得彻底崩溃，“哇”一声放声大哭，情急之中一把抱住了身旁的谷宇清。

谷宇清直挺挺地站在那儿，脑子里一片空白，完全不知道该怎么办。蔡牛虽然平时能说会道，现在却话也说不出来，光知道愣在原地腿打战。

关键时刻，王老急使出了撒手锏。

“退后！”王老急朝尹腾军一声断喝，一扬手，亮出了手里一件黑乎乎的物件。

尹腾军不敢再往前逼近。

灯光聚集，大家这才看清，王老急的手上握着一把手枪。

“这不是……这不是我那把枪，怎么在你手上？”梁文沛第一个认出来。

“没错，就是你那把枪，被我捡回来了。”王老急为起震慑作用，“哗啦”一声拉开枪栓，“老子虽然没有玩过枪，可也偷偷研究了个差不离。”

大家这才回想起来，那天在喀纳斯的金窝子前，谷宇清当着齐飞雨三位小弟的面将枪和子弹分离，分两个方向扔入白桦林和溪流。但离去的途中，王老急突然提出要帮谷宇清和蔡牛取回手机，又掉头跑了回去，看来这家伙取手机是假，回去找枪是真——难怪大家商量该怎么回上海时，他一直反对坐飞机，其实不是怕花钱，而是怕没法通过安检，所以非要去坐火车。也可能是打算到了乌鲁木齐以后先找一家快递公司，想办法把这块铁疙瘩混在别的东西里邮寄回去。

也许王老急当初的想法仅仅是因为喜欢这把枪，打算将其带回上海后充当一下讨债工具，没想到在这危急当口还能派上扭转乾坤的大用场。

气势汹汹的盗墓贼被镇住了。

“别吓唬人，里头到底有没有子弹啊！”梁文沛却有些不以为然，“就算有子弹，你小子敢开枪吗？会开枪吗？”

“那你走过来试试。”王老急将枪口转向梁文沛，嗓音和手都在发颤。

“这是我的东西，快还给我！”梁文沛大喝一声，竟然提出了一个明显不合理的要求。

也许是梁文沛认为王老急没有开枪的经验，或者是判断王老急不具备杀人的胆量，居然伸着手，真的一步步走上前来。

“站住，再走一步老子就开枪！”王老急的手抖得越来越厉害。

“你先站住。”谷宇清朝梁文沛提出了建议。

谷宇清既害怕王老急真开枪，更害怕枪落到梁文沛的手上，双方相持不下，戏该怎么收场呢？

“老王，千万别开枪啊！”蔡牛本性善良，当然见不得杀人。

“是啊，这可开不得玩笑。”谷宇清一把抓住王老急的胳膊，“走，咱们离开这里就行了，没必要纠缠。”

“是啊，赶紧走吧。”钟小彤止住了哭。

三个盗墓贼悄悄地后退，反倒成了看客。

“老王，听我的，赶紧走，只要走出这片大山，一个电话就把他们全收拾了。”谷宇清将手搭在王老急握枪的手上，将枪口轻轻往下压。

王老急有点动心，枪口慢慢垂向地面。

但是，梁文沛没那么好商量，也许是谷宇清最后那句话不该说出来，让其顿感希望破灭，当即产生了铤而走险的念头。他抬手关闭头灯，嘴里一声不吭，双腿却仍在缓缓向前移动。

“最后警告你一次，给我站住！”王老急发觉异常，又欲举枪。

但是，谷宇清并没松手，枪口仍被压着。

“把枪还我！”梁文沛猛地加快脚步，像发了疯一样朝前扑来。

看这架势，梁文沛有点狗急跳墙了，一心只想趁着黑暗把枪夺回来。

“小谷，快松手！”王老急的手还被谷宇清牢牢地抓着，慌忙使劲挣脱。

借着其他光源，眼看到梁文沛从黑暗中三步并作两步奔来，谷宇清顿时慌了神，双手反而越抓越紧。

“砰”一声枪响!

奔跑中的梁文沛突然止住脚步，活像被孙悟空施了定身法。

谷宇清像被烫着了一样松开王老急的手，竟有点认为刚才是自己扣动了扳机。

王老急怔怔地站在那儿，看看手里的枪，又看看对面一动不动的梁文沛，似乎也不相信自己真会开枪。

灯光聚集，只见梁文沛低着头在察看自己胸口的一摊血渍，表情既惊诧又遗憾，似乎也不相信自己已经中弹的事实。

“扑通”一声响，梁文沛直挺挺地往后倒去，重重地摔向地面。

所有的人全都呆在原地不动，只有钟小彤百感交集，一把抱住谷宇清再度放声大哭。

足足过了两分钟，谷宇清这才缓过神来。

“我先过去看看。”谷宇清拍拍钟小彤的后背。他走到梁文沛的身边，伸出颤抖的手指先去其鼻下试探气息，随后朝着王老急无奈地摇了摇头。

“就这么死了？”王老急仍然不敢相信。

这样的场景，以前只在电影里看到过，一个活生生的大活人说死就死。刚才扣动扳机的那一刹那，真说不上是刻意的动作还是无意识的反应，或者是跟谷宇清挣来挣去而引发的走火。但事实却是，一发便中要害部位，就是瞄准了打也未必能打得这么准。

“还是先回地面吧，待在这里肯定夜长梦多。”谷宇清跟王老急和蔡牛商量。

“对，先上去再说。”蔡牛恨不得自己先走一步。

“我们自己上去？”王老急看看呆若木鸡的盗墓贼。

“不，一起上去。”谷宇清想了想说道，转身朝洪福喊道，“喂，别愣着了，一块儿回地面去，咱们坐下来好好商量一下。”

“行，听你们的。”洪福现在没有讨价还价的资本。

“跟在后面，保持一定距离。”王老急并没放松警惕。

“他……呢？”钟小彤指了指梁文沛的尸体问道，口气有些犹豫。

“没有别的办法，只能留在这里了。”谷宇清沉思片刻后答道，“只能让这个洞窟成为他的葬身之地了。”

钟小彤掩面抽泣，心情复杂的程度显然不言而喻。

第十九章　不如归去

“假设上一次的毁灭源于一万两千年前的大洪水，而独目人却由于种种原因逃过了劫难，一直延续到离我们很近的三千年前，到底有没有这样的可能呢？”谷宇清分析得头头是道，“这和埃及文明、玛雅文明的特征有点相似，包括已经消失的亚特兰蒂斯。再比如中国的八卦易经、河图洛书、气功经络等，又是哪里来的？依我看，其实就来自以往比今日更加辉煌的上一轮文明。”

1　不是好鸟

双方保持着一定的距离先后回到地面，大家席地而坐，立即展开了一场奇怪的谈判。

谈判的主角是谷宇清和洪福。

谷宇清先说出自己的观点，认为事情已经搞得千疮百孔，而且还出了人命，再加上独目人的宝藏规模远远超出人的想象，早就不是简单的摸点金子、发笔小财的概念，此事绝对需要画上句号并彻底遗忘，否则大家早晚都得进班房了此残生。

洪福自然不甘，但也说不出什么反驳的理由。

“这儿怎么收拾？”大吉大利指着洞口那些散乱的石构件问道。

“你们不是有雷管吗？把洞口炸了，这样任谁也进不去。”谷宇清看了一眼尹腾军的背包，“算准了角度炸，把洞口炸得塌方，这样没有大型工程设备和专业施工队伍的话，靠人力不可能再打开。”

“炸倒是没问题，可要是你们回头就报官，咋整？”大吉大利说出了顾虑。

“你想啊，你们是有前科的盗墓贼，手里又有违禁的爆炸品，要是被逮住，翻起老账来绝对够你们喝一壶的，这一点你们自己心里清楚。”谷宇清将事情全部摆上桌面来分析，“我们呢，也有短处，首先是私藏枪支，然后还在墓室里打死了人，这事要是穿帮，罪名不比你们小。”

“我说这话的意思你们明白吗？”谷宇清问洪福，“其实意思就是一个，我们都有把柄落在对方手里，既然谁都不干净，双方都不可能去报官，真正追究起来，谁说得清墓室里的尸体是怎么回事？”

“这倒也是。”大吉大利点点头。

“就这么算了？”尹腾军圆瞪着眼问道。

“当然就这么算了！”站在稍远处警戒的王老急叫道，“这事你们不说，我们不说，就当什么也没发生过最好，否则没完没了，早晚一起坐班房。”

“就是，想想真没必要去公之于众。”蔡牛附和道，“眼下这世道贪腐成风，这些财宝真要面世，最后指不定又落进了谁的腰包。”

“好吧，那就按你说的办。”洪福考虑了一会儿，终于拍下板来，“腾军，把所有的雷管和炸药全用上，炸！”

“算准点，把洞口完全炸塌。”大吉大利叮嘱道。

尹腾军虽然还是不太情愿，但也只得照办，带着背包开始在洞口上上下下地忙碌。

“角度弄准点！”王老急在一旁监工，嘴里半真半假地信口开河，“告诉你，我以前在煤矿上干过，懂点定向爆破。”

“要不你来？”尹腾军一时吃不透真假，只能翻个白眼。

“还是你来吧。”王老急害怕话多露馅，支吾着走开了。

这话也有作用，尹腾军不敢再做手脚，而是老老实实地在洞口布眼、接线，同时在石构件的一侧放置炸药，最后拿出一只改装过的电子定时器接上引线。

“行了，都退后吧。”半小时过后，尹腾军朝大家挥手喊道。

大家退到安全距离以外全部趴在地上，尹腾军设置好定时器后也飞奔回来趴下，不多时，随着“轰隆”一声巨响，洞口处烟尘弥漫，小石子四处飞溅。

“行啦，看看去吧，省得不放心。”尹腾军朝王老急说道。

爆破的效果确实很好，由于洞口是呈 45 度角往下延伸的，地面塌陷的砂石和巨大的石构件将整个通道塞得实实足足，独目人成了瞎眼，整个“眼眶”成了一个巨型的凹陷。

天色已近黄昏，今晚只能在此过夜，双方拉开距离，各自搭起帐篷安歇。

包里的干粮已经所剩无几，水已彻底断绝，想想回去的路程至少还得走上两三天，实在让人有点害怕。谷宇清说，希望半路上还能遇到转场的牧民，否则真有可能饿倒在途中。

“来吧，把所有的干粮全部聚集起来，来一个平均分配。”蔡牛提议道。

实际上，除了还有六七块压缩饼干，其他什么都没有了。

“每人吃一块算晚饭吧。”谷宇清无奈地说道，“剩下的明天中午吃，然后就得靠运气了。”

大家围坐在一起默默地嚼食饼干，眼望着荒凉的山谷，心里全是说不出来的滋味。

“想知道梁文沛到底是什么人吗？”钟小彤机械地吃着饼干打破沉默，似乎很清楚大家心里在想什么。

“没错，太想知道了。”蔡牛点点头。

“我们三年前认识，两年前结的婚。”钟小彤目光呆滞，语速迟缓，“三年前，我还是一名在校大学生，当时要不是那半张寻宝图，我也不会认识梁文沛。”

那么，事情得从三年前说起了。

那时的钟小彤，家住崇明岛上的城桥镇，父母都是老实巴交的本地居民，虽然家中一直流传着先人吴世安和新疆宝藏的家史，但谁也没把这事太当真。当时钟小彤在上海念大学，闲时心血来潮在网上的某个论坛上发了个帖子，当做讲故事一般提及此事，甚至还基于炫耀的心理将半张寻宝图拍成照片附在帖子里。没想到，仅仅隔了一天，这个短短几百字的简单帖子便引来了有心人。

这个人便是梁文沛，一位事业蒸蒸日上的私营业主，有房、有车、有公司，有情趣、懂浪漫，而且见多识广、出手阔绰，对年轻女孩的杀伤力也就可想而知。借着这半张寻宝图的契机，梁文沛对钟小彤展开了追求，并且声称自己有能力去发掘这笔宝藏。

一年后，刚毕业的钟小彤与年龄比自己大许多的梁文沛正式结婚，但婚后她很快便发现，梁文沛根本就不是自己原本认为的那一类所谓“成功人士”，而是一个嗜赌如命、身欠巨债的骗子。

据了解，梁文沛原本确实生意做得不错，但自打沾染上赌博恶习以后，公司成了空壳，房产全部变卖，但仍然“无怨无悔”地狂赌不止，几乎每个月都要去一次澳门。

梁文沛追求钟小彤的时候，实际上已经不名一文，连婚房都是租来的，当时追着钟小彤不放，看中的就是那笔可能存在的、能帮自己摆脱困境的宝藏。

梁文沛逢赌必输，越输越勇，被高利贷追得走投无路的时候，竟然做手脚把钟小彤父母的住房也一块儿抵押了出去，害得老两口沦落街头，只得搬回崇明岛去租房居住。

经济上一笔乱账倒也罢了，感情上更是严重恶化，梁文沛的流氓本性渐渐暴露，平时对钟小彤不是打便是骂，有一次甚至把她打成脑震荡。

钟小彤要求离婚，梁文沛坚决不同意。经过长达一年的拉锯战，最后双方达成协议：梁文沛同意离婚，条件是必须分得一半宝藏。

钟小彤只得同意这一要求，原因是宝藏的真实性本来就属于天方夜谭，即使确切存在，凭自己的能力也无法取得，而万一属实，那分掉一半又算得了什么？于是双方达成协议：钟小彤交出寻宝图的原件，梁文沛开始了运作，俩人正式办理离婚手续。

所谓的运作，其实是毫无头绪，除了去图书馆查阅一些当年旧上海的报纸，坐实这件事的背景资料，就是找一些不靠谱的朋友，将寻宝图颠来倒去地再三分析，结果是搞了好几个月没什么进展，直到在网上发现齐飞雨转卖另半份人皮地图的信息……

“确实是流氓加恶棍，这回也算是死得其所了。”听完这番令人心酸的往事，谷宇清愤愤不平地嚷道。

“看这厮相貌还算斯文，没想到竟是这种心狠手辣的无赖。”蔡牛感叹道。

“你们哥俩还是不会看人啊！”王老急放了个马后炮，“自打看见第一面起，我就觉得这小子不是什么好鸟。”

天黑以后，气温骤降，大家都有点受不了，纷纷脱去外套钻进睡袋。

“两室一厅”的大帐篷最多可供八个人使用，现在只睡四个人，空间显得还很宽敞。中空棉信封式带帽睡袋的保暖性确实不错，大家躺下后扯了会儿闲话，身体暖和后都有了睡意，王老急更是迫不及待地合上了眼。

“他们那边好像也睡了。”临睡之前，谷宇清探头望了一眼百米开外的那顶帐篷，对蔡牛吩咐道，“睡吧，把灯开着，别关。”

山谷里两顶孤零零的帐篷，一边是漆黑一团，一边是亮着一盏LED野营灯。

连日的劳累和紧张早已令人倦极，几个人一闭眼，很快便先后进入了梦乡。帐篷内的鼾声此起彼伏，像合奏一样，一声更比一声响。

半夜里，也不知道是灯泡坏了还是电力耗尽，野营灯不知从何时悄悄熄灭。

“谁？”

鼾声中，猛然惊醒的王老急一声大喝。

王老急平时一向睡得挺死，今晚也不例外，但是恍恍惚惚觉得放在枕边的背包在动，一根背带甚至还碰到了脸。他开始还以为是做梦，随意伸手一推，想把背包推远点，谁知竟然摸到了一只冰凉的手。

这么一叫，帐篷里的人全都惊醒过来。

谷宇清从地上坐起身来，第一个反应便是拧亮放在头边的强光电筒。

刺眼的光线照射下，赫然可见帐篷被刀子之类的利器划开了一条二三十公分长的口子，位置正在王老急的头边。

“怎么回事？”蔡牛睡眼惺忪地问道。

王老急那只背包的拉链已被打开，看上去曾经遭受摸索、翻找。谷宇清来不及穿衣穿鞋，光着脚丫子迅速跳出帐篷——帐篷门大开着，借着满天星光，依稀可见一个黑影正在狂奔着离去。

“站住！”王老急站在帐篷门口，拿不定主意到底要不要追赶。

谷宇清的电筒光朝着黑影照射过去。

“是尹腾军。”同样光着脚的蔡牛认出了尹腾军的衣服颜色。

谷宇清迅速反应过来，肯定是盗墓贼还不死心，仍然妄想扭转局势，所以乘夜色偷偷摸来，悄悄地割开帐篷，试图在王老急的背包里找到手枪。

“要不要追？”王老急问谷宇清。

“算了，别追了，追上了又能怎样？”谷宇清答道。

回到帐篷，大家睡意全无，钟小彤更是吓得瑟瑟发抖。

蔡牛检查了一下野营灯，发现是电池没电，换上一块电池，帐篷内顿时重放光明。

谷宇清分析说，尹腾军试图偷枪这事并不可怕，可怕的是恰好证明这帮盗墓贼不死心，还想掌握主动权，要是他们手里一旦有枪，那就完全干得出杀人灭口的勾当来。

“要是没了我们这些知情人，他们早晚还会重返这里。”蔡牛完全同意，“到时候天晓得会使出什么疯狂的手段来。”

“没事，枪在我身上，他们偷不走。”王老急拍拍腰间，“这玩意儿现在是法宝。”

“今夜无论如何不能再睡了。”钟小彤脸色煞白。

经此惊吓，大家就是想睡也睡不着了。

“都两点多了。”谷宇清半躺在睡袋里看看手表，“干脆都别睡了，一块儿说说话打发时间吧，等天色发亮就开拔。”

离天亮至少还有几个小时，说些什么呢？

“对了，你们白天说过的那个奥什么现象，到底是什么玩意儿？”王老急想了想问道，“这事我到现在还没弄懂，给我说说吧。”

“奥帕茨现象。”谷宇清说道。

“呵呵，老王现在也成了好学上进的好孩子，得给朵小红花。”蔡牛表扬道，“行，咱们就来讨论一下这个奥帕茨现象吧。”

2 奥帕茨现象

蔡牛如果去做教师，那肯定会是一位好教师，大有将一件扑朔迷离的事情讲述得简单明了、生动有趣的能力。

首先，蔡牛开宗明义宣称：达尔文的进化论，现在看来完全是一个错误。

“进化论谁都知道啊，不就是说人类是由猿猴变来的？”钟小彤说道。

蔡牛说，未必，事实恰好做出了另一种证明——话说上世纪60年代的一个夏天，一位美国的化石专家在犹他州不经意间敲开一片三叶虫的化石，没想到却由此敲开了人类发展史的另一扇大门。

这片化石中的三叶虫身上，赫然有着一个完整的鞋印。细究鞋印，按长、宽及后跟下凹来看，应该是一双和现代人类所穿的便鞋相似的鞋子，也就是说，它的主人，是生活在一个相当程度的文明环境之中。但是，三叶虫是一种早已绝迹的、生长于六亿年前至两亿年前的生物，难道那时已经有了和我们一样的人类文明？

随后，美国的内华达州又发现了一块带鞋印的化石，而且这块化石的年代可以追溯到两亿年前的三叠纪。科学家们以显微技术研究化石，发现这只鞋底的皮革由双线缝合而成，两线相距三分之一寸平行延伸，这就再次证明，在类人猿尚未开化的亿万年前，地球上已经存在具有高度智慧的人类。

无独有偶，中国也有一位名叫海涛的化石专家，在新疆的红山发现了奇特的人类鞋印化石。鞋印前宽后窄，同样是双重缝印，酷似左脚鞋印。此外，云南发现的三叠纪岩石上面，也发现有四个人的脚印，据考证均有两亿年以上的历史。

实际上，发现的不单是脚印，还有更多不可思议的遗迹。

内华达州在矿石中发现了一个两英寸长、早已氧化的金属螺丝钉，经检测已有两千万年的历史；法国从非洲进口了一批铀矿石，结果发现这批铀矿石含铀量极低，已被人利用过了，和现有的核反应堆的废料类同。研究结果表明，这是一个古老的核反应堆，输出功率为 100 千瓦，运转时间长达 50 万年之久，而且废物没有扩散，可见技术水平比现在还要高明；得克萨斯州的一处河床中发现有白垩纪的恐龙和人类脚印，甚至有一个人的脚印迭盖在一个三趾恐龙的脚印上，并在同一岩层中还发现人类的手指化石和一把人造铁锤，而且锤头是一种非常奇异的合金，现代人类都无法造出这种氯和铁化合的金属来——这一发现说明，人类和恐龙的确曾经生活在同一时代……

这林林总总不可思议的现象就被称为“奥帕茨现象”，意为“不符合那一地层时代的出土物”。

“其实，只要想想地球上为什么会有那么多的石油，就能令人脑袋发晕了。”谷宇清插嘴说道，“现在都认为石油是由史前动物在高温高压下腐化而产生的，那么到底需要多少次的史前生物毁灭，才能产生今天这样多的石油？”

“和石油有什么关系？”钟小彤问。

“你想啊，全世界的人口大约是 70 亿，算上牲畜和野生动物，就算全部死光转变为石油，大概可以产生 3 亿吨，只够当今世界维持一个月的消耗。”谷宇清笑着答道，“想想吧，地球的年龄大约是 46 亿年，这一过程中需要经历无数次的大灭绝，死去总数为天文数字的生命体，才能产生出足够我们今天长期使用的石油。所以说，再辉煌的文明，终究逃不脱灭亡的宿命。”

“照这么说来，独目人的文明来自上一次文明的遗留？”钟小彤终于有点明白。

蔡牛马上表示，文明演化、轮回的可能性，目前基本上已被证实，说不定上一次文明的主人，就是今天被视为稀有品种的独目人。

“你的意思是说，以前的地球上曾经全部都是独目人？”王老急瞪眼问道。

“本次人类文明的开端是石器时代，对历史的定义仅仅是根据五千年前开始出现的文字记录。想一想吧，同志们，相对于 46 亿年的地球年龄，五千年历史真是眨一眨眼的瞬间啊，难道五千年之前会是一片空白？”蔡牛大惊小怪地叫道，“地球历经了无数次的地壳变动、火山爆发、洪水、行星撞击、磁场翻转等等，但是一次次的大灭绝，很可能都有侥幸留存的点滴。比方说独目人，我就认为他们的文明传承于上一轮的文明，而王老急刚才所说的地球上曾经全部都是独目人的话，还真不是毫无道理。”

“假设上一次的毁灭源于一万两千年前的大洪水，而独目人却由于种种原因逃过了劫难，一直延续到离我们很近的三千年前，到底有没有这样的可能呢？”谷宇清分析得头头是道，“这和埃及文明、玛雅文明的特征有点相似，包括已经消失的亚特兰蒂斯。再比如中国的八卦易经、河图洛书、气功经络等，又是哪里来的？依我看，其实就来自以往比今日更加辉煌的上一轮文明。”

“世界各地都有关于大洪水的记述，而且具有惊人的一致性，包括《圣经》和中国的《淮南子》，但是，不是有诺亚方舟留下来了吗？”蔡牛补充道，“我曾经看过一本书，其中的观点是，本轮的地球文明全部发源于印度次大陆，而印度文明难道是凭空而来的？你看印度的神像，很多额头上都有第三只眼，而且印度和尼泊尔等地至今还有在前额点红的习俗。其实看看佛家经典也许能得到一些启发，比方说香巴拉，也就是通常说的香格里拉，仅仅只是一个虚构的世外桃源？还有三千大千世界及《阿弥陀经》中所描述的极乐国土，那是一种什么样的宇宙观和时空观？”

“听不懂，脑仁疼。”王老急老老实实地承认，也有点听累了，“我现在只关心，咱们现在所处位置的地底下藏着那么多的黄金和宝石，却没法带走，是不是有点太可惜了……”

“老王，千万别这么想。”谷宇清连忙制止，“这可不同于吴世安留下的那笔宝藏。”

“唉，吴世安的那笔宝藏，最终又流向何处了呢？”蔡牛叹道。

这么一说，大家全都陷入了沉思。

不知不觉中，天色已经蒙蒙发亮。

“起来吧，可以动身了。”王老急探头望望帐篷外面。

大家穿戴整齐，开始动手收拾帐篷。

看看百米开外，盗墓贼们的那顶帐篷还十分安静，里边的人似乎尚未醒来。

“要不要把那几个家伙叫起来？”王老急问谷宇清。

“嗯，让他们快点起来，趁现在肚子饿得还不算太厉害，赶紧上路。”谷宇清点点头。

王老急跑过去，但奇怪的是扯着嗓子接连大喊了好几声，帐篷内却一点反应也没有。

没奈何，王老急只得走过去看个究竟，谁知小心翼翼地靠近帐篷，轻轻掀起拉链门一看，他却顿时惊讶得张大了嘴。

帐篷内空空如也，地上扔满了笨重的工具，三个盗墓贼早就乘夜色偷偷溜走了。

“他们去哪里了呢？”钟小彤自言自语道，“把我们扔在这里算什么意思？”

“他们也没有太多的干粮和水，肯定去不了别的地方，无非是按原路返回了。”谷宇清分析道，“昨夜发生了那件割帐篷的事，他们也怕天亮后王老急兴师问罪，所以干脆开溜了。”

“我看不单是这样！”蔡牛摇摇头，“他们扔下我们，可能还是希望困死我们。唉，昨晚光忙着讨论人类文明的来龙去脉，没想到这帮盗墓贼亡我之心不死啊！”

“怎么个困死法？”这么一说，钟小彤害怕起来。

“你想，我们几乎没有干粮了，路上也不知道怎么找水，这两三天的路程实在够呛啊！”蔡牛的话也不无道理，“万一我们在半路上迷失方向，情况还要严重得多。”

“这帮畜生，还是念念不忘想让我们死在这里。”王老急恨得咬牙切齿。

“算啦，随他们去吧，咱们走自己的路呗。”谷宇清劝道。

“麻烦了，我是路痴，回去的路我已经没什么印象了。”蔡牛脸色大变，“来的时候光知道跟着洪福他们走，根本就没记路。”

“我也是路痴，在上海时还经常迷路。”谷宇清接着承认。

“那怎么办？”钟小彤急得快要哭出来了，“这里的山看上去全都一个模样，又没有明显的路和标记物，要是转上两个圈子，那我们就再也没力气走出大山了。”

“不要慌，我认路的能力挺强。”王老急扬扬手里的指南针，“放心吧，只要认准方向，绝不会走太多的冤枉路。”

晨霭苍茫，空气清冷，最后回望一眼那青灰色的山谷，只见诡异的面具默默地独目向天，孤独地守候着这一片宁静的天空，不知何时才能再次进入人类的视线。

“归去来兮，田园将芜，胡不归？”大诗人蔡牛昂首摆出造型，像当年的陶渊明一样吟咏起来，“实迷途其未远，觉今是而昨非。舟遥遥以轻飏，风飘飘而吹衣。问征夫以前路，恨晨光之熹微……哥儿几个，等等我啊！”

回去的路上，首先必须翻越那座令人望而生畏的山头——也就是尹腾军所命名的“稀里哗啦山”。

队伍仍呈蛇形上行，登高途中依然是滚石乱响、险象环生。

登临顶峰后稍作休息，一鼓作气顺坡而下。但是，走在最前面的王老急突然一个急刹车停住了脚步。

“看，那是什么？”王老急的手指向山脚下。

顺着指引方向望去，只见山脚下的一块平地上垒有几块不大的石块，呈“品”字形摆放得相当整齐，看上去似是人工所为，而且表面污黑，一看便是被烟火炙烤出来的——这就是说，这是一个野炊用的火塘。

“那几个盗墓贼在这里生火做过饭、烧过水？”钟小彤猜测道。

“不像是新鲜的痕迹。”谷宇清摇摇头。

走近细看，石块表面的烟火痕迹没那么“鲜亮”，而被风化得有些灰暗，显然已有不少的年头。

“我看极有可能是当年那三位哥萨克士兵在这里逗留过。”蔡牛推测道，“这个简易火塘，当时是用来烧水或加热食物用的，比如说烤炙肉食之类。”

“快看，快看。”王老急猛地叫道，又有了新的发现。

王老急这次所指的，是离垒石十几米外的一面斜坡。

斜坡由山体构成，但是巨大的岩体纵横交错，各大板块相互咬结、龃龉、支撑，形成了一个天然的洞窟，洞口则堆满了碎石。仔细观察，可见这些碎石体积都不大，且极为集中地堆积在洞口，大有人力所为的嫌疑，甚至可以说有点欲盖弥彰。

王老急三步并作两步跳到洞窟跟前，立即动手清除碎石。

仅仅搬除了几块石板，洞窟已经露出一个面盆般大小的开口，明亮的晨光照射进去，隐约可见石窟窿之间镶嵌着一些灰黑色的物体。

“是不是木头？”谷宇清忙问。

看材质，确实像木料。

王老急顾不上回答，抽掉下部一块较大的石板，只听“哗啦”一声响，其余碎石顿告瓦解，全部坍塌而露出完整的洞口。

“木箱！”钟小彤第一个尖叫起来。

没错，洞窟中正是保存完好的木箱，不多不少正好两只。

“感谢上帝，这、这、这就是那三名哥萨克士兵藏起来的宝箱？”蔡牛艰难地咽了口唾沫。

“分量并不重嘛。”王老急一边嚷嚷着，一边将两只木箱一一拖出来。

木箱有六七十公分见方，箱体的外面还钉有一层起加固和防护作用的木条，看上去异常牢固，只是因为年代久远，木材的颜色已经发黑，木质也开始酥松，但是有一点相当关键：箱子表面完好无损，没有任何打开过的痕迹。

“看来那几位哥萨克朋友当时光顾着逃命，宝箱藏好以后又得四处找吃的，等到追兵赶到，又得东躲西藏，所以始终没来得及打开箱子看过一眼。”谷宇清叹息道，“实际上驼皮地图上的独目鬼脸，只是作为一个目的地的标记，而非实际的藏宝地，我们和洪福他们都被误导了。”

“找到了……终于找到了……”钟小彤蹲下身来抚摸着箱体，已经激动得热泪盈眶。

“真是踏破铁鞋无觅处，得来全不费工夫啊！”蔡牛兴奋得脸色发红，“绕了一个大圈子，没想到这笔宝藏还是落到我们手里，可见天道酬勤，有志者事竟成。老王，别发愣，赶紧动手打开啊！”

箱子的木质已经酥松，所以撬开的过程不算艰难，王老急用刀子顺着缝隙用力撬挖、切削，不多时便打开了第一只木箱。

但是，箱子里面只有一些用动物的毛皮包裹起来的石块！

众人面面相觑，目瞪口呆。

“再开一只！”谷宇清已经有了不祥的预感。

接下来的箱子结果也一样。

“上当了！”筋疲力尽的王老急一屁股瘫坐在地。

“这是怎么回事？”钟小彤拉着谷宇清的胳膊迫切地问。

“不是我们上当，是当年那三位哥萨克朋友上了个大当。”谷宇清沉默了一会儿说道。

“我明白了。”蔡牛嚷嚷起来，“移花接木，李代桃僵！”

“啥意思？”王老急有气无力地问。

“我们不妨这么推理一下——”蔡牛的情绪已经平静下来，“当时，那个狡猾的俄国商人米洛维奇生怕宝物在运送途中发生变故，比方说，起内讧被雇佣来的哥萨克士兵偷走、抢走……”

“事实已经证明，这样的情况确实发生了。”谷宇清插嘴道。

“那么有没有这样一种可能，米洛维奇故意打制了这两只假箱子，装腔作势地以重兵护送，起到掩人耳目的作用，同时，真正的宝箱却另派亲信，以另外的船只或陆路押送。”蔡牛像讲故事一样继续推理，“米洛维奇当然很清楚哥萨克雇佣兵有奶便是娘、翻脸不认人的品性，按道理来说不会不防着一点。”

“完全有这样的可能。”钟小彤感叹道，“真是高明啊，照这么说来，宝藏最后还是流向了俄国……”

“唉，天晓得最后的归宿是哪里！”谷宇清叹道，“做个假设，从喀纳斯到俄罗斯，依然要历经千山万水，怎么保证途中不再发生意外呢？”

“呵呵，你这是想拍电视剧，还来个第二季。”蔡牛的心情轻松了一些。

“一场空欢喜，也算是命中注定。”王老急爬起身来，拍拍裤子上的灰土，“走吧，还是上路吧。”

确实是一场空欢喜，喜剧刹那间变成了悲剧。

“走吧，这回死心了。”谷宇清自我解嘲般笑道。

收拾心情，重新上路，但是谁都失去了说笑的兴致。

也许，每个人都在默默地琢磨着这么一个问题：宝藏，到底在何方呢？

尾声

钟小彤伸出手来，一把紧紧地握住了谷宇清的手，俩人不紧不慢地走在后面，脚步居然奇迹般顿时轻盈起来，要是动用一个比较专业的词汇来形容，这大概可称是“牵手”了。

归途漫漫。

在空着肚子的情况下，脚步难免越来越滞重，尤其是肩上的背包，只觉得分量越来越重，简直压得人透不过气来。

钟小彤苦苦支撑着，但还是越来越慢，才走出半天的工夫，体力已接近透支。

“不行，得扔掉一些东西。”谷宇清做出了艰难的决定。

大家坐下来整理背包，除了睡袋之类必不可少的装备，狠狠心扔掉一些诸如剃须刀、充电器、照明灯具、换洗衣裤等杂物，包的分量顿时减轻了一大半。

“你就空着手走吧。”谷宇清不由分说地将钟小彤包里的东西全部塞进自己的包内，随手将空包抛弃。

“太沉了，你也会吃不消。”钟小彤的眼里充满了感激。

“没事！”谷宇清顿感豪情万丈，“说也奇怪，这一阵天天跋山涉水的，体力反倒练出来了，要是在上海，这么玩命的话早就趴下了。”

继续前进，王老急和蔡牛闷着头走在前面，钟小彤伸出手来，一把紧紧地握住了谷宇清的手——俩人不紧不慢地走在后面，脚步居然奇迹般顿时轻盈起来，要是动用一个比较专业的词汇来形容，这大概可称是“牵手”了。

中午时分，肚子饿得叽里咕噜乱响，王老急第一个忍受不住，嚷着要吃仅剩的那点干粮。

四个人分吃三块压缩饼干，掰碎了均匀地分成四份。

“肚子里还是空落落的。”王老急风卷残云般吃完后嚷嚷道。

“是啊，这玩意儿得一边喝水一边吃。”蔡牛伸着脖子往下干咽，“唉，反正饿不死就行啦。”

稍作休息后继续上路，谷宇清和钟小彤依旧不紧不慢地走在后面。

“张嘴！”钟小彤突然转脸对谷宇清低声说道。

“怎么了？”谷宇清不解地问。

“把它吃了吧。”钟小彤从口袋里摸出刚才硬留下来的一小角饼干，“我饭量本来就小，再说空着手走路消耗也不大。”

“不行，你自己留着吃。”谷宇清连忙摇头拒绝。

“张嘴！”钟小彤再次命令道，直接将那一小角饼干塞进谷宇清的口中。

这一小角饼干似乎带着神奇的能量，甫一入口，令人顿感精神百倍、腿脚轻松，而心头又会泛起一阵甜丝丝的感觉——这次入疆，虽然东奔西走扑了个空，但也并非一无所得，如果能够收获爱情，不也是宝贵的人生财富？

王老急认路的本领真不是瞎吹，一小时后，蔡牛一声高叫：“看，怪坡！”

路没走错，果然来到了能令水倒流、指南针乱转的怪坡。

黄昏时分，队伍来到一片满眼金黄的白桦林边安营扎寨。支好帐篷，大家已经累得东倒西歪，躺倒在地再也不肯动弹。

现在最恐怖的问题还不是食物断绝，而是已经两天两夜没有喝水。原来跟盗墓贼在一起的时候，洪福一直声称途中能够找到水源，所以出发时携带的矿泉水已经在去的途中全部喝光了，而现在再去寻找水源的话未免有些冒险，万一迷失方向或越走越远，那可不是一般的危险。

王老急一直在喊头晕，蔡牛甚至流了鼻血，怎么办?

“要不要想办法去找水源? ”钟小彤问谷宇清。

“不行，我们一没经验，二没多余的体力。”谷宇清舔着枯干起皮的嘴唇摇头否定。

“该死的盗墓贼，看来就想用这一招来置人于死地。”蔡牛恨恨地说。

“我知道人不喝水的极限是七天，一般三天就要出危险。”钟小彤的眼里全是恐惧。

“别那么紧张，这里毕竟不是沙漠和海洋。”谷宇清马上安慰道，“有生命的地方就有水，你看这里到处是树和草，让我想想办法……”

说完“到处是树和草”，谷宇清的目光正好停留在金黄色的白桦林中，脑中一个激灵，马上有了主意：大吉大利说过桦树汁可以喝，这不是天赐的水源?

“咱们简直是骑马找马，放着那么大一片桦树林愣是没看到。”谷宇清一拍大腿从地上跳了起来。

“对啦，那可是响当当的液体面包。”蔡牛霎时两眼放光，“这一路走来，咱们简直是睁眼瞎啊！”

桦树汁虽好，但怎么个喝法还需要研究。王老急先用小刀划开树皮，只见伤口间虽有树液沁出，但数量不多，只够舌头舔几下。蔡牛想出来一个办法，先拣粗壮的大树在高处挖一个小洞，再将一支签字笔的空笔杆浅浅地斜插进去。

这一招果然见效，清凉透明、颜色微微发黄的树液开始点点滴滴流淌下来，而且速度越来越快。没有水杯作容器，谷宇清拧下电筒的电池盖，放在地上接直线滴落的树液。王老急如法炮制，又找出一支笔杆插入树皮间，直接仰头张着大嘴在下面接。

“女士优先。”谷宇清将满满一盖树液递给钟小彤。

桦树液并没想象中那么甘甜可口，但也绝对不难喝，一丝凉意顺着咽喉沁入心脾，枯焦的五脏六腑渐渐得到滋润，之前的恐惧和焦虑顿时一扫而空。

这一夜睡得相当踏实。

第二天，喝饱桦树液后继续上路，不多时便来到了洪福命名的黑石沟。谢天谢地，至今为止没走过一步冤枉路。

第三天的黄昏时分，队伍筋疲力尽地走出山谷，就在几乎迈不动腿的时候，终于看到了一户哈萨克牧民帐篷里冒出的炊烟。

“老王，把你那块见鬼的铁疙瘩扔掉吧，回头别再惹出什么麻烦来。”谷宇清对王老急说道，“那可是地地道道的祸根。”

“好吧，是祸根就得铲除。”王老急嘴里答应着，脸上的神情却还是依依不舍。

手枪被退出子弹，像上次在喀纳斯一样，分两个方向抛入山谷间的乱石堆中。

西方的苍穹一片通红，映照着谷地里的牛羊和毡房全都呈现金红色的温暖基调，尤其是毡房顶端那翻滚、升腾的乳白色炊烟，更令眼前的场景显现出一派平安祥和、田园牧歌般的诗意氛围。

别了，美丽的北疆。

别了，神秘而奇异的独目人的故乡。

别了，那仍然不知所终的宝藏。

精品图书推荐

《大清钱王》

出版：文汇出版社　　作者：萧盛

书号：ISBN 978-7-5496-1666-4　　定价：36.00 元

再现晚清钱王“人弃我取，人需我予”的经商之道
讲透政商关系“官之所求，商无所退”的不变法则

鸦片战争爆发后，外来思想不断涌入，国家弱而商业盛，胡雪岩、乔致庸、盛宣怀等一批晚清巨商强势登陆历史舞台，然而在众多的商人之中，却没有一人可与他相比，他被李鸿章誉为是清廷的国库，被老百姓称之为钱王，被《时代周刊》列为 19 世纪末全球第四大富豪，不管是声誉、财富还是清廷的褒奖，都超越了红项商人胡雪岩，他就是中国历史上唯一的一位一品红项商人王炽。

《追风者》

出版：文汇出版社　　作者：弦上月色

书号：ISBN 978-7-5496-1665-7　　定价：32.80 元

观风不止，追风动魄

著名编剧小说家海飞、畅销书作家《黄金大谜案》作者莫争、安徽省作协主席许辉、《遍地狼烟》影视剧原著作家菜刀姓李　联袂推荐

《追风者》讲述了在烽火连天的年代里，一对红色恋人在残酷的战争中相识相爱，在日军的铁蹄下几度生离死别，从山水苍茫的江城到谍影重重的重庆。

他们和军统斗智斗勇，刺杀日本特使，劝降国民党将领，直面侵略者的屠刀，无数暗淡血腥的岁月之后，他们和她们的战友们，用忠诚、勇气、热血抒写了一群追风者的传奇。